創世紀

天堂之役

THE GENESIS

THE WAR IN HEAVEN

失落伊甸 著

創世紀：天堂之役

第23章　空中大軍的君王

天界大聖城，彌賽亞正獨自坐在書桌前面，低垂著頭，一言不發，似乎在思考著什麼。一聲響動從窗口的方向傳來，打斷了彌賽亞的思緒，彌賽亞急忙站起身，看著窗口的方向。一個天使正撲倒在窗子旁邊的地面上。彌賽亞認出那是雷米爾，他快步走過去，攙扶起雷米爾。

雷米爾的面上毫無血色，異常慘白，背後一道深深的傷口還在不停流血，潔白的羽翼被鮮血染成斑駁的紅色。

「雷米爾大人，你受傷了。」彌賽亞說。

聽到彌賽亞的話，雷米爾勉強抬起頭，雙眸中彌賽亞聖潔的臉孔變得模糊不清，他張開口勉強擠出幾個字，「彌賽亞大人，巴力敗了。」

在說完這幾個字後，雷米爾昏了過去，彌賽亞大聲叫僕人將醫官請來，自己則攙扶起雷米爾，將他放到自己的大床上。

醫官趕到時，雷米爾的鮮血已經將潔白的床單染得通紅，那耀眼的顏色讓彌賽亞感到異常不安，醫官很快脫掉了雷米爾沾滿血跡的衣服，處理好傷口。

「雷米爾大人的傷勢如何？」彌賽亞看著醫官。

「彌賽亞大人，雷米爾的傷勢並不十分嚴重，只是因為長途的跋涉失血過多才昏了過去。」醫官說。

聽到醫官的話，彌賽亞才鬆了口氣，命令醫官要照顧好雷米爾。

彌賽亞獨自踱步，來到窗前，太陽將明亮的光線撒向大地，彌賽亞搖了搖頭，似乎在自言自語一般，「巴力也敗了嗎？難道雷米爾是被路西法擊傷的。」

夜晚過去，清晨來臨，雷米爾的身體也漸漸恢復，從睡夢中醒來，他發現自己正躺在彌賽亞的房間裡，而彌賽亞則背對著他坐在書桌前一動不動。

「彌賽亞大人。」雷米爾的聲音十分虛弱。

聽到雷米爾的聲音，彌賽亞站起身走到床邊，露出慈祥聖潔的微笑，「雷米爾，你醒了？」

「彌賽亞大人，給你添麻煩了？」雷米爾說。

「雷米爾，快別這麼說，神教會我們互助互愛，這是我們天使本應該恪守的品格和信條。」彌賽亞回答，「如果你感覺能說說話，就請告訴我在地獄裡究竟發生了什麼？」

「彌賽亞大人，我親眼看到路西斐爾的力量，那強大的力量與數千年前別無二致，在那樣的路西斐爾面前，連巴力也好像孩童一般不堪一擊。」雷米爾說。

「想必是那個美麗的女子解開了路西斐爾的封印。」彌賽亞搖了搖頭。

雷米爾露出驚訝的神色，「彌賽亞大人，你難道已經知道地獄裡發生的一切了。」

彌賽亞再度搖了搖頭，「不，雷米爾，事情並非如你想像的，我只是猜想只有她才能解開路西斐爾的封印。」

「彌賽亞大人，正是如此，解開封印的路西斐爾輕而易舉地擊敗了巴力，並使巴力成為了他的僕人。」雷米爾說。

「雷米爾，你的傷勢難道是路西斐爾造成的？」彌賽亞說。

「不，彌賽亞大人，從我在空中監視路西斐爾和巴力交戰開始，我想巴力就發現了我，他對我出手只是為了向路西斐爾表示忠心。」雷米爾回答。

彌賽亞沒有說話，聖潔的臉上閃過一絲不安和憂鬱，然後瞬間消散，「雷米爾，這段時間你就不要重返地獄了，安心在天界養傷。」

彌賽亞再次踱到窗前，用手捂住肩頭，似乎在自言自語一般，「每次聽到路西斐爾的名字，我的身體就會隱隱作痛。」

清晨的天空逐漸晴朗，太陽的光線照射在彌賽亞的臉上，彌賽亞金色的瞳孔在映照下釋放出明亮的光芒，遙望著遠方。

地獄的城堡中，一個女侍走進城堡的王廳，向王廳上坐著的惡魔行禮。

「發生了什麼事？」這個惡魔的聲音甜美異常。

女侍抬起頭，御座之上坐著一個柔美的女性惡魔，穿著黑色的紗裙，身體的曲線在薄紗下若隱若現。

「梅莉莉姆大人，聽說巴力戰敗了。」這個女侍回答。

女性惡魔站起身來，粉紅色的水晶鞋跟碰觸地面，發出嗒嗒的響聲，她走到女侍的對面，臉上露出一絲微笑。

「你說巴力戰敗了，究竟是誰打敗了巴力？」梅莉莉姆問。

「梅莉莉姆大人，據說是一個黑色羽翼的六翼天使，他的名字叫做路西法。」女侍回答。

梅莉莉姆閃動了一下水汪汪的雙眸，嘴角再次出現一絲甜美的笑容，「我知道了，你退下吧。」

女侍向她的主人行禮，然後轉身走了出去，消失在大門盡頭。梅莉莉姆轉身登上臺階，坐回御座，她端起放在一旁的裝滿紅色美酒的酒杯一飲而盡，紅色的酒將她的嘴唇染得更加鮮豔。

巴力的王城裡，路西法正坐在會議廳圓桌的一端，巴力和其他惡魔將軍們分坐在圓桌的兩旁。

「巴力，你知不知道前面是誰的領地？」路西法看著巴力。

巴力站起身來，「路西法大人，再向前將會進入一個叫做梅莉莉姆的女性惡魔的領地，梅莉莉姆的力量並不十分強大，在這數千年裡我們和梅莉莉姆一直謹守著各自的疆界，從不跨越一步。」

路西法點了點頭，「既然如此，我們應該能夠順利通過梅莉莉姆的領地。」

「路西法大人，恕我斗膽直言。」大撒旦站起身來，「在地獄中每個統帥一方的惡魔，都擁有著出眾的能力，即使確實如巴力大人所言，這個叫做梅莉莉姆的惡魔的力量並不強大，我們也要做好萬全的準備。」

路西法再次點了點頭，「大撒旦，我完全同意你的看法。」

路西法站起身來，示意各位惡魔將軍做好出發的準備，惡魔將軍們陸續退下。年輕天使獨自走到會議廳的窗前，看著未知的遠方，陷入了沉思。

巴力走到走廊上，正準備離開，一個聲音叫住了他，巴力轉過頭，看到亞巴頓站在他的背後。

「亞巴頓大人，你找我有事情？」巴力說。

「巴力大人，你剛才提到的梅莉莉姆，是否一直叫這個名字？」亞巴頓說。

亞巴頓的問話讓巴力感到十分疑惑，他看著亞巴頓的眼睛，「亞巴頓大人，從我知道開始，這個惡魔就叫做梅莉莉姆，怎麼你認識這個惡魔？」

亞巴頓搖了搖頭，「不，我只是覺得這個惡魔的名字與我熟悉的一個墜入地獄的天使十分相像。」

「亞巴頓大人，既然如此，等到我們進入梅莉莉姆的領地，你就一定能夠得到答案。」巴力說完禮貌地向亞巴頓致意，轉身離開。

亞巴頓還立在原地，眼睛裡充滿了疑惑，他搖了搖頭，緩慢地向樓梯踱去。

梅莉莉姆的城堡裡，再次響起嗒嗒的聲音，柔美的惡魔女子走到窗前，看著烏雲密佈的天空，搖了搖頭，嫵媚的臉上露出一絲不安的神情。

「是什麼讓你如此心神不安，梅莉莉姆？」一個女性的聲音響起。

「原來是你啊？」梅莉莉姆並沒有抬起頭，依舊保持著現有的姿勢，「我想一定是你幫助路西斐爾戰勝了巴力？」

天空中的女子發出咯咯的笑聲，「梅莉莉姆，看來你知道一切。」

「你也未免太小看我了吧？」梅莉莉姆的聲音裡帶著一絲嗔怪。

「梅莉莉姆，或者我該叫你另外一個名字。」天空中的女子說。

梅莉莉姆向天空中搖了搖她修長的手指，「算了吧，還是談談你來這裡的目的。」

天空中的女子再次笑了起來，這笑聲柔美異常，「梅莉莉姆，是我幫助你重生，你應該知道路西斐爾很快就將到來，以你的力量根本不足以抗衡路西斐爾。」

梅莉莉姆點了點頭，「確實如此，雖然我的力量不是路西斐爾的對手，但是讓我束手就擒我也並不情願。」

「我早就料到你會這麼回答。」天空中的女子再度笑了起來。

「我知道我不是路西斐爾的對手，也知道必敗無疑，不過希望你在我和路西斐爾交手時不要來搗亂。」梅莉莉姆說。

「當然，這個提議我接受。」天空中的女子聲音越飄越遠。

路西法率領著戰士們從巴力的領地出發，向著梅莉莉姆的領地前進，行進異常順利，沒有受到任何阻礙，路西法感覺到梅莉莉姆就在前方不遠的城堡裡等待著他的到來。

清晨，梅莉莉姆的城堡出現在遠方的大路上，遠遠望去好像出現在天與地的盡頭，路西法命令繼續前進，在距離城堡不遠的地方安營紮寨，等待著第二天的進攻。

在路西法安營的當晚，梅莉莉姆正獨自站在城堡的陽臺上，由於黑夜的到來本就陰暗的天空變得愈加陰沉不定，梅莉莉姆遙望著路西法營地的方向，篝火在大地上不停閃爍，梅莉莉姆柔美的臉上浮現出一絲複雜的表情，隨後轉身走入城堡。

清晨的天空隨著時間的推移不斷明亮起來，雖然烏雲依然遮蔽著整個天空，但黑夜已經慢慢散去，隱藏在厚厚的雲層之上的天空時不時衝破烏雲的阻礙，將暗淡的光亮撒向大地。

城堡之上吹起嘹亮的笛聲，這笛聲隨著樂曲的深入變得宛轉悠揚，路西法的腦海裡出現了另外一個女子的身影，這個女子曾經如此熟悉，那個一半是天使一半是惡魔的女子還平安得隱居在天界之中嗎，抑或是早已返回了地獄。

就在路西法陷入沉思時，無數女性惡魔從城堡中湧出佈滿天空，天空之中一片黑暗，這些惡魔穿著輕便的鎧甲，手持著武器，最後一個女性惡魔衝城堡中飛出，升上天空。

亞巴頓看到這個女性惡魔的面孔，臉上露出驚訝的表情，他走到路西法的身邊，向路西法請求去面見這個女性惡魔，路西法點頭表示同意。

亞巴頓念動咒語，骷髏飛馬牽引著黑色戰車出現在他的面前，亞巴頓跳上戰車，飛馬振動骨翼，向著天空飛去，亞巴頓的披風隨著戰車的不斷升空不停飄動，最後戰車停留在這個女性惡魔的對面。

「是你啊，亞巴頓。」梅莉莉姆的臉上閃過一絲淺笑。

「果然是你，從聽到你的名字開始，我就覺得你就是那個我認識的女子。」亞巴頓說。

「亞巴頓，我們有幾千年沒見了吧？」梅莉莉姆的眼睛抬起頭望著天際，似乎並不在乎亞巴頓的答案一樣。

「茵薕，投降吧，你不是路西斐爾大人的對手？」亞巴頓說。

「茵薕？好熟悉的名字，我在天界的名字叫做茵薕，可是這個名字就如同我的羽翼一樣早已離我遠去，現在我的名字是梅莉莉姆，一個不得不苟活於地獄的惡魔而已。」梅莉莉姆說。

「即使你改變了名字，你依然是那個曾經的天使，曾經閃耀於天界的明亮星辰。」亞巴頓歎了口氣，「茵薕，回到路西斐爾大人的身邊吧，我相信路西斐爾大人會幫助我們這些被遺棄的天使找到生命的意義和應該屬於我們的正義。」

梅莉莉姆搖了搖頭，「亞巴頓，你的出現勾起了我還叫做茵薕時的美好記憶，但是此時此地，原諒我難以接受你的建議，就讓我們用力量來表達我們的意願吧。」

梅莉莉姆振動翅膀，身體四周出現明亮的粉紅色的閃光，在她的背後潔白的羽翼散發出明亮的光芒，隨後瞬間消失，取而代之的是黑色的骨翼。

梅莉莉姆抽出腰間的赤紅色的長鞭，長鞭上佈滿玫瑰一般的尖刺，「亞巴頓，讓開吧，這是我和路西斐爾的戰爭。」

亞巴頓抽出長劍，跳出戰車，戰車瞬間消失，「茵蕯，既然如此，那麼就讓我來做你的對手吧。」

梅莉莉姆揮動長鞭，長鞭如一條赤色的長蛇向著亞巴頓襲來。亞巴頓躲開長鞭，揮舞著劍向梅莉莉姆的身體砍來，梅莉莉姆瞬間從空中消失，出現在亞巴頓的側面。梅莉莉姆的長鞭引起了風的共鳴，從亞巴頓的左臂邊飛過，一條鞭痕出現在亞巴頓健壯的胳膊上。

亞巴頓搖了搖頭，「茵蕯，你的力量不過如此。」

梅莉莉姆並沒有回答亞巴頓的問題，她的臉上閃過一絲嘲笑的神情，再次揮舞起長鞭向著亞巴頓襲來，亞巴頓不停躲閃著梅莉莉姆的進攻，身體上再次出現了幾道傷口。在梅莉莉姆最後一次揮動長鞭，亞巴頓奮力振動雙翼，向著梅莉莉姆襲來，長劍揮舞如一條閃電一般向著梅莉莉姆而來，長劍貼著梅莉莉姆的臉頰劃過，梅莉莉姆柔美的臉上出現了一條細細的傷口，鮮血從傷口裡滲了出來。

梅莉莉姆停止了進攻，用修長美麗的手指輕輕摸了摸臉上的傷口，手指瞬間被鮮血所染紅，她的臉上浮現出一絲不屑的神情。

「亞巴頓，你竟然敢傷害我最寶貴的容貌。」梅莉莉姆說。

「茵蔯，你不是我的對手，投降吧，下一次劍將刺穿你的身體。」亞巴頓說。

梅莉莉姆發出一陣輕蔑的笑聲，「亞巴頓，你未免太小看我，難道你忘了茵蔯的能力嗎，你的身體已經不能動彈了。」

亞巴頓突然發現自己的身體變得異常沉重，傷口附近開始變得麻木起來，漸漸失去了知覺。

「茵蔯，是苦毒之力。」亞巴頓說。

「亞巴頓，當我的鞭子接觸到你皮膚的瞬間就已經將毒液滲入你的身體，現在毒液正在你的身體裡不停運行，等到毒液進入你身體深處，你的生命也就到此為止了。」梅莉莉姆再度笑了起來，「現在輪到那些還停在地面上的惡魔來承受這苦毒的詛咒了。」

梅莉莉姆念動咒語，本來陰暗的天空變得異常昏黃，一股巨大的風帶著苦澀的氣味從大地之上掠過，轉瞬間樹木和百草凋零。隨後無數殷紅色的薔薇花瓣從天空中飄落，帶著迷醉的香味，路西法的戰士們紛紛感到頭暈眼花，身體失去了控制，勉強用武器支撐著站立在大地上。

梅莉莉姆將長鞭一揮，在天空之上的女性惡魔們向著路西法的士兵們撲來，一時間昏黃色的天空變得黑壓壓一片，身中劇毒的路西法的戰士們根本無法阻擋，節節敗退。

在這危急時刻，路西法振動羽翼飛上天空，來到梅莉莉姆的面前，他念動咒語，漆黑色的六翼變得異常巨大遮蔽了天空，烏雲瞬間聚集，清涼的風帶著雨滴落下，昏黃色漸漸退去。

「茵薕，你的力量已經毫無作用了。」路西法說。

看到眼前的一幕，梅莉莉姆的臉上沒有任何驚訝，她的神色平靜異常，「路西斐爾大人，我知道這樣的力量不足以戰勝你，但是我依然要和你一戰。」

梅莉莉姆揮動著長鞭向著路西法襲來，路西法並沒有躲閃，在長鞭接觸到路西法身體的剎那，路西法的身體消失得無影無蹤，隨後又出現在梅莉莉姆的背後。

「茵薕，我說過你不是我的對手。」路西法說。

梅莉莉姆拔出掛在腰間的短刀，揮動左手向路西法刺來，路西法伸出左臂，抓住梅莉莉姆的手腕，右臂則環繞著梅莉莉姆的身體摟住梅莉莉姆的腰際，梅莉莉姆拿著長鞭的右臂被夾在路西法的手臂和自己纖細的腰肢動彈不得。

「茵薕，我說過，不要做無謂的抵抗。」路西法說。

在路西法的力量下，梅莉莉姆的身體變得柔軟起來，柔媚的臉上閃過一絲緋紅。瞬間梅莉莉姆的腦海裡出現在天界中的情景，就在這個英俊的天使懷中，她的生命驟然終結，那景致竟與這如此相似。

「路西斐爾大人，請你放開我，我願意投降了。」梅莉莉姆說。

路西法鬆開雙手，「茵蓙，恢復你曾經天使的名字，從今天開始即使你身處地獄，也不要忘記天使的身份和榮耀。」

梅莉莉姆轉過身來，注視著路西法，「路西斐爾大人，我依然是茵蓙，你永遠的僕人。」

路西法念動咒語，茵蓙的身體裡發出明亮的黑色閃光，閃耀著光華的羽翼再度出現在她的背後，撒旦的靈魂碎片從茵蓙的胸前飛出，進入路西法的身體。

路西法降落地面，天空中的雨依然淅淅瀝瀝地飄落到地面上，雨水打濕了他的戰甲，清風帶著濕潤的空氣拂過年輕天使的英俊臉龐，長長的披風隨著風的方向輕輕擺動，年輕天使深邃明亮的雙眸深處閃爍一團團火焰，釋放出明亮的光芒。

第24章　撒旦鎧甲

地獄深處的城堡中，黑影獨自坐在御座上，右手撐著太陽穴，黑色面具下的雙眸依舊冰冷，他睜開眼睛，看著窗外的方向。

「薩坦尼埃爾，我知道你在那裡，出來吧。」黑影說。

王廳的窗戶緩慢打開，一陣風吹了進來，薩坦尼埃爾落在黑影對面。

「看來我的一舉一動都逃不脫你的眼睛。」薩坦尼埃爾說。

「薩坦尼埃爾，從你進入我的城堡開始，我就知道你的到來，只是我一直不明白你為什麼沒有現身。」黑影發出一陣輕蔑的大笑。

黑影的笑聲讓薩坦尼埃爾感到一絲不快，「好了，我們切入正題吧。」

黑影再度笑了起來，「薩坦尼埃爾，我很想聽聽你的來意。」

「我知道在路西法和阿斯蒙蒂斯交戰時，是你暗中幫助了路西法，我也知道你擁有強大的力量。」薩坦尼埃爾說。

「薩坦尼埃爾，你確實十分聰明，大撒旦有個出色的繼任者。」黑影說。

「可惜我並不是被指定的繼承人。」薩坦尼埃爾說。

「你對大撒旦指定路西法為繼承人感到憤怒嗎，薩坦尼埃爾？」黑影站起身來，黑色的長袍輕輕擺動。

「當然，但是路西法的力量越來越強大，我不是他的對手。」薩坦尼埃爾說。

黑影再次笑了起來，「路西法現在的力量也並非不可戰勝，如果你願意，我可以幫助你獲得撒旦之力。」

薩坦尼埃爾睜大了眼睛，露出驚訝的神情，「你說的是真的？」

「當然。」黑影回答。

薩坦尼埃爾的眼睛裡閃過一絲光芒，順境恢復了平靜，「你知道，我並不信任你。」

「薩坦尼埃爾，相信見到另外一個惡魔，你就會相信我不會騙你。」黑影說。

黑影輕輕抬起右手，王廳的大門緩慢打開，一個帶著黑色面具的惡魔出現在大門後面，他慢慢走了進來，來到黑影的對面。

「摘下你的面具吧。」黑影說。

帶著面具的惡魔抬起手摘掉臉上的面具，轉過身來看著薩坦尼埃爾。

薩坦尼埃爾的臉上露出驚訝的神色，「是第一代薩坦尼埃爾家族的撒旦，我的祖先。」

「沒錯，薩坦尼埃爾，這個惡魔的面孔是不是與撒旦城堡裡的那副畫像一模一樣呢。」黑影發出一陣大笑。

「這不可能，薩坦尼埃爾家族的第一代的撒旦早就在與神的交戰中魂飛魄散了。」薩坦尼埃爾說。

「薩坦尼埃爾，難道你不相信自己的眼睛，他此時不正站在你的眼前嗎？」黑影說。

薩坦尼埃爾拔出劍，指向站在他身邊的惡魔，「你究竟是誰？」

「薩坦尼埃爾，眼前的這個惡魔，就是天界的薩麥爾、地獄的撒旦葉，是我將已經死去的薩麥爾的靈魂聚集，喚醒了他數千年來的記憶。」黑影說。

「薩坦尼埃爾，正如大人所說，我是天界的薩麥爾也是地獄的撒旦葉，薩坦尼埃爾家族的祖先。」薩麥爾說。

「你真的是薩坦尼埃爾家族的祖先撒旦葉？」薩坦尼埃爾說。

「當然，薩坦尼埃爾，放下你的劍，聽從大人的命令。」薩麥爾說。

「薩坦尼埃爾，現在你應該相信我說的話了吧。」黑影說。

薩坦尼埃爾收回長劍，「看來你確實擁有強大的力量，我姑且相信你。」

「薩坦尼埃爾，我知道你想要戰勝路西法，但是以你目前的實力並不是路西法的對手。」黑影坐回御座，面具後面的眼睛裡射出駭人的光芒。

「這正是我想知道的，你究竟有什麼辦法能夠讓我戰勝路西法。」薩坦尼埃爾說。

「薩坦尼埃爾，我一直守護著一件上古的神兵，這件兵器是被稱作撒旦的黑暗傀儡留下的財富，就如同你手上的弒神劍一樣，可惜單單擁有弒神劍難以駕馭撒旦留下的巨大力量。」黑影說。

「你說的這件神兵到底是什麼？」薩坦尼埃爾說。

「是撒旦鎧甲，這幅鎧甲裡還殘留著黑暗傀儡的意志以及強大的力量。」黑影說。

「既然如此，我不明白你為什麼會將這麼強大的兵器交給我。」薩坦尼埃爾說。

黑影的嘴角劃過一絲詭異的笑容，「我相信你是最適合使用這件鎧甲的惡魔了。」

「你想利用我戰勝路西法。」薩坦尼埃爾說。

「這不正是你心中想的。」黑影大笑了起來。

薩坦尼埃爾低頭沉思了一下，「好吧，我接受你的建議。」

「跟我來，薩坦尼埃爾。」黑影走下階梯，向著王廳的大門走去，薩坦尼埃爾跟在他的後面。

穿過鋪著紅色地毯的走廊，黑影和薩坦尼埃爾停在一扇黑色的大門前，漆黑色雕刻著逆五芒星的大門冰冷異常，大門後面散著出無盡的魔力。

薩坦尼埃爾感覺到大門後面的力量，他轉向黑影，「看來你沒有騙我。」

黑影嘴角劃過一絲冷笑，「當然，地獄裡能夠擁有這種神兵，還要感謝她。」

「你說什麼？」薩坦尼埃爾看著黑影。

黑影大笑起來，「你不會明白的。」

黑影念動咒語，逆五芒星綻放出黑色的光華，漆黑大門上的鎖瞬間打開，落在地面上。

黑影看著薩坦尼埃爾，「我能做的也僅限於此了，剩下的要看你自己了。」

薩坦尼埃爾推開厚重的大門走進房間，大門瞬間關閉，只留下一片黑暗。薩坦尼埃爾感到房間裡釋放出一股巨大的邪惡的氣息，一個惡魔的身影出現在他的面前。

「為什麼要打擾我的休眠。」惡魔說。

「撒旦，我需要你的力量。」薩坦尼埃爾說。

「你需要我的力量？」惡魔發出一陣大笑，「年輕的惡魔，告訴我你為什麼想擁有我的力量。」

「因為我想戰勝我的對手，成為唯一的撒旦。」薩坦尼埃爾說。

惡魔發出一陣滿意的大笑，「聽到這個答案我十分高興，年輕的惡魔，黑暗的凝聚使我誕生，隨後我又消失於光明之中，雖然我只是個傀儡，但我一直在尋找合適的宿主，就讓你的身體成為我新的巢穴吧。」

惡魔化作一道漆黑色的光向著薩坦尼埃爾襲來，薩坦尼埃爾感到被什麼控制住了一般，身體僵直在原地。漆黑色的光芒在他的身體裡消失，黑色毫無生氣的鎧甲附著在他身上，年輕惡魔的雙眼失去了往日的神采，變得異常冰冷。薩坦尼埃爾轉過身，厚重的大門再次打開，他回到走廊上，振動雙翼，向著天空飛去。

黑影一直站在原地注視著這一切，看到薩坦尼埃爾離開，黑影的嘴角浮現出一絲微笑，「薩坦尼埃爾，你根本無法控制撒旦鎧甲，你的怨恨會驅使著撒旦鎧甲釋放出強大的魔力，你的身體會被撒旦鎧甲的意志所佔據，你和路西法之間註定要用其中之一的鮮血才能解開撒旦鎧甲的詛咒。」

黑影轉過身望著遠方，「路西斐爾，薩坦尼埃爾將成為你的勁敵，就讓他先代替我成為你的對手，看看你是不是真的有能力成為地獄的統帥。」

茵蔯的城堡中，路西法獨自坐在城堡的會議廳裡，夜幕慢慢降臨，光線漸漸暗淡，會議廳裡一片寂靜。路西法似乎沒有注意到這一切，獨自一人安靜地坐在長長的會議桌盡頭，如同雕像一般一動不動。

天色完全暗了下來，會議廳內一片漆黑，路西法這才注意到時間已晚，他緩慢地站起身來。在黑暗之中發出一陣巨響，會議廳的窗戶被撞得粉碎，玻璃散落到地面上，一個黑影帶著一道銀色的閃光向著路西法襲來。路西法本能地向旁邊一閃，寒光閃過，長桌斷成了兩截。

黑影再度揮動長劍，又是一道銀色的閃光，路西法拔出劍迎著閃光而去，銀色閃光落下的瞬間與路西法的長劍碰觸，發出金屬清脆的聲響，金屬碰觸劃出一道火光，星星點點的火星落在冰冷的大理石地面上。

門外的衛兵聽到聲響，推開會議廳的門闖了進來，在火光的映襯下，路西法看到了薩坦尼埃爾那張毫無血色的冰冷的臉和那雙沒有任何生氣的漆黑色雙眸。

衛兵們看到路西法受到攻擊，都拔出劍準備向薩坦尼埃爾衝去。

「都別動，你們不是他的對手。」路西法大聲說。

兩個衛兵沒來得及聽到路西法的話，已經率先衝了出去，薩坦尼埃爾揮動長劍，寒光一閃，兩個衛兵的身體被拋向半空中，然後撞到天花板上，腥紅色的鮮血從空中滴落，黑色的大理石地板上出現一道紅色的印記。

「都退下。」路西法說。

幾個衛兵戰戰兢兢地退出屋子，守候在門口，注視著房間裡的一舉一動。

「薩坦尼埃爾，是你。」路西法說。

薩坦尼埃爾發出一陣冰冷的笑聲，「路西法，該了結我們的恩怨了。」

薩坦尼埃爾漆黑色的戰甲發出明亮的光芒，光芒轉瞬籠罩了薩坦尼埃爾的全身，在這道光芒之下，路西法彷彿看到了另一個漆黑的身影以及薩坦尼埃爾身上滿溢而出的強大殺意。

「薩坦尼埃爾，在你身上究竟發生了什麼？」路西法說。

薩坦尼埃爾沒有回到路西法的問題，他握緊長劍向著路西法撲去，年輕惡魔縱身一跳，劍鋒向著路西法的身體壓來。路西法舉起劍向上抵擋，兩把劍碰觸的剎那發出明亮的閃光，將會議廳照得如白晝一般。

門外的衛兵們都被這道強光晃得睜不開眼睛，這時亞巴頓、茵蔯和幾個惡魔將軍也聽到會議廳中的響動，向著這個方向奔來。

當亞巴頓和茵蔯衝到門口時，薩坦尼埃爾已經向後一躍，退到路西法的對面，路西法的肩膀上出現一道深深的傷口，幾乎能夠看到鮮紅的肌肉的顏色，鮮血將白色的長袍染成一片殷紅。

「路西法大人。」亞巴頓和茵蔯幾乎同時脫口而出。

「都別進來，你們不是他的對手。」路西法說。

薩坦尼埃爾發出一陣大笑，「路西法，今天就是你的死期了。」

薩坦尼埃爾將劍舉起，用劍尖指著路西法，向著路西法刺來，路西法旋動身體，躲開薩坦尼埃爾的進攻，劍身向著薩坦尼埃爾砍來，在接觸到漆黑色戰甲的瞬間，劍身被迅速彈開，路西法的身體也隨著自己長劍的方向甩了過去，碰到堅硬的牆壁，牆壁上頓時出現了一道血痕。

「原來這就是撒旦鎧甲的力量。」薩坦尼埃爾大笑了起來，「我終於獲得了無以倫比的強大力量。」

路西法勉強站起身來，用長劍撐著地面，「薩坦尼埃爾，你說你獲得了撒旦之力？」

「當然，就是這件撒旦鎧甲，賦予了我無限的力量。」薩坦尼埃爾說。

聽到薩坦尼埃爾的話，亞巴頓和茵蔯都睜大了眼睛，注視著薩坦尼埃爾身上那件散發著邪惡光華的漆黑色的鎧甲。

路西法伸出右手擦了擦嘴角流出的血跡，「原來如此。」

路西法念動咒語，全身散發出銀色的光芒，漆黑色的羽翼緩慢張開，右手化作一柄劍身寬大的巨劍，巨劍的銘文散發著紅色的光芒。路西法揮動右臂，一道光芒劃過，薩坦尼埃爾揮動長劍抵擋，年輕的惡魔的身體像碰到一道閃電一般向著會議廳對面的方向彈去，撞到冰冷的牆壁上。

薩坦尼埃爾站起身來，路西法再度揮動手臂，向著薩坦尼埃爾襲來，薩坦尼埃爾揮動長劍抵擋，路西法輕巧地躲開薩坦尼埃爾的進攻，右手臂形成的巨劍刺穿了薩坦尼埃爾的鎧甲，穿透了薩坦尼埃爾的身體。

路西法退後一步，站在薩坦尼埃爾的對面，「出來吧，惡魔，雖然你佔據了薩坦尼埃爾的身體，但是仍然掩蓋不了你散發出的邪惡之氣。」

薩坦尼埃爾的臉上露出邪惡的神情，嘴角微微翹起露出一絲微笑，「果然是黑色羽翼的天使，擁有我的靈魂碎片的撒旦繼承人。」

「擁有你的靈魂碎片？」路西法說，「你究竟是誰？」

「我是撒旦。」惡魔笑了起來。

「為什麼要佔用薩坦尼埃爾的身體。」路西法說。

撒旦發出一陣大笑，「這個年輕惡魔喚醒了我，而我對這個年輕惡魔的身體也相當滿意，我藉由他的身體煥發出我的力量，而他的靈魂則被丟到黑暗中無法甦醒。」

「卑鄙。」路西法說。

撒旦再次笑了起來，「現在才是戰鬥的開始。」

撒旦舉起劍，向路西法襲來，速度之快猶如閃電，瞬間出現在路西法面前，路西法拼命躲閃，依然被撒旦的劍割傷，鮮血沿著身體流了出來。

亞巴頓和茵薩看到路西法受傷，拔出長劍，撒旦看到眼前的一幕，揮動長劍，會議廳的大門旋即關閉，隨後碎裂成數塊，散落在地面上。

「別白費力氣，這是我和這個黑色羽翼天使的戰鬥。」撒旦說，「你們誰敢輕舉妄動，就和這扇門的下場一樣。」

亞巴頓和茵薩被撒旦巨大的氣勢震懾，雙腳變得異常沉重，無法動彈。

撒旦再次向著路西法襲來，路西法念動咒語，光輝的晨星之盾出現在年輕的天使的面前，路西法的全身瞬間被銀色的光芒所籠罩，撒旦的劍在碰觸到盾牌時發出一聲巨響，在劇烈的振動下撒旦不由得倒退了幾步。

撒旦再次舉起劍，劍鋒瞬間落下，路西法身前的散發著銀色光芒的盾牌上出現一道裂縫，慢慢碎裂成無數碎片，消失得無影無蹤。

「黑色羽翼的天使，你的力量還不夠穩定。」撒旦笑了起來。

撒旦伸出左手，路西法頓時感到身體上出現了一股強大的力量，動彈不得。

「黑色羽翼的天使，看來你沒有留下遺言的機會了。」

撒旦舉起劍，向著路西法刺來，就在劍尖到達路西法胸前的剎那，一個身影出現在路西法身前，劍刺中大撒旦的身體，大撒旦單手握住神劍，用另一隻手在薩坦尼埃爾的腦門上劃下封印。

「路西法，機會來了。」大撒旦說。

路西法念動咒語，右手的巨劍再度出現，巨劍出現無數閃光的軌跡，籠罩在薩坦尼埃爾的上方，軌跡很快落下，薩坦尼埃爾的身上的漆黑色鎧甲緩慢落下。

「不愧是黑色羽翼的天使，你確實擁有成為我的主人的強大力量，既然你擁有了我的靈魂，就讓我的戰甲也助你一臂之力。」撒旦的聲音傳了過來。

路西法跪下身體，扶住大撒旦，大撒旦的眼睛已經失去了神采，他用盡力氣擠出幾個字。

「路西法，撒旦鎧甲侵蝕了薩坦尼埃爾的身體，只有使用親人或者仇人的鮮血才能夠解開這個詛咒，看來我的生命今天就要走到盡頭了，答應我替我照顧好薩坦尼埃爾。」大撒旦說。

路西法握著大撒旦的手，眼睛裡淚光不停閃動，「大撒旦，我答應你。」

大撒旦滿意地點了點頭，「我的生命即將消失，封印也即將解開，就讓我把最後一件禮物送給你。」

撒旦靈魂碎片從大撒旦的身體裡飛出，盤旋在大撒旦和路西法頭上，大撒旦望著散發著光芒的靈魂碎片，念動咒語。

「去吧，撒旦的靈魂碎片。」大撒旦說。

撒旦的靈魂碎片發出一陣轟鳴聲，化作一道光進入路西法的身體，大撒旦慢慢閉上了眼睛，嘴角浮現出一絲微笑。

數天後，在大撒旦的墓前，薩坦尼埃爾正獨自站立著，雙眸裡充滿了悲傷淚水卻沒有滑落，他單腿跪下來，用手撫摸著墓碑上的名字。

「薩坦尼埃爾，你還好吧。」路西法的聲音從薩坦尼埃爾的背後傳來。

薩坦尼埃爾站起身來，轉過頭看著站在不遠處的路西法，悲傷再次爬上他的臉龐。

「薩坦尼埃爾，相信大撒旦看到你安然無恙，會感到欣慰，就像他離去時臉上浮現的笑容一樣。」路西法說。

薩坦尼埃爾沒有說話，靜靜地注視著路西法。

「別擔心，大撒旦和那些已經逝去的天使惡魔們一樣，他們依然活在這裡。」路西法用修長的手指指著胸前，「就在這裡，他們永遠都活在我們的心裡，從未離開。」

路西法和薩坦尼埃爾都不再說話，他們同時抬起頭仰望著陰沉的天空，天空中一陣風劃過，將樹葉吹得沙沙作響，細密的雨點慢慢落在地面上，大地一片濕潤。

第25章　「絕望」與「惡意」

天界大聖城，彌賽亞獨自站在窗前，黑暗緩緩降臨，房間裡越來越暗，彌賽亞聖潔的臉也變得越發昏暗，他轉過身向著書桌走去。

彌賽亞慢慢向前踱了幾步，突然停在原地，「你既然已經來了，為什麼不現身？」

黑影瞬間出現在窗戶外面，黑色的披風在夜風的吹動下不停擺動。

「不愧是彌賽亞，看來你的力量並沒有退化。」黑影說。

彌賽亞轉過身，金色的瞳孔放射出明亮的光芒，「茵蘼也失敗了，路西斐爾正向著你的領地挺進，你精心設計的一切馬上就將被破解，恐怕你自己也逃脫不了命運。」

黑影發出一陣狂笑，笑聲卷起一陣風，吹向天際，「彌賽亞，看來一切都逃不脫你的眼睛。」

「貴為天界曾經的創世天使，擁有偉大的天使之力的智者，你所做的一切究竟是為了什麼呢？」彌賽亞說。

「彌賽亞，我們這些被遺棄的天使，成為了替神看守著地獄的惡魔，承受著無盡的痛苦和孤獨，這些都是你根本無法瞭解的。」黑影回答。

彌賽亞搖了搖頭，「如果不是數千年前你和她慫恿路西斐爾挑起戰爭，就不會出現眾多天使墜入地獄承受無盡的痛苦。」

黑影再度發出一陣大笑，「彌賽亞，看來你依然相信那所謂的絕對的正義。」

「當然，就如同數千年前一樣，我始終堅信我的信仰，堅信神所代表的正義。」彌賽亞說。

「彌賽亞，沒有黑暗就沒有光明，沒有邪惡就沒有正義。」黑影的聲音異常低沉。

「那不過是你們那些墜入地獄的天使們的誤解，不管是天堂還是地獄，神所代表的都是絕對的光明和正義。」彌賽亞說。

「那我們這些墜入地獄的天使們的正義呢？」黑影發出一陣嘲笑。

「從墜入地獄的那一天開始，你們這些天使就失去了榮耀和光華，同時也失去了正義。」彌賽亞回答。

黑影又發出一陣大笑，「這一切不正是神所期望的，我們這些墜入地獄的天使成了地獄的看守，我們的邪惡成為神的正義的鏡子，正因為有了我們站在神的對面，才能彰顯出神的無上威嚴和榮光。」

彌賽亞再次搖了搖頭，「你怎麼認為並不重要，因為神的威嚴和榮光無須質疑。」

「彌賽亞，看來你也有點心虛了。」黑影說。

「難道你來見我只是為了做這些無用的口舌之爭嗎？」彌賽亞說。

「當然不，彌賽亞，你應該知道，路西斐爾重返地獄，約定的時刻即將到來。」黑影說。

「這不正是你所期望的，數千年來一直等待的機會嗎？」彌賽亞的眼睛裡放射出震懾的光芒。

「當然，彌賽亞，我們這些墜入地獄的天使要討回屬於我們的正義。」黑影回答。

「你們的正義？」彌賽亞臉上劃過一絲冷笑。

「彌賽亞，路西斐爾終將帶領著我們重返天界，到時候天界面臨的將是一場永無寧日的浩劫。」黑影大笑了起來。

「即使你們重返天界，等待你們的結局也將和數千年前一樣，不會改變。」彌賽亞的聲音異常冰冷。

「彌賽亞，我還記得路西斐爾將劍刺入你身體的場景，想必你也不會忘記。」黑影說。

彌賽亞下意識地用手捂住肩頭，感覺傷口隱隱作痛，「即使如此，路西斐爾依然不可能戰勝神。」

「那就讓我們拭目以待吧。」黑影瞬間消失在天空之中。

「即使你們擁有強大無可比擬的力量，等待著你們的終將是絕望的終局，因為神的尊嚴和正義不容侵犯。」彌賽亞似乎在自言自語一般。

黑影穿越地獄之門，向著無盡的黑暗飛去，在地獄烏雲密佈的天空之下，雷米爾正用明亮的眼睛注視著黑影的一舉一動。

黑影很快返回了城堡，進入王廳，緩步登上御座前的階梯，然後轉過身來，看著位於闕下的三個惡魔。

「路西斐爾很快就要來了，你們三個當中誰願意迎戰路西斐爾。」黑影說。

一個惡魔走了出來，「大人，我願意前往。」

黑影面具下的臉孔上浮現出一絲滿意的微笑，「阿撒茲勒大人，我也是這個意思，作為天界守護天使的首領，你是最好的人選。」

「大人，請你放心，我會擊敗路西斐爾。」阿撒茲勒說。

「阿撒茲勒大人──『神的強者』，我要提醒你，放棄你在天界作為阿札茲艾爾的身份吧，恢復了記憶的你是強大而不可戰勝的，面對著路西斐爾你要盡全力。」黑影說。

阿撒茲勒沒有回答，向黑影行禮，走了出去。

茵蔯的城堡中，路西法已經做好了準備，向著地獄深處前進。從大撒旦離世開始，年輕天使已經本能地感覺到距離答案越來越近，而那個奪走了他的同伴靈魂的惡魔也即將出現在他的面前。

路西法命令戰士們做好戰鬥準備，向著地獄深處的城堡前進，隨著不斷前行，天空變得一片漆黑，厚重的雲層彷彿縮短了天空和大地之間的距離，一股莫名的壓抑感湧上路西法和戰士們的心頭。

在無盡的黑暗中，已經難以分辨出清晨或是黃昏。閃電偶爾劃破黑暗的天空，照亮著乾涸寸草不生的大地，風帶著樹木腐爛的氣味不停飛舞，向著遠方而去。不知過了多少時間，衛兵前來報告，一隻軍隊出現在路西法的面前。

路西法命令戰士們馬上列陣，他和惡魔將軍們來到隊伍的最前面，一個穿著黑色長袍的惡魔正站在隊伍前列，漆黑色的山羊角戰盔下的臉孔戴著面具。

帶著山羊角戰盔的惡魔升上天空，摘下面具，露出那張熟悉的臉。

路西法失聲叫出了這個惡魔的名字，「阿札茲艾爾大人，是你。」

阿撒茲勒的臉上浮現出一絲笑容，「路西斐爾大人，我已經不是你所認識的是阿札茲艾爾，而是恢復了記憶的阿撒茲勒。」

莫斯提馬看到阿撒茲勒的臉，振動雙翼飛上天空，飄浮在阿撒茲勒的對面，「阿撒茲勒，你也恢復記憶了嗎？」

阿撒茲勒發出一陣大笑，「莫斯提馬，很久不見了，為什麼沒有看到桑揚沙的身影？」

「我在這裡。」桑揚沙振動雙翼飛上天空。

「我們守護天使再度重聚了。」阿撒茲勒說。

「究竟是誰讓你恢復了記憶。」莫斯提馬說。

「你應該知道，在這地獄之中只有他能夠喚醒我們的記憶。」阿撒茲勒回答。

莫斯提馬沒有繼續說話，若有所思地點了點頭。

「桑揚沙，我想你一定對我和莫斯提馬的對話感到陌生，現在就讓我開啟你記憶的大門，喚醒沉睡在你身體裡的守護天使的偉大力量。」阿撒茲勒說。

阿撒茲勒拔出劍，在天空之中劃出五芒星的形狀，五芒星綻放出耀眼的銀色光芒，將天空和大地映得一片明亮。五芒星緩緩移動到桑揚沙頭頂，慢慢落下，籠罩住桑揚沙的身體。

桑揚沙的眼前瞬間變成一片銀白，桑揚沙感覺自己的身體隨著五芒星飛快移動，轉眼間出現在伊甸園中。

伊甸園中人類們正在快樂的生活著，而在天空之中，阿撒茲勒和莫斯提馬正飄浮在空中。

「桑揚沙，歡迎你回來。」阿撒茲勒背後潔白的羽翼不停振動。

桑揚沙愕然發現，他此時穿著潔白的長袍，背後純白的六翼張開綻放出明亮的光華。

眼前美好的景色轉瞬即逝，伊甸園的天空中出現一道紫紅色的魅影，桑揚沙看到自己正擁著美麗的女性人類的胴體，輕吻著女性人類光滑的肌膚。

隨後神出現在天空之中，無數天使遮蔽了藍色的天際，將守護天使們捆住。身著潔白長袍的拉斐爾旋即出現在空中，扔出金色的繩索，綁縛住阿撒茲勒、莫斯提馬和桑揚沙，將他們丟入第五天牢房之中。大洪水驟然從天而降，伊甸園陷入一片汪洋之中，奈費利姆巨人和人類們在無盡的洪水中掙扎，最後消失在洪水深處。

在這片景象之後，桑揚沙看到自己、莫斯提馬和阿撒茲勒被手持武器的天使們押著，投入到地獄的火湖之中，在火焰的灼燒下，痛苦的身體不停扭曲，遍佈傷痕。

桑揚沙猛然驚醒，呆立在原地，天空依舊一片黑暗，阿撒茲勒正用明亮的瞳孔注視著他。

「桑揚沙，記憶的大門已經打開，你已經記起了一切。」阿撒茲勒說。

桑揚沙低下頭，用手指抵住腦門，「那道紫紅色的魅影到底是什麼？」

「是啊，桑揚沙，如果不是那個美麗的女子引誘我們犯下罪惡，我們也不會被神責罰，墜入地獄。」莫斯提馬說。

「莫斯提馬，你還在怨恨她嗎？」阿撒茲勒笑了起來。

「不，阿撒茲勒，我並不怨恨，只是我們為此付出了太大的代價。」莫斯提馬說。

「莫斯提馬，那是屬於我們的命運。」阿撒茲勒說。

「阿撒茲勒，既然你相信命運，就應該知道你不可能戰勝路西斐爾大人，放下你的劍，再次成為路西斐爾大人的僕人吧。」莫斯提馬說。

「莫斯提馬，如同數千年前一樣，你依然如此軟弱。」阿撒茲勒說。

「是啊，數千年前我向神求情，讓一部分墮落天使得以留在天界，我並沒有私心，只是希望他們還能擁有天使的榮耀。」莫斯提馬搖了搖頭。

「天使的榮耀？」阿撒茲勒冷笑起來，「這一切都不重要了，莫斯提馬，這是我和路西斐爾大人的戰鬥，讓開吧。」

路西法聽到阿撒茲勒的話，振動羽翼，莫斯提馬搖了搖頭。

「路西法大人，這是我們守護天使之間的事，請你不要插手。」莫斯提馬說。

「莫斯提馬，你想成為我的對手嗎？」阿撒茲勒說。

「我不會允許你向路西斐爾大人揮劍的。」莫斯提馬說。

「既然如此，看來我們不得不交戰了。」阿撒茲勒拔出長劍。

莫斯提馬抽出背後的鐮刀，「阿撒茲勒，你、我和桑揚沙曾經親如兄弟，沒想到有一天會在戰場上相見。」

阿撒茲勒發出一陣大笑，「就讓我看看被成為『惡意』的你的強大力量。」

「我也想見識一下被成為『絕望』的阿撒茲勒無以倫比的力量。」莫斯提馬臉上浮現出一絲微笑。

阿撒茲勒揮動長劍，劍身像一道閃電向著莫斯提馬飛來，莫斯提馬揮動鐮刀，半月形的鐮刀與長劍在空中相遇，發出叮噹的響聲。天空之中出現無數條光的軌跡，兩個惡魔的身影不停消失於空中，出現在不遠的地方。

阿撒茲勒握緊劍向著莫斯提馬刺來，莫斯提馬閃身躲開阿撒茲勒的進攻，阿撒茲勒的劍橫向一揮，莫斯提馬握住鐮刀，用鐮刀的長柄輕輕磕向阿撒茲勒的劍鋒。劍與鐮刀柄接觸的剎那火星四濺，阿撒茲勒的長劍從鐮刀柄上劃過發出聲響。

阿撒茲勒和莫斯提馬同時退後一步，注視著對方。

「阿撒茲勒，看來你的力量不過如此。」莫斯提馬說。

阿撒茲勒的臉上再度浮現出一絲笑容，「莫斯提馬，你太過自負，你應該能夠感覺到我還沒有盡全力。」

「來吧，阿撒茲勒，讓我看看你擁有的力量。」莫斯提馬說。

阿撒茲勒念起咒語，全身被黑色的火焰包圍，隨後瞬間消失於天空之中，出現於莫斯提馬身後。

莫斯提馬也感覺到了阿撒茲勒的出現，他橫向揮動鐮刀向著阿撒茲勒砍來，阿撒茲勒舉起長劍用力一揮，兩把武器發出一聲巨響，莫斯提馬的鐮刀飛了出去，落到地面上。

阿撒茲勒再度消失，回到莫斯提馬的對面，「莫斯提馬，你的力量確實沒有退化，只是我身體裡有一件你沒有的東西。」

「阿撒茲勒，你也獲得了撒旦的靈魂碎片，我能感覺到剛才從你身體裡湧出的邪惡力量。」莫斯提馬說。

阿撒茲勒點了點頭，「莫斯提馬，你應該明白，你不是我的對手。」

桑揚沙看到莫斯提馬的鐮刀被擊飛，也拔出長劍。

「別亂動，桑揚沙，你不是阿撒茲勒的對手。」莫斯提馬說。

「路西斐爾大人，現在輪到你了。」阿撒茲勒說。

路西法振動羽翼飛上天空，「莫斯提馬，桑揚沙，你們都退下。」

路西法拔出長劍，「阿撒茲勒，又或者是阿札茲艾爾，你曾經是我最尊敬的天使之一，守護天使始終光耀著我的內心，我從來沒有想過會向你揮劍，但是今天我必須成為你的敵人，為了那些已經獻出生命的天使和惡魔，我必須這樣做。」

阿撒茲勒的臉上浮現出一絲慈祥的表情，隨後轉瞬即逝，「路西法，看來你已經斬斷了迷惘，清楚地知道在你心裡追求的目標。」

路西法敏銳地察覺到了阿撒茲勒的表情變化，「阿撒茲勒大人，我已經明白了你的內心。」

阿撒茲勒的臉上再度浮上一絲微笑，「來吧，路西法，我不會手下留情的。」

阿撒茲勒的劍釋放出黑色的光芒，劍身上的銘文不停閃爍，劍鋒從天空落下，劃出一道明亮的弧線，向著路西法的身體而來。

「阿撒茲勒大人，就讓你看看我身體裡潛藏的巨大力量。」路西法似乎在自言自語一般。

路西法伸出左手，巨大的銀色盾牌出現在天空中，明亮的銀色弧線在接觸到盾牌的剎那消失無蹤，路西法隨即念動咒語，右手上的巨大劍鋒出現，紅色的銘文釋放出刺眼的光芒。路西法揮動右手，劍身化作無數道銀色的閃光，幻化出箭的形狀，向著阿撒茲勒飛去，阿撒茲勒揮動長劍，不停抵擋，但無數箭依然穿過他的身體，頓時傷口滲出的紅色將阿撒茲勒的鎧甲染成一片殷紅。

銀色的盾牌和右手的巨大劍身瞬間消失，路西法依然飄浮在原地，用明亮的雙眸注視著阿撒茲勒。

「阿撒茲勒大人，我想你已經能夠確定我擁有的強大力量了。」路西法說。

「路西法，被成為『神的強者』的我不會輕易承認失敗。」阿撒茲勒說。

阿撒茲勒念動咒語，身體化作一道明亮的閃光向著路西法的身體衝來，路西法搖了搖頭，抬起頭望著天空。就在閃光逼近路西法身體的剎那，路西法揮動右手，阿撒茲勒化作的閃光瞬間消失，身體被重重地甩落到地面上。

路西法降落地面，來到阿撒茲勒前面，「阿撒茲勒大人，我說過你應該已經確認我身體裡的強大力量了。」

阿撒茲勒站起身來，看著路西法的清澈的雙眸，「路西法，我知道我不是你的對手，我願意永遠成為你的僕人。」

路西法念起咒語，阿撒茲勒再度飛上天空，幽暗的天空下黑色的披風不停飄動，瞬間阿撒茲勒的身體釋放出黑色的光芒，撒旦的靈魂碎片飛出，發出巨大的轟鳴聲。撒旦的靈魂碎片離開阿撒茲勒的身體，阿撒茲勒的背後張開潔白的羽翼，全身沐浴在銀色的光華之中，釋放出耀眼的光芒，隨後光芒緩慢散去，羽翼消失無蹤。

路西法振動羽翼飛上天空，張開雙臂，撒旦的靈魂碎片向著路西法的胸前飛來，消失在路西法的身體裡。

與此同時，黑影站在城堡的窗前，「沒想到路西斐爾的力量已經變得如此強大，這正是我希望看到的。」

黑影發出一陣大笑，轉身走入王廳，王廳裡的燈火旋即熄滅，黑影也消失在黑暗之中。

第26章　劇毒的光輝使者

地獄深處的城堡中，黑影正獨自站在陽臺上，陰霾的天空被黑雲籠罩，沉沉的天幕向著大地的方向壓了下來，將大地籠罩在一片漆黑之中。

「阿撒茲勒這麼輕易就失敗了？」黑影似乎在喃喃自語一般。

腳步聲從城堡深處傳了過來，越來越近，這聲音在靠近黑影後瞬間消失，一個惡魔的身影出現在黑影背後。

黑影並沒有轉過身來，依然保持著之前的姿勢望著黑暗的天空，「薩麥爾，你來了。」

「大人，我想是時候讓我去迎戰路西斐爾了。」薩麥爾回答。

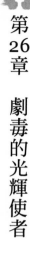

「薩麥爾，看來你已經知道阿撒茲勒敗了。」黑影說。

「大人，路西斐爾的力量正在不斷覺醒，阿撒茲勒雖然擁有強大的力量，但是很難與路西斐爾抗衡。」薩麥爾說。

黑影點了點頭，沒有說話，轉過身來看著薩麥爾。

「大人，我想由我出戰是最好的選擇。」薩麥爾說。

黑影依然沒有回答，作為回應地點了點頭。得到黑影的肯定答案，薩麥爾向黑影行禮，轉身向著城堡深處走去。腳步聲再度響起，隨後消失在城堡深處，薩麥爾的身體慢慢籠罩在黑暗之中，最後變得模糊不清，消失無形。

黑影再次轉過身來，遙望著遠方的方向，在遙遠的盡頭，黑色的天幕與大地連成一線，明亮的閃電自天空之中滑落，將漆黑的天幕映得一片慘白。

「撒旦葉，曾經被認為能和彌賽亞相提並論的你，應該是路西斐爾最好的對手了。」黑影輕聲低語。

天界大聖城，彌賽亞正獨自站在窗前。天界的天空依然明亮如常，太陽將溫暖和無線的光芒灑向大地，正如神的光輝一般，令萬物感到溫暖。

厚重的門慢慢推開，雷米爾輕聲走進彌賽亞的房間。彌賽亞似乎沒有注意到雷米爾的到來，依然仰著頭用金色的瞳孔注視著天空。在天空的盡頭，神的淨土白之月發出耀眼的銀色光芒，似乎天空之中瞬間出現了兩個太陽。

彌賽亞轉過身來，看到雷米爾正站在身後，彌賽亞聖潔的臉上露出微笑，「雷米爾，你回來了。」

雷米爾向彌賽亞行禮，「彌賽亞大人，路西法的進攻還在繼續，阿撒茲勒也敗了。」

「阿撒茲勒也敗了嗎？那麼我想地獄深處的他不會保持沉默。」彌賽亞說。

「是的，彌賽亞大人，薩麥爾正在趕往路西法前進的方向。」雷米爾回答。

「薩麥爾嗎？」彌賽亞低下頭，臉上閃過一絲複雜的表情，「曾經的光輝使者，偉大的十二翼天使，爾後的地獄撒旦，那個曾經將人類帶入無限深淵的惡魔撒旦葉終於也恢復記憶了嗎？」

「彌賽亞大人，我想確實如此。」雷米爾回答。

彌賽亞點了點頭，「雷米爾，我讓你前往地獄帶回那個本屬於天界的靈魂的事辦得怎麼樣了？」

雷米爾搖了搖頭，「彌賽亞大人，我想時機還沒有到來。」

彌賽亞沒有繼續追問下去，而是轉過身再次回到窗前，「是啊，雷米爾，時機還沒有到來。」

雷米爾向彌賽亞行禮，向著門的方向走了過去，在打開大門的剎那，雷米爾看到米迦勒正站在走廊鑲著金絲的紅色地毯上。雷米爾的臉上滑過一絲驚慌，瞬間恢復了平靜，他向米迦勒行禮，匆匆向著樓梯的方向走去。

僕人為米迦勒推開彌賽亞房間的大門，米迦勒走了進去。

彌賽亞轉過身來，臉上露出微笑，「米迦勒大人，你來了。」

「彌賽亞大人，原諒我聽到了你和雷米爾大人的談話。」米迦勒說。

「不，米迦勒大人，你不必要求我原諒，我和雷米爾的談話並沒有什麼值得隱瞞的。」彌賽亞回答。

「彌賽亞大人，按照雷米爾大人所說，薩麥爾已經在地獄復活，並且恢復了記憶。」米迦勒說。

彌賽亞點了點頭，坐了下來，「米迦勒大人，確實如此。」

米迦勒看著彌賽亞明亮的金色雙眸，「彌賽亞大人，薩麥爾恢復了的記憶究竟意味著什麼？」

「米迦勒大人，我曾經說過，數千年前在天界發生了一件大事，在天界造成了一場浩劫。這些記憶存在於我的腦海中，你的腦海中，以及那些經歷了這場浩劫的所有天使的腦海中。只是這些記憶太過痛苦，神將這些記憶永遠封存於我們的大腦之中，除非到了危急時刻才會打開，這些記憶的恢復也意味著強大力量的復甦。」彌賽亞說。

「彌賽亞大人，我並不理解你的意思。」米迦勒說。

「當然，米迦勒大人，因為時機還沒有到來，等到約定的時刻來臨，你自然會明白我說的一切。」彌賽亞說。

「約定的時刻？」米迦勒似乎在自言自語一般。

彌賽亞似乎沒有聽到米迦勒的話，再次站起身來，走到窗邊。

「米迦勒大人，我想你也看到了天空中神之淨土白之月散發出的光華，你不應該心存疑慮。」彌賽亞說。

米迦勒站起身來，向彌賽亞行禮，緩步走出彌賽亞的房間，回到走廊上。米迦勒搖了搖頭，向著樓梯的方向慢慢踱去。

莫斯提馬的營帳之中，桑揚沙和莫斯提馬正坐在阿撒茲勒的對面，三個曾經的守護天使露出複雜的表情，在燈光的陰影下，三個曾經的守護天使的臉變得十分陰沉。

莫斯提馬站起身來，看著阿撒茲勒和桑揚沙，「我想現在還不是將一切告訴路西法大人的時候，等到時機來臨，路西法大人會明白一切。」

阿撒茲勒和桑揚沙點了點頭，對莫斯提馬的提議表示同意。

路西法依然在不停前進，年輕天使已經厭倦了一次又一次的戰鬥，但依然感覺到距離真相越來越近。隨著不停向著地獄的最深處前行，一股熟悉的感覺油然而生。

路西法和薩麥爾終於相遇，雙方列陣完畢，薩麥爾出現在天空之中，綻放出銀色的光華，潔白的羽翼瞬間出現在天空之中，六翼之下將陰沉的天際映照得格外明亮。

路西法振動羽翼飛上天空，停留在薩麥爾的對面。

「路西法大人，也許我該稱呼你路西斐爾大人。」薩麥爾說。

路西法注視著眼前這個熟悉的天使，薩麥爾的黑色長髮隨風不停飄動，瞳孔中散發著冰冷的氣息，堅毅的臉上棱角分明，漆黑色的戰甲上不停湧出戰氣，彷彿有黑色的火焰在湧動。漆黑色的長槍尖端銳利的槍尖閃耀著光芒。

「薩麥爾，好久不見了。」路西法的聲音已經沉靜，劃破了同樣寂靜的天空。

「路西斐爾大人，確實很久了，有數千年了。」薩麥爾說。

「不，我所認識的薩麥爾，是曾經在天界與我共同戰鬥的薩麥爾。」路西法搖了搖頭。

「路西斐爾大人，前世的我是那個曾經與路西法共同戰鬥的薩麥爾，而現在的我是數千年前和路西斐爾大人共同戰鬥的我。」薩麥爾回答。

注視著薩麥爾的面孔，路西法的腦海裡突然閃過大撒旦城堡中高高懸掛的惡魔畫像，年輕天使驚訝地睜大眼睛，「薩麥爾，難道你是大撒旦的先祖。」

薩麥爾大笑了起來，「是的，路西斐爾大人，我就是薩坦尼埃爾家族的祖先，被稱為撒旦的惡魔撒旦葉。」

「薩麥爾，我並不想和你為敵。」路西法說，「回到我的身邊，幫助我統一地獄。」

「路西斐爾大人，命運無法改變，你現在所經歷的一切，都是對你的考驗，出招吧。」薩麥爾舉起長槍，指向路西法。

「看來我們必須要用武力來決定命運了。」路西法說。

路西法拔出長劍，向著薩麥爾襲來，薩麥爾揮動長槍抵擋。在路西法的劍接近薩麥爾身體的剎那，薩麥爾全身被明亮的光芒包圍，在身體外形成一個巨大的光球，路西法的劍接觸到光球的一剎那被迅速彈開。薩麥爾再次揮動長槍，槍身化作一條黑色的長蛇，扭動著身體向著路西法襲來，路西法揮劍抵擋，但長蛇纏繞著劍身不停扭動，閃過長劍的阻擋擊中了路西法的手臂。

一陣巨大的麻痹的痛感沿著手臂傳了上來，路西法瞬間感到持劍的右手失去了直覺。這時薩麥爾振動雙翼向著路西法猛衝過來，槍身幾次劃過路西法的身體，留下鮮紅色的印記。路西法的血液在流出身體的剎那瞬間變成了暗紅色，順著身體飄落地面。

此時的路西法全身已經失去了知覺，年輕天使覺得自己彷彿成了一個空空的軀殼，身體失去了控制。

薩麥爾停止了進攻，再次停在路西法的對面。

「路西斐爾大人，你的身體已經不能再動了。」薩麥爾的聲音異常冰冷。

「薩麥爾，你究竟做了什麼？」路西法說。

「路西斐爾大人，在我的槍尖上塗有劇毒的汁液，這汁液已經完全滲入了你的軀體，現在的你已經被毒液麻痺，無法動彈。」薩麥爾說。

這時一個惡魔從地面振動雙翼飛起，來到薩麥爾的面前。

「路西法，就讓我來代替你成為薩麥爾的對手。」年輕的惡魔說。

「薩坦尼埃爾，是你。」薩麥爾說。

「對，薩麥爾，我的爺爺大撒旦用自己的鮮血讓我恢復了意志，現在的我是路西法的夥伴，就讓我來當你的對手吧。」薩坦尼埃爾說。

薩麥爾發出一陣冷笑，「薩坦尼埃爾，你能夠向你的先祖撒旦葉揮劍嗎？以你的能力根本不配和我交戰，就讓我為你找一個合適的對手吧。」

「狂妄！」薩坦尼埃爾大聲說。

薩坦尼埃爾揮動長劍，向著薩麥爾襲來，薩麥爾輕輕舞動長槍，長槍劃出一道漆黑色的軌跡，薩坦尼埃爾的身體瞬間被擊落，重重地落在地面上。

「別著急，年輕的惡魔。」薩麥爾說。

薩麥爾念起咒語，黑色的地獄之犬出現在天空之中，發出巨大的吼叫。

「薩坦尼埃爾，就讓它作為你的對手吧。」薩麥爾發出一陣大笑。

黑色的地獄之犬發出一陣怒吼，向著薩坦尼埃爾襲來，薩坦尼埃爾揮動長劍，向著地獄之犬猛刺過來。地獄之犬躲開薩坦尼埃爾的進攻，利爪從天而降，五條深深的印痕出現在薩坦尼埃爾的前胸，鮮血沿著傷口流了下來。

路西法不停燃燒著身體裡的撒旦之力，但依然無法衝破薩麥爾毒液帶來的麻痹，雖然黑色的烈焰從路西法的身體四周升起，但依然無法使他充滿力量。

「路西法，就讓我來助你一臂之力吧。」路西法的身體裡傳來一個聲音，撒旦的聲音異常低沉，「雖然我只是個被創造的黑暗傀儡，但我依然能夠幫助你，就讓我用撒旦鎧甲的力量，幫助你重新獲得力量。」

路西法全身覆蓋的撒旦鎧甲突然發出明亮的光芒，漆黑色的亮光籠罩了天空和大地。戰甲發出震耳欲聾的轟鳴聲，大地突然顫抖不已，天空中的烏雲不停翻滾，閃電一時間響徹天空。

薩麥爾的臉上閃過一絲驚訝，注視著撒旦鎧甲，嘴角劃過一絲冷笑，「是你嗎？那個被創造出來守護撒旦城堡的傀儡，沒想到被擊碎的你依然還有力量？」

「現在輪到我了。」路西斐爾的聲音從路西法的身體裡傳了出來。

漆黑色的羽翼綻放出耀眼的銀色光芒，六翼瞬間伸向天際，覆蓋了整個天空。銀色的光輝的晨星之盾再次出現，路西法身體上的傷口瞬間癒合，右手上出現了巨大的劍身。

路西法的身體上冰冷的黑色烈焰和熾熱的白色烈焰交相輝映，不停散發出明亮的光芒，巨大的劍身之上赤紅色的銘文不停閃爍。

薩麥爾看到路西法身體的變化，露出驚訝的表情，他同時感覺到了從路西法身體裡溢出的巨大力量。

路西法舉起右手上的巨大劍身，「薩麥爾，你不是我的對手，投降吧。」

薩麥爾的臉上滑過一絲冷笑，「路西斐爾大人，即使如此，也不代表你能夠戰勝我。」

薩麥爾舉起槍向著路西法撲來，在槍尖接近路西法身體的剎那，銀色的盾牌瞬間出現，將漆黑色的槍尖彈開，隨之一股巨大的力量向著薩麥爾襲來，薩麥爾的身體似乎被什麼席捲一般落在地面上。

薩麥爾振動雙翼再次回到空中，路西法揮動右手，巨大的劍身化作一道銀色的利刃向著薩麥爾而來。薩麥爾奮力振動雙翼向後躲閃，銀色的利刃從他的身體前劃過，鎧甲上出現一道巨大的裂口，鮮血沿著鎧甲的裂縫流了出來。路西法再度揮動右手，銀色的利刃自上而下在天空中出現一道閃光，薩麥爾的鎧甲上再度出現一道裂縫，與之前的裂縫形成一道十字。

薩麥爾的身體不停顫抖，發出憤怒的咆哮，「路西斐爾大人，就讓你看看我這個死亡天使的力量。」

薩麥爾舉起長槍，長槍瞬間化作一條漆黑的大蛇，大蛇露出尖牙，張開大嘴將路西法的身體瞬間吞下。

薩麥爾發出一陣大笑，「路西斐爾大人，看來你的力量不過如此。」

瞬間，從巨蛇的體內發出無數明亮的閃光，刺穿了巨蛇的身體。閃光不停伸向天極，照亮了整個天空，巨蛇的身體立即支離破碎，消失於天空之上。

路西法左手持盾，右手自然垂下，巨大的劍身指向地面。

「薩麥爾，我說過你不是我的對手。」路西法說。

黑色的長槍再度回到薩麥爾手中，熊熊怒火在他的眼睛裡不停灼燒。薩麥爾揮舞著長槍向著路西法而來，路西法揮動盾牌擋住薩麥爾的進攻，將劍尖抵在薩麥爾的胸口上。

「薩麥爾，現在輪到你抉擇了，是選擇生存還是死亡？」路西法說。

薩麥爾雙眸中的怒氣慢慢消散，漆黑色的槍緩慢垂下，眼睛裡充滿了失望。

「路西斐爾大人，我願意投降了。」薩麥爾說。

路西法念動咒語，銀色的盾牌和寬大的劍身瞬間消失，薩麥爾的全身再度被銀色的光芒所籠罩，潔白的羽翼在現於空中。漆黑色的撒旦靈魂碎片從薩麥爾的身體裡飛出，向著路西法的身體而來。撒旦的靈魂碎片化作一道光，拖著長長的軌跡飛入路西法的身體，消失於天空之中。

陰霾的天空之上，雷米爾正注視著眼前發生的一切，輕聲歎了口氣，「連薩麥爾都敗了嗎？」

天界大聖城彌賽亞官邸，彌賽亞依舊站在窗前，注視著地獄的方向。彌賽亞搖了搖頭，聖潔的臉上滑過一絲陰鬱，小雨淅淅瀝瀝而下，將大地變得一片朦朧濕潤。

彌賽亞轉過身，緩慢地踱到書桌前，坐了下來，陰暗的房間裡臉上的神情越加沉重，雙眸散發出陰沉的光芒。

地獄深處的城堡中，黑影獨自站立在窗前，看著烏雲密佈的天空，緩慢地轉過身來。

「出來吧，我知道你在那？」黑影說。

紫紅色的魅影化作一道閃光，照亮整個天空，美麗的女子出現在窗外，鑲著金邊的紫色裙擺隨風搖曳。

女子發出一陣咯咯的笑聲，「薩麥爾也敗了，看來你沒有什麼辦法了？」

黑影轉過身來，用銀色的雙眸注視著女子，「即使如此，也並不代表現在的路西法就是曾經的路西斐爾。」

女子再次笑了起來，笑聲穿過雲層直衝天際，「你還是和之前一樣，從不願意聽從命運的安排。」

黑影搖了搖頭，「其實你和我一樣，從不任憑命運的擺佈。」

女子柔美的聲音帶著一絲難以捉摸的情緒，「你讓我想起了另外一個女子，那個從不向命運屈服的美麗女子。」

黑影點了點頭，沒有再說話。

美麗的女子化作一道紫紅色的閃光消失在天空之中，「我們都在等待著約定的時刻來臨，一切就讓我們拭目以待吧。」

「一切就讓我們拭目以待。」黑影似乎在自言自語一般。

一陣巨風吹過，將天空中的烏雲吹得不停翻滾，黑影低下頭，緩慢地向城堡內走去，消失在無邊的黑暗之中。

第27章　月下的輪迴

天界大聖城，彌賽亞正獨自坐在官邸裡。房間的門緩慢推開，雷米爾走了進來，向彌賽亞行禮。

彌賽亞站起身來，聖潔的臉上露出微笑，金色的瞳孔注視著雷米爾。

「雷米爾，想必地獄方面又有了新的消息。」彌賽亞說。

「是的，彌賽亞大人。」雷米爾說。

彌賽亞點了點頭，「地獄發生的一切我已經知道了，薩麥爾也敗在路西法手上。」

雷米爾的臉上露出驚訝的表情，「彌賽亞大人，你真是無所不能，任何事都逃不過你的眼睛。」

彌賽亞收回自己的笑容，「雷米爾，我並非如你所說，我們敬愛的神才是無所不能的。」

「彌賽亞大人，請你原諒我的失言。」雷米爾說。

彌賽亞似乎沒有聽到雷米爾的話，轉過身走到視窗，「雷米爾，薩麥爾既然已經敗在路西法手下，那個誤入地獄的靈魂返回天界的時刻即將到來了。」

「是的，彌賽亞大人，我也感覺到他即將重返天界。」雷米爾說。

「雷米爾，除了監視地獄裡的一舉一動，引渡這個誤入地獄的天使的靈魂才是你最重要的任務。」彌賽亞抬起頭來仰望天空，燦爛的陽光將他的臉映照得更加明亮。

「彌賽亞大人，請你放心，一旦時機來臨，我會將他帶回天界。」雷米爾說。

彌賽亞沒有說話，輕輕點了點頭，示意雷米爾退下。雷米爾慢慢退出屋子，消失在走廊盡頭。

地獄深處的城堡裡，黑影正坐在御座之上，在他的對面一個穿著黑色斗篷的身影正站在闕下，黑影搖了搖頭，用銀色的瞳孔注視著下麵的惡魔。

「現在輪到你了。」黑影的聲音愈加低沉。

「大人，我非常願意前往路西法的營地。」這個惡魔說。

「請你不要怨恨我。」黑影歎了口氣。

「大人，你不必太過自責。」惡魔回答。

「再過幾天就是滿月之日，到時是你能發揮最大力量的時刻。」黑影說。

惡魔沒有說話，微微點了點頭。

「我知道你和路西法有著深厚的情誼，但是宿命難以打破。」黑影說。

闕下的惡魔沒有說話，只是再度點了點頭，然後向黑影行禮，轉身緩慢地走向門口。

等到惡魔的身影完全消失，黑影才站起身來，走到王廳的窗前，遙望著黑暗的天空。

「路西斐爾，我並不希求你能原諒我所做的，這一切都是為了重建新的秩序，也是為了地獄和天界的未來，為此必須有天使付出生命的代價，即使他是你最親密的兄弟也不例外，只希望在熊熊的地獄火湖中你能明白我的真意。」黑影說。

黑影轉過身，緩慢走向御座。

一個天使的身影出現在窗前，張開的潔白羽翼散發出明亮的光芒，將黑暗的王廳映照得十分明亮。

黑影轉過身來，用銀色的瞳孔注視著這個天使，「雷米爾，你來了。」

雷米爾點了點頭，「看來約定的時刻來臨了，我會帶走他的靈魂，引領他渡過地獄之門，返回天界。」

「雷米爾，你相信命運嗎？」黑影說。

雷米爾的臉上劃過一絲微笑，但那並不是嘲笑的神態，天使用純潔的雙眸注視著黑影的眼睛。

「難道從不相信命運的你，也開始懷疑自己所作的一切早已註定？」雷米爾說。
黑影發出一陣自嘲般的大笑，「你錯了，雷米爾，我從不相信命運。」
雷米爾瞬間化作一道閃光，消失在黑暗的天空之中。
「即使如此，宿命依然無法改變，等待著你的結局也將是無盡的黑暗。」雷米爾的聲音低且沉，沿著風的軌跡越飄越遠。
路西法依然在前進，在分不清晝夜的黑暗地獄深處，戰士們依然在不停前行，向著未知的城堡深入。
黑夜來臨，這一晚的天空格外晴朗，天幕又恢復了本來的墨色，月亮從烏雲之後探出身來，將柔和的月光灑向乾涸的大地。
又是一個滿月之夜，路西法緩慢走出營寨，來到廣闊的平原之上，夜風帶著微涼輕浮而過，吹動路西法的披風微微擺動。
路西法抬起頭看著天空中的圓月，腦海裡浮現出沙利艾爾的身影，年輕天使的心上閃過一絲憂傷。
「沙利艾爾，在這茫茫的地獄之中，你又身處何方？你是否與我同樣遙望著天空，注視著同一輪圓月？」路西法搖了搖頭，轉過身去。
一個身影突然從天而降，落在路西法的背後，路西法也感覺到了身後的聲響，轉過身去。穿著漆黑色斗篷的惡魔摘下帽子，露出那張英俊的臉旁。

當看到這個惡魔的臉時，路西法的瞳孔瞬間放大，淡藍色的短髮，一雙如月光般明亮的雙眸，除了這發色和眼眸，這張面孔與沙利艾爾別無二致。

「沙利艾爾，是你！」路西法失聲叫出聲來。

「路西斐爾大人，我並不是沙利艾爾，他只是我腦海中的一個記憶，我是月之天使沙利葉。」沙利葉回答。

「你說沙利艾爾是你腦海裡的一個記憶？」路西法說。

沙利葉點了點頭，「是的，在我的腦海裡存有世代轉世的月之天使沙利葉的記憶，你的朋友沙利艾爾的記憶也是其中之一。」

「也就是說，沙利艾爾還活著。」路西法說。

「是的，他一直活在這裡。」沙利葉伸出細長的手指，指向自己的內心。

路西法點了點頭，「謝謝你，沙利葉。」

「路西斐爾大人，我想你應該知道我來找你的原因。」沙利葉說。

「我想你的任務是來取我的性命。」路西法說。

沙利葉點了點頭，「路西斐爾大人，我是奉神之命監視地獄的天使，往返穿梭於天堂和地獄之間，以保護聖潔的靈魂不受罪的玷污。任何違抗神之命的，無論是天使還是惡魔都必須剷除，這是我的使命。」
「沙利葉，這原本是每一個天使的使命。」路西法說。
「路西斐爾大人，數千年來存留的記憶告訴我，我必須這樣做。」沙利葉說。
「揮劍吧，沙利葉。」路西法說。
沙利亞拔出長劍，長劍在月光的照射下發出陰柔的光芒，劍身上似乎有月光在湧動，長劍向一道銀色的閃光向著路西法襲來。路西法輕輕閃過沙利葉的進攻，拔出長劍反擊，兩把劍碰觸的剎那，天空中出現一條耀眼的軌跡，如一道閃電劃破黑暗的夜空。
守夜的士兵聽到營寨外武器碰撞的聲音，紛紛跑出營寨。在滿月的映照下，兩個身影在天空不停舞動，不斷接觸然後分開，兩條銀色的長劍劃過長長的軌跡，散落下明亮的光芒。
兩個戰士振動雙翼，向著沙利葉撲來，沙利葉閃開路西法的進攻，揮動長劍，劍身緩緩落下，兩個戰士瞬間被刺中，落在地面上。
「都別過來，你們不是沙利葉的對手，這是我和他的戰鬥。」路西法大聲喊著。
路西法的聲音將阿撒茲勒和薩麥爾引來，兩個惡魔衝出營寨，望著天空中的路西法和沙利葉。
阿撒茲勒搖了搖頭，轉身看著背後的薩麥爾，「薩麥爾，我們這些天使是真正墜入地獄的天使，而沙利葉卻不同，不過是受了他的操縱。」

薩麥爾點了點頭，「沙利葉此時已經失去了本心，他只想著殺死路西斐爾，完成數千年前未能完成的使命。」

「是啊，數千年前神探知我們這些天使的不滿之心，命令沙利葉用邪眼之力封印路西斐爾，這一舉動徹底激怒了路西斐爾，造成了那場大戰。」阿撒茲勒說。

「看來這一幕將在地獄中重演了。」薩麥爾說。

「薩麥爾，你的意思是……」阿撒茲勒看著薩麥爾。

薩麥爾沒有繼續說下去，而是抬起頭看著天空中的路西法和沙利葉，一言不發。

路西法揮動長劍，劍鋒捲起一陣風向著沙利葉襲來，沙利葉偏過身體，路西法的劍從他的身體滑過刺中了黑色的披風，披風瞬間斷成兩截從天空中緩緩飄落。

沙利葉的淡藍色的頭髮在微風的吹拂下緩緩飄動，他揮動右臂，長劍自天空中落下，劃出如流星一般的軌跡，散發出淡淡的月亮的光華。路西法揮劍抵擋，兩把劍碰觸發出叮噹的響聲，彷彿悅耳的音符在不停躍動。

路西法的劍越來越快，天空中出現無數閃光的軌跡，向著沙利葉襲來，沙利葉的身體幾處中劍，鮮血從傷口裡湧了出來。路西法避開沙利葉的進攻，退到沙利葉的對面，路西法和沙利葉注視著對方，飄浮在天空中一動不動。

「沙利葉，你不是我的對手。」路西法說。

鮮血順著沙利葉的手臂流到長劍的劍身上，劍發出巨大的鳴叫聲，沙利葉舉起劍，「路西斐爾大人，就讓你看看滿月之日的月之天使的力量。」

沙利葉的劍鋒自天空落下，出現一道巨大的閃光，這閃光閃耀著月亮的光華，向著路西法而來，閃光接近路西法的剎那，路西法的身前出現了光輝的晨星之盾，銀色的盾牌在月光的映襯下熠熠生輝。

閃光瞬間散去，銀色的盾牌也旋即消失，路西法依然停留在原地，用澄清的雙眸注視著沙利葉。

沙利葉再次舉起劍，向著路西法回來，劍身化作一條銀色的閃電，路西法收回長劍，右手化作巨大的劍身，向著沙利葉揮去。沙利葉的長劍化成的銀色閃電瞬間被路西法的劍身所吞噬，一道明亮的亮光從沙利葉的胸前劃過，沙利葉的鎧甲瞬間出現一道裂縫，一道深深的傷口出現在皮膚上，紅色的鮮血順著鎧甲流了出來。

「沙利葉，我說過，你不是我的對手。」路西法說。

沙利葉收回長劍，注視著路西法，似乎在喃喃自語一般，「看來，我不得不使用邪眼之力了。」

沙利葉念動咒語，瞬間月光般的瞳孔變成了赤紅色，發出刺眼的光芒。

薩麥爾和阿撒茲勒也注意到沙利葉的變化，阿撒茲勒大聲向著路西法喊著，「路西法大人，不要直視沙利葉的眼睛。」

一切為時已晚，當路西法的雙眸接觸到沙利葉赤紅色的目光時，頓時感覺身體受到了操控，全身失去了控制。

「路西斐爾大人，得罪了。」沙利葉說。

阿撒茲勒和薩麥爾看到這一切，振動雙翼向著沙利葉撲來，沙利葉轉過身用一雙赤紅色的雙眼注視著兩個惡魔，雙眸中釋放出紅色的光芒，籠罩住了阿撒茲勒和薩麥爾，兩個惡魔被封印在原地，動彈不得。

「薩麥爾，阿撒茲勒，別來搗亂，等我封印了路西斐爾，就輪到你們了。」沙利葉說。

沙利葉的雙眸變得越發冰冷，他拔出長劍，指向路西法。

「路西斐爾大人，原諒我的無禮，你的生命就將終結，我會帶著你的靈魂重返天界，放在神的天秤之上，由神來裁決。」沙利葉說。

「沙利葉，你究竟想幹什麼？」阿撒茲勒大聲說。

沙利葉沒有理會阿撒茲勒的話，舉起長劍，在劍鋒落下的剎那，沙利葉的左手突然抓住握劍的右手手腕。

「沙利葉，我不允許你傷害我的朋友。」沙利艾爾的聲音從沙利葉的口中傳來。

「你究竟想幹什麼？沙利艾爾，你想違背神的意志？」沙利葉說。

「不，我並不想違背神的意志，只是我不能用我的劍傷害我的摯友。」沙利艾爾說。

隨著沙利艾爾和沙利葉的爭執，沙利葉雙眼的赤紅色漸漸退去，路西斐爾的聲音從路西法的內心深處傳了出來，「路西法，機會來了。」

路西法舉起劍向著沙利葉，年輕天使搖了搖頭，右手臂緩緩落下，「就像沙利艾爾所說，我不能向我的摯友揮劍。」

「路西法，一旦這個機會失去，你還會被沙利葉的邪眼所控制。」路西斐爾說。

「路西法，舉劍吧，我已經控制不住沙利葉的力量了。」沙利艾爾大聲喊著。

路西法聽到沙利艾爾的話，澄清的雙眸裡噙滿了淚水，他緩慢地舉起劍，手臂不斷顫抖，劍身也跟著不停晃動。

「做決斷吧，路西法。」路西斐爾說。

「路西法，要快！」沙利艾爾大聲說。

路西法振動羽翼，化作一道黑色的閃光，轉瞬間出現在沙利葉的面前，閃耀著銀色光芒的長劍刺穿了沙利葉的身體，血液旋即流滿了長劍的劍身。

沙利葉的臉上閃過一絲幸福的表情，沙利艾爾的聲音再次傳來，「路西法，看到你平安無事，我的心裡也沒有遺憾了。」

兩行熱淚沿著路西法的臉頰流了下來，晶瑩的淚珠順著風飄落下來，落在地面上。

沙利葉用力推開路西法，身體向著大地落下，在接觸到地面的剎那，化作一道潔白的閃光向著天空飛去。

天空中出現了天使的身影，雷米爾潔白的羽翼釋放出明亮的光芒，白色的閃光回到雷米爾的手中。

「是誰？」路西法看著雷米爾。

「路西法，我是雷米爾，沙利葉不會就此死去，在不久的將來你們將會在天界重聚。」雷米爾說。

雷米爾的身體化作一道閃光，向著地獄之門的方向飛去，頃刻間穿過地獄之門，返回天界。

路西法的手臂緩慢垂下，劍身上沐浴的鮮血順著劍尖滴落地面，「我和沙利艾爾還會在天界重聚……」

路西法喃喃低語，一直在不停重複著，夜風飄來，掠過路西法的身體，消失在天的盡頭，天空之中只留下明亮的圓月將皎潔的月光灑向大地。

數天後，天界大聖城，大聖堂內的祭壇前，彌賽亞念動咒語，祭壇發出銀白色的光芒，祭壇之上放著的六棱形的藍色水晶器皿緩慢打開，潔白的靈魂瞬間湧出。

天使們發出柔美的歌聲，教堂的鐘聲再度響起，祭壇發出耀眼的光芒，彌賽亞金色的瞳孔裡出現一片銀白。銀色的光芒緩緩退去，沙利葉的身影出現在祭壇之上，潔白的羽翼散發出明亮的光華，月光一般的瞳孔裡充滿了柔和的光芒。

沙利葉緩緩走下祭壇，來到彌賽亞的身前，跪了下來。

彌賽亞聖潔的臉上露出淺淺的微笑，「沙利葉，歡迎你回來。」

「彌賽亞大人，感謝你的幫助。」沙利葉說。

「不，沙利葉，你更應該感謝的是雷米爾。」彌賽亞扶起沙利葉。

站在彌賽亞身後的雷米爾向沙利葉輕輕點頭，沙利葉向雷米爾行禮表示感謝。

沙利葉再度轉向彌賽亞，「彌賽亞大人，請你為我安排任務。」

「沙利葉，我想你應該好好休息。」彌賽亞回答。

「彌賽亞大人，請你務必讓我為天界奉獻自己的力量。」沙利葉說。

彌賽亞點了點頭，「沙利葉，既然如此，你就暫時和雷米爾一起，負責監視地獄的情況。」

沙利葉向彌賽亞行禮，和雷米爾一起走出教堂，消失在街角。

聖蜜雪兒教堂的鐘樓上，米迦勒正用那雙明亮的雙眸注視著這一切，看到沙利葉和雷米爾消失在街道的盡頭，米迦勒緩緩踱步走下樓梯，一閃消失在聖米歇爾教堂深處。

第28章　天上的主人

地獄深處的黑暗城堡中，黑影正獨自坐在王廳御座之上，大殿之內空空蕩蕩，黑影用右手撐著額頭，閉著眼睛似乎在思考著什麼。不知過了多久，黑影睜開銀色的雙眸，緩慢站起身來，走到王廳的窗戶前。黑影打開窗戶，一陣寒冷的風順著視窗飄了進來，他抬起頭，看著烏雲密佈的天空，臉上劃過一絲複雜的神情。

「路西斐爾，在與你交戰之前，我還有另外一件事要做。」黑影自言自語地說。

黑影輕輕一躍，懸浮在空中，旋即化作一陣閃光向著地獄和天界交織的盡頭飛去，消失在地獄之門的一側。

天界大聖城，黑暗緩慢來臨，米迦勒安靜地躺在床上，腦海裡翻湧著一個又一個疑問。在半夢半醒中米迦勒沉沉睡去。一縷微弱的陽光從米迦勒的視窗射了進來，米迦勒坐起身來，慢慢踱步來到窗前。

當米迦勒打開窗子時，頓時驚呆了，城市的街道已經被鮮血染成了紅色，四處佈滿了死去天使的屍體。大聖堂的鐘聲突然響起，一群白鴿衝上天空，雙翼被鮮血染成殷紅。鐘聲隨即戛然而止，米迦勒振動羽翼飛上天空，大地一片荒蕪，清澈的河水不知什麼時候變成了血紅色，遙遠的城市裡閃爍著熊熊火光。

米迦勒看到路西法正漂浮在天界的上空，神之淨土白之月散發出銀色的光芒，向著天界的盡頭墜落。路西法轉過頭，看著米迦勒的眼睛，雙眸裡釋放出冰冷和絕望。路西法舉起劍，銀色的劍身上赤紅色的銘文不停閃爍，劍鋒自上而下，刺穿了米迦勒的身體，米迦勒潔白的六翼瞬間折斷，墜落地面。

路西法舉起劍，向著米迦勒而來，米迦勒暫態驚醒，意識到自己依然躺在官邸的臥室裡。米迦勒坐起身來，汗水佈滿全身，他定了定神，站起來走到床邊。

大聖城籠罩在一片安寧寂靜的夜色之中，烏雲緩慢遮蔽了月亮的光芒，淅淅瀝瀝地小雨悄然而至。米迦勒用右手扣了扣腦門，意識到那不過是自己的夢境，他搖了搖頭，轉身向著床邊走去。

一道明亮的閃電劃破夜空，黑色的陰影出現在米迦勒身體的側面，米迦勒警覺地轉過身來，看到黑影正漂浮在視窗。

「是你。」米迦勒說。

「是我，米迦勒，看得出你又做噩夢了。」黑影回答。

米迦勒沒有回答黑影的問題，用明亮的雙眸注視著黑影，「我想你應該告訴我你究竟是誰？」

黑影搖了搖頭，發出一陣自嘲的笑聲，「米迦勒，即便我告訴你，沒有恢復記憶的你也很難能夠記起我的名字，不要試圖從拉結爾編寫的天界典籍中尋找埋藏在黑暗中的一切，因為我們這些天使早已被天界除名。」

「被除名的天使？」米迦勒的瞳孔放大了。

「貴為創世天使的我們，因為那場天堂之戰，最終被天界除名，墜入地獄，成為惡魔的象徵。」黑影說。

「天堂之戰？」米迦勒說。

「對，數千年前，天界創世之初，彌賽亞降臨天界，神要求我們向彌賽亞參拜，我們這些榮耀的創世天使拒絕向彌賽亞參拜，在路西斐爾的帶領下舉起叛旗，這就是第一次天使之戰，也就是天堂之戰。」黑影說。

「路西斐爾，難道是路西法？」米迦勒說。

「是的，路西斐爾墜入地獄之後消失無蹤，後來我們才明白神封印了路西斐爾的記憶，路西斐爾得以在天界世代轉生，這一次地獄之門再度向路西斐爾開啟，意味著約定的時刻即將到來。」黑影說。

「約定的時刻？」米迦勒看著黑影的雙眸。

「你的夢境已經告訴了你答案，天國的階梯將會崩塌，那就是約定的時刻來臨之後天界的景象。」黑影說。

「如果你告訴我那是天界的未來，我絕不會坐視這樣的未來來臨。」米迦勒說。

黑影發出一陣大笑，黑色的長袍完全被雨水浸濕，「米迦勒，可惜你無能為力，我們都逃不開宿命的循環。」

「我始終相信，路西法不會將天界變成死亡之地。」米迦勒說。

「不，那不是死亡之地，而是極樂淨土，沒有消亡就沒有重生，那是天界的末日，也是新的創世的開端。」黑影說。

「我絕不會允許你們破壞天界的和平，身為天使的我們會用生命去保衛天界。」米迦勒回答。

「那就讓我們拭目以待。」黑影說。

黑影化作一道光，劃過黑暗的夜空，向著天界的盡頭飛去，只留下米迦勒孤獨的身影留在黑暗之中。

彌賽亞官邸的房間中燈火通明，彌賽亞獨自站在窗前看著黑影遠去的方向，低頭沉思著。

「約定的時刻即將來臨，謎底也會在那一刻揭開，至於天界和地獄的命運，卻未必如你們所願。」彌賽亞喃喃自語。

黑影返回地獄深處的城堡，路西法的軍隊已經來到城堡前面，黑影歎了口氣，回到御座之上。黑夜緩慢過去，黎明來臨，烏雲密佈的天空沒有一絲光亮，黑影站起身來，來到視窗，飛向空中，出現在城堡正前方。

黑影出現在路西法的面前，全身包裹著灰白色的烈焰，如同一個明亮的灰白色的太陽，路西法看到這一切，振動羽翼飛向天空。

路西法從黑影銀色的瞳孔裡看到火焰不停燃燒，黑色的披風隨風不停擺動，黑影摘下漆黑色的面具，露出莊嚴的不可一世的面孔，灰白色的頭髮不停被風吹拂飄動。瞬間，路西法彷彿看到米迦勒出現在他對面，但是那張冷峻威嚴的英俊臉龐上看不出一絲的慈愛，冰冷的目光如一道寒光射了出來。

「路西斐爾，我們終於相見了。」黑影的聲音異常低沉。

「你究竟是誰？」路西法注視著這個神秘的惡魔。

「路西斐爾，我是天界的創世天使貝爾其巴普，也是地獄的鬼王別西卜，我是榮耀的天使，也是司暴食的惡魔。」別西卜解開披風，黑色的披風隨著風緩慢飛舞，落在地面上。

尼斯洛克露出驚訝的神情，「是『天上的主人』，貝爾其巴普大人！」

別西卜背後的六翼緩慢張開，灰白色的羽翼綻放出黯淡的光輝，隨即轉向明亮，張開的羽翼不停振動，發出震耳欲聾的鳴響。

「創世天使？」路西法睜大了眼睛。

「路西斐爾，當年被稱為光輝的晨星的你，是何等的尊貴和榮耀，以至於我們都甘心拜倒在你腳下，你是天界唯一可以與神等同的天使。」別西卜說。

「別西卜，我不明白你在說什麼？」路西法說。

「路西法，你應該明白，在你的身體裡有另一個你，那就是路西斐爾，等到路西斐爾衝破封印，完全覺醒，你就會獲得失去的記憶和光輝的晨星之力。」別西卜回答。

「別西卜，既然你說你曾經甘願拜倒在路西斐爾腳下，我想我和你就沒有戰鬥的必要。」路西法說。

「不，路西斐爾，我要確認你是否依舊有統帥我們的偉大力量。」別西卜拔出劍，指向路西法。

「看來戰鬥在所難免。」路西法拔出長劍。

別西卜的劍發出巨大的鳴響聲，隨後劍身的銘文釋放出灰白色的黯淡光芒，別西卜振動羽翼向著路西法衝來，劍鋒從路西法面前劃過一道閃光，飛向路西法的身體。路西法輕巧地躲過別西卜的進攻，揮動長劍反擊，銀色的劍身劃出一條軌跡，刺破黑暗的天空，別西卜猛然閃過身體，劍身一晃，蹭過路西法的臉頰，路西法英俊的臉上出現一道血印，鮮血緩慢滲出皮膚。別西卜抽回劍，消失於天空之中，轉瞬出現在路西法的頭頂，長劍自上而下劈刺而來。路西法橫起劍身拚力阻擋，兩把劍在天空中發出巨大的閃光，旋即將兩個天使的身影吞沒，發出振聾發聵的響聲。光芒緩慢散去，路西法和別西卜出現在光芒背後，兩個天使的劍依舊觸碰在一起，別西卜的劍一點一點向著路西法的身體壓來，路西法的手臂不停顫抖，巨大的力量使得他的身體幾乎成了反弓形，路西法奮力揮動長劍，兩把劍的劍身劃過，發出叮叮噹當的響聲，如同悅耳的敲擊樂器，空中暫態出現一道銀色的閃電。

別西卜退後一步，停在路西法的對面，用銀色的瞳孔注視著路西法的眼睛。

「路西斐爾，你只有這點力量嗎？」別西卜的臉上閃過一絲嘲笑。

路西法大口地喘著氣，汗水沿著臉頰流了下來，碰觸到殷紅的傷口，疼痛瞬間而至。路西法伸出左手輕輕擦了擦臉上滲出的鮮血，修長的手指立刻一片血紅。

「別西卜，就讓你看看撒旦的靈魂之力。」路西法說。

路西法不停燃燒撒旦的靈魂，黑色的烈焰包圍了全身。年輕天使舉起劍，漆黑色的劍身猶如一道黑色的靈蛇向著別西卜襲來，劍身幾次擦過別西卜的身體，但都被別西卜輕易閃過。別西卜舉起劍，兩把劍再次相碰，抵住了路西法的進攻。

「撒旦的靈魂碎片嗎？」別西卜發出一陣嘲笑，「不過如此。」

別西卜伸出左手，飛出無數銀色的光線，光線從路西法的身體上劃過，頓時血滴四濺，隨著風飄落地面。

「我說過，如果你只有這點力量，就沒有資格做我們的統帥。」別西卜說。

天空之中，一道紫紅色的閃光劃過，停留在半空之中，魅影再度出現，隱藏於烏雲之中，注視著一切。在不遠處，雷米爾和沙利葉也隱藏在烏雲之中，用銳利的眼睛觀察著天空中發生的一切。

別西卜抬起頭，看著烏雲密佈的天空，「我知道你們在那裡，誰也不許插手。」

別西卜的聲音異常清晰，刺穿了整個天空，雷米爾和沙利葉的身體因為驚愕顫抖起來，美麗女子的臉上則閃過一絲不易察覺的微笑。

別西卜轉向路西法，「路西斐爾，我們的戰鬥引來了很多客人，他們都對你充滿興趣，燃燒你的力量吧，讓我看看那曾經不可一世的光輝的晨星之力。」

路西法收回長劍，念起咒語，銀色的光輝的晨星之盾再現於空中，出現在他的左手之上，右手化成一柄巨劍，劍身上的赤紅色銘文不停閃爍。

「路西斐爾贈給你的禮物嗎？」別西卜嘴角劃過一絲微笑，「可惜這兩件武器都不是實體，連真正威力的十分之一也發揮不出來。」

路西法沒有理會別西卜的話，揮動右臂，巨劍的劍身帶起一道狂風，向著別西卜飛來。別西卜揮動長劍，長劍劃過的軌跡形成一道光的壁障，將路西法的巨劍彈開。

「別白費力氣了，可惜你還沒有獲得路西斐爾的強大力量。」別西卜說，「就讓你看看我這個曾經的創世天使的破滅之力。」

別西卜舉起劍，劍身放射出慘白的明亮光芒，劍身自上而下落下，路西法舉起銀色的盾牌抵擋，盾牌隨即破碎成了無數碎片。瞬間，路西法感覺自己的胳膊斷了，明亮光芒落在地面上，大地之上立刻出現一個深深的裂口。

「沒想到你竟然有這麼大的力量？」路西法說。

「割裂大地嗎？」別西卜發出一陣大笑，「這連破滅之力萬分之一的威力都沒有。」

路西法的右手緩緩落下，銀色的巨劍緩慢消失，「你說的對，別西卜，我確實不是你的對手。」

「路西斐爾，看來你已經絕望了。」別西卜舉起劍。

天空中美麗的女子抽出長劍，注視著別西卜，別西卜似乎也感覺到美麗女子的動作，抬起頭來望著天空中美麗女子的方向。

「看來你依然不死心。」別西卜說，「眼前的這個黑色六翼的天使並不是路西斐爾，他不過有路西斐爾的軀殼而已。」

「別西卜，我並不想插手你和路西斐爾的戰鬥，但是我相信你不是路西斐爾的對手，你不要忘了，現在的路西斐爾還擁有我創造的神器。」美麗的女子的聲音劃過寂靜的天空，沿著風傳了過來。

別西卜發出一陣冷笑，「原來你說的是那件東西。」

「路西法，不要絕望，你就是我，我就是你。」路西斐爾的聲音從路西法的腦海裡傳來。

「路西斐爾，看來只有我助你一臂之力了。」撒旦發出一陣狂笑，「就讓我燃燒撒旦鎧甲和靈魂碎片的力量，幫助你解開封印。」

「沒想到我這麼高傲的天使也要借助惡魔的力量。」路西斐爾發出一陣自嘲的笑聲。

「彼此彼此，如果你不想和我一樣靈魂俱滅的話，我建議你最好接受我的提議。」撒旦說。

「來吧，撒旦，讓我看看你那無以倫比的偉大力量。」路西斐爾說。

撒旦發出一陣大笑，「路西斐爾，也讓我看看你那等同於神的偉大力量。」

撒旦靈魂之力不停升騰，路西斐爾也在不斷提升天使之力，天空之中的路西法身上再次出現了潔白火焰和黑色火焰交相輝映的場景。別西卜也感覺到路西法身體裡散發出的巨大力量，他被這股力量震懾，身體不停顫抖，停在原地。

撒旦的靈魂之力燃燒到了極致，路西法的身體完全被黑色的烈焰所包圍，天空中的路西法變成一團黑色的熾焰不停湧動，火焰緩慢散去，路西法出現在天空之中。

「路西斐爾，機會來了。」撒旦說。

「路西法，把你的身體交給我，讓我來對付別西卜。」路西斐爾說。

路西法的瞳孔瞬間失去了光彩，意識也陷入了沉睡。潔白的烈焰籠罩了路西法的身體，光輝的晨星之盾和巨劍再度出現，年輕天使漆黑色的雙眸變得異常冰冷，綻放出震懾心魄的光芒，注視著別西卜。

別西卜注意到了路西法身體的變化，瞳孔瞬間放大，嘴角劃過一絲冷笑，「這種感覺，是真正的路西斐爾！」

天空中美麗女子的臉上劃過一絲微笑，將波浪形的長劍收回劍鞘。

天空的另一端，雷米爾和沙利葉同時露出驚恐的神色，他們互相對視了一眼，沒有說話，但是都讀懂了對方眼睛裡的意思。

「別西卜，你居然敢傷害我的身體。」路西斐爾說，「我從宣佈拋棄天使的榮耀開始，就摒棄了天使的艾爾的末尾，改名叫作路西法，因此世代轉生的路西法就是我的化身。」

「路西斐爾，雖然你的能力足夠強大，但是並不代表被封印的你有超越我的力量。」別西卜恢復了平靜，用銀色的雙眸注視著路西斐爾。

「別西卜，你想反叛我？」路西斐爾的聲音異常嘹亮，刺破了天際。

「不，我並不想反叛，我只想證明，你還是那個曾經帶領我們對抗神的無上榮耀的天使。」別西卜回答。

「現在你還想嘗試嗎？」路西斐爾說。

「當然，路西斐爾，就讓我看看你那曾經與神等同的偉大力量。」別西卜說。

別西卜舉起劍，向著路西斐爾刺來，路西斐爾沒有還擊，輕巧地閃過別西卜的進攻，退到一旁。

「別西卜，數千年地獄的等待讓你的身體變得遲鈍了。」路西斐爾發出一陣嘲笑。

「勝負還沒有分曉。」別西卜說。

別西卜再度舉起劍向著路西斐爾刺來，這次路西斐爾沒有閃躲，停留在原地，在別西卜的劍碰觸到路西斐爾身體的剎那，路西斐爾的身體發出一陣明亮的閃光，別西卜的劍身化成細小的碎片，消失在閃光之中。

「別西卜，別白費力氣，你不是我的對手。」路西斐爾的雙眸變得異常冰冷。

別西卜發出一陣大笑，「路西斐爾，你註定是地獄的主人，宿命也無法逃脫，就讓我再度成為你的僕人。」

別西卜念起咒語，撒旦的靈魂碎片從他的身體裡飛出，化作一道閃光消失在路西斐爾的身體裡，別西卜降落地面，跪倒在地。

「路西法，我能做的也僅限於此了。」路西斐爾的聲音越來越小。

「路西法，剩下的一切要看你的了。」撒旦的聲音也消失了。

路西法瞬間恢復了意識，他感到渾身刺痛，身體不停顫抖失去了控制，汗水沿著臉頰不停流淌。年輕天使身體一歪落在地面上一動不動，薩麥爾和阿撒茲勒急忙衝上前扶住路西法的身體，別西卜也走到路西法的面前。

「路西法大人，原諒我的無禮。」別西卜說。

路西法費力地點了點頭，慘白的臉上毫無血色，在薩麥爾和阿撒茲勒的攙扶下向著別西卜的城堡走去。

紫紅色的魅影化作一道閃光，發出柔媚的笑聲，「路西斐爾，我會等待著你的到來。」

沙利葉和雷米爾也化作兩道閃光，向著地獄之門的方向飛去，消失在天界的方向。

天界大聖城，明亮的陽光之下，彌賽亞的臉變得十分憂鬱，「連別西卜都屈服了嗎？難道命運真的無法改變。」

大聖堂的鐘聲再度響起，一群白鴿飛向天際，消失在耀眼的陽光之中，風掠過大地，樹葉發出沙沙的響聲，湛藍色的泉水叮咚流淌。

第29章　魅惑之瞳

經歷了幾天的休息，路西法的身體終於恢復如常。清晨時分，路西法從臥室的床上坐起身來，走到窗前，天空依舊一片陰霾，小雨淅淅瀝瀝下個不停，打開窗戶一陣濕潤的風帶著潮氣撲面而來。路西法穿好衣服，走到會議廳裡，讓衛兵將別西卜請來。

不久，別西卜推開會議廳厚重的大門走了進來，他依舊保持著威嚴的神態，看到別西卜進來，路西法示意他坐下。

沒等路西法開口，別西卜率先說話，「路西法大人，我想在你心裡一定充滿疑問。」

路西法點了點頭，用澄清銳利的雙眸注視著別西卜，「正是如此。」

「路西法大人，只要解開了記憶的封印，一切都將真相大白。」別西卜說。

「那麼，怎麼樣才能解開記憶的封印呢？」路西法問。

「明天清晨請你前往城中的祭壇，我會盡力而為。」別西卜說。

路西法向別西卜點了點頭，別西卜站起身來慢慢退了出來，年輕天使坐在原地一言不發，如雕像一般沉寂。

白晝很快過去，夜晚如期而至。路西法獨自走回臥室，躺在寬大柔軟的床上，這一夜他輾轉反側，難以入眠，腦海裡充滿了對恢復記憶的期待與擔憂。

在這樣的情緒裡，路西法慢慢睡去，等他睜開雙眼，驚訝地發現自己正停留在天界上空，大地上屍骸遍佈，連泥土也變成了紅色，清澈的水流變得一片赤紅，散發著難聞的血腥味，遙遠的天際神之淨土緩緩墜落，大地之上一片火光閃爍。

路西法從夢境中驚醒，緩慢坐起身來，黑夜正在離去，黎明緩緩來臨。路西法走到視窗，揚起頭看著烏雲密佈的天空，雙眸釋放出明亮的光芒。

黎明時分，路西法獨自前往城中心的祭壇，漆黑色的水晶祭壇釋放出耀眼奪目的黑色光華，在祭壇之下惡魔將軍們都等在周圍，別西卜依舊身著黑色的長袍，一動不動立在祭壇的前面。

看到路西法走來，別西卜迎上前去，「路西法大人，請你登上祭壇。」

路西法緩步走上黑水晶的階梯，走到祭壇中央。別西卜念起咒語，天空中風起雲湧，黑色的烏雲化作巨大的漩渦，一束銀色的巨大閃光從天而降，包圍了祭壇，黑色水晶在銀色閃光的映照下散發出明亮的光芒，路西法的身體瞬間被光芒所包圍。

別西卜咒語的聲音越來越大，瞬間一道閃電從天空中落下，銀色的閃光消失於天空之中，祭壇再次恢復平靜，路西法依舊站立在祭壇中央，注視著別西卜。

別西卜失望地搖了搖頭，走到祭壇前方，「路西法大人，看來我沒有力量解開神的封印。」

路西法走下臺階，來到別西卜面前，「別西卜，你說你不能夠解開神的封印？」

別西卜點了點頭，「正是如此，我本以為依靠撒旦之力能夠解開神的封印，看來事情並不簡單。」

「那是因為路西法大人並沒有得到全部的撒旦的靈魂碎片。」巴力走上前來。

「巴力，你的意思是？」別西卜注視著巴力的眼睛。

「別西卜，你應該知道，撒旦的靈魂碎片一共有十三塊，而路西法大人只得到十二塊，還有一塊在貝利亞手中。」巴力說。

別西卜向巴力點了點頭，「沒錯，最後一塊靈魂碎片在創造了撒旦靈魂的貝利亞手中。」

「貝利亞？」路西法看著別西卜和巴力。

「貝利亞，難道是？」阿撒茲勒和莫斯提馬大聲說。

「是的，貝利亞，她在天界的名字叫做彼列。」別西卜回答。
「是彼列。」阿撒茲勒和莫斯提馬的聲音更大了。
「沒錯，別西卜，貝利亞不僅掌握了最後一塊撒旦的靈魂碎片，並且是撒旦靈魂的創造者，還掌握著解開所羅門之鑰的秘密。」巴力說。
「巴力，你究竟想說什麼？」別西卜說。
「只要擁有了完整的撒旦之力再加上所羅門之戒，我想就能夠解開神的封印，釋放路西斐爾。」巴力說。
「你的意思是？」別西卜說。
「巴力說的沒錯。」紫紅色的魅影出現在天空之中，柔媚的聲音傳向大地。
別西卜和巴力同時抬起頭來，看到一座巨大的島嶼飄浮於天空之中，美麗女子獨自停留在祭壇正上方。
「永不墜落的方舟，浮游城的主人彼列，你終於現身了。」別西卜看著彼列。
彼列的臉上露出嫵媚的神情，嘴角劃過一絲淺笑，雪白的玉臂環抱在胸前，雙眸裡釋放出明亮的光芒。
「彼列，是你。」莫斯提馬說。
「是我，莫斯提馬，約定的時刻即將來臨，所以我現身於此。」彼列回答。

「原來是你一直在幫助我。」路西法抬起頭看著彼列美麗的身影。彼列發出咯咯的笑聲，「路西斐爾，我所做的一切都是為了你。」

「為了我？」路西法似乎在喃喃自語。

「我會在浮游城的城堡中等你。」彼列化作一道光消失於天空之中，向著浮游城飛去。

「別西卜，跟我來。」路西法說。

別西卜跟著路西法進入會議廳，路西法示意別西卜坐下，年輕天使用明亮的眼睛注視著眼前的這個惡魔。

「別西卜，給我講講彼列的事。」路西法說。

「路西法大人，彼列與我同為創世天使，由於天堂之戰我們一同墜入地獄，捨棄了天使的名字的末尾並被路西斐爾大人賜名貝利亞。」別西卜說。

「我想知道彼列為什麼一直在幫助我？」路西法說。

「是因為愛。」別西卜站起身來，走到窗口。

「因為愛？」路西法的臉上劃過一絲驚訝。

「是因為糾葛了數千年的對路西斐爾的愛戀。」別西卜說，「彼列是天界最美麗的天使，也是天國的副君和執政官，而路西斐爾是天界驕傲的晨星，彼列一直愛戀著路西斐爾，這樣的感情一直持續了數千年沒有改變。」

「既然如此，我想只有我能夠勸說彼列交出最後一塊撒旦的靈魂碎片。」路西法站起身來。

「路西法大人，事情恐怕並不像你說的那麼簡單，彼列擁有的力量超乎想像，擁有近乎於神的強大實力，在這數千年裡，彼列一直隱居在浮游城中，誰也不知道她究竟在做些什麼？」別西卜說。

「別西卜，即便如此，除了我前往浮游城還有更好的辦法嗎？」路西法說。

別西卜猶豫了一下，搖了搖頭，「路西法大人，我目前想不到更好的辦法。」

「既然如此，我會前往浮游城面見彼列。」路西法說。

別西卜沒有阻止路西法，威嚴的臉上閃過一絲陰鬱，抬起頭注視著天空中靜止不動的浮游城，一言不發。

路西法走出宮殿，振動羽翼飛向天空，向著浮游城而去，轉眼消失在浮游城上方。阿撒茲勒和莫斯提馬注視著這一切，臉上浮現出擔憂的神情。

路西法落在浮游城上，年輕天使驚訝於眼前的美麗景色，這裡鮮花盛開，綠草如茵。路西法彷彿回到了伊甸園中，在浮游城的正中，彼列的宮殿散發著銀色的耀眼光芒，路西法沿著五彩斑駁的石子鋪成的小路來到城堡前面，城堡前面矗立著一座巨大的雕像，雕像上的彼列乘坐在烈火戰車之上，美麗的容顏異常動人。路西法猛然想起在亞巴頓的城堡裡看到的頂端雕塑，竟與這座雕像別無二致。

路西法登上潔白的大理石階梯，走到大門前面。厚重的大門緩緩打開，路西法走入彼列的宮殿，宮殿的內飾是淺金色，鑲著金邊的紅色地毯一直向內延伸，將路西法帶到最後一扇金色的大門前。

路西法推開金色大門，彼列獨自坐在潔白的大理石製的御座之上，地面上紫紅色的地毯格外鮮豔。看到路西法進來，彼列站起身，摘下紫紅色的面紗，走到路西法面前。

彼列依舊穿著紫紅色的低胸長裙，胸前純白水晶的五芒星吊墜熠熠生輝，她伸出右手輕撫著路西法俊俏的臉旁，朱唇微啟，「路西斐爾，你終於來了。我想你一定驚訝於浮游城上的景色，因為這景色與伊甸園別無二致，我一直貪戀著伊甸園的美景，就如同依戀著你一樣。」

「彼列……」

路西法本想說話，彼列將自己修長的食指放在路西法的嘴上，「不要說話，路西斐爾，讓我仔細看看你的容顏。」

路西法注視著彼列的眼睛，他驚訝地發現彼列的雙眸是珊瑚色，如海水一般深邃，細長雪白的脖子上掛著一個有五芒星雕刻的水晶吊墜。

彼列伸出雙臂環繞著路西法的身體，將耳朵貼在路西法的胸前，「數千年來，我一直在找尋這種心跳。」

彼列鬆開手，緩步走上階梯，纖細的腰肢左右搖曳，鑲著金邊的裙擺不停擺動。彼列坐回御座，繼續注視著路西法，一言不發。

「彼列，你應該知道我的來意。」路西法說。

彼列絕美的容顏上劃過一絲微笑，「當然，路西斐爾，你想獲得最後一塊撒旦的靈魂之力，借用所羅門之戒的力量破除封印。」

「彼列，看來你知道一切。」路西法說。

彼列抬起纖細的右臂，將手指抵在右側額頭上，姿勢優雅而高貴，「黑色羽翼的天使，我想知道這是作為你體內的路西斐爾的決定還是你作為轉世的路西法的決定。」

「這是我和路西斐爾的共同決定。」路西法說。

彼列咯咯地笑了起來，「也許此時此刻我應該叫你路西法，其實我並不在意你是路西斐爾還是路西法，因為你依然是你，我只在意你是否願意接受我的愛。」

「原諒我不得不說實話，彼列，我對你一無所知，更談不上接受你的愛。」路西法回答。

彼列絕美的臉龐上劃過一絲悽楚和失望，「年輕的天使，你就如同數千年前的路西斐爾一般驕傲。」

「彼列，我希望你能夠交出撒旦的靈魂碎片，並且幫助我解開封印，我並不想和你戰鬥。」路西法說。

「路西斐爾，你雖然驕傲，但依然是那個心懷慈悲的天使，正因為如此，本應該成為天國君主的你卻墜入地獄。」彼列說。

「彼列，你說的一切已經毫無意義，做決定吧。」路西法說。

彼列沒有回答路西法的問題，再次站起身來，走到路西法面前，「路西法，看著我的眼睛。」

彼列珊瑚色的雙眸釋放出光芒，路西法與她對視的剎那，似乎看到了這個美麗女子的心靈深處熾熱燃燒的火焰，旋即他的雙眸失去了神采。

彼列伸出雙臂環繞著路西法，緊緊擁抱著年輕天使，兩行晶瑩的淚珠從美麗的臉頰落下，滴落在紫紅色地毯之上，「路西斐爾，雖然我難以得到你的心，但我也不願再經歷與你的生死離別，就讓我這樣永遠守著你。」

地面之上，別西卜獨自站在城堡的會議廳裡，注視著天空，「看來，彼列已經下定決心控制路西斐爾，是我行動的時候了。」

別西卜振動羽翼飛上天空，向著浮游城飛去，很快落在地面上。別西卜走向彼列的城堡，推開銀色的大門走了進去。

此時的路西法坐在彼列的御座之上，彼列獨自站在御座之後，用修長的玉臂環繞著路西法英俊的臉旁，將曲線優美的臉頰貼在路西法的臉上。

別西卜快步走了進來，看著眼前的彼列，「彼列，你究竟想幹什麼？」

「別西卜，我倒想問問你，為什麼私自闖入我的城堡？」彼列說。

「彼列，你究竟對路西斐爾做了什麼？」別西卜說。

彼列發出一陣柔美的笑聲，「只有這樣，你們這些天使和惡魔才不會把路西斐爾從我的身邊奪走，路西斐爾是永遠屬於我的。」

「彼列，你應該清楚，路西斐爾有更重要的使命。」別西卜說。

彼列的臉上劃過一絲憤怒，隨後轉為嘲笑，「更重要的使命，別西卜，這太可笑了。」

「彼列，你應該明白，數千年來我們都在等待著這一刻。」別西卜說。

「這一刻？」彼列的臉上劃過一絲悲傷，「就如同數千年前一樣，讓路西斐爾再度戰死在彌賽亞的劍下，這就是路西斐爾的使命？」

「我並不知道約定的時刻來臨之後的結果，但這就是路西斐爾的宿命。」別西卜說。

「我根本就不在乎什麼宿命，我只在乎能不能和路西斐爾相守生生世世，直到末日的來臨。」彼列說。

「彼列，這一切關乎到所有墜入地獄的天使的命運。」別西卜說，「你可曾記得大洪水後伊甸園的荒蕪，泥濘不堪的土地上數以萬計的奈費利姆和人類的亡靈，神之淨土白之月之下堆積如山的天使屍身，熊熊燃燒的第四聖城耶路撒冷中心教堂，倒塌的房屋邊悲傷的天使眼神和孩子的哭泣，天界如血的殘陽和殷紅的大地，將天界變成煉獄的景象，這一切都是你犯下的罪！」

「別西卜，你應該明白，光明絕不是絕對存在的，即使在天界之中黑暗的暗流也在光明下不停湧動！」彼列的瞳孔瞬間放大了，隨後釋放出冰冷的神情。

「彼列，你應該明白，路西法身上承載著我們這些墮天使的希望。」別西卜說。

「我拒絕，別西卜，我不在乎你的理由。」彼列回答。

「既然如此，那我們只有用劍來決定了。」別西卜說。

「如果你堅持，我奉陪到底。」彼列說。

彼列振動紫紅色的十二翼飛出城堡，別西卜跟在她的身後，來到天空之中，彼列拔出波浪形的長劍，指向別西卜。

「別西卜，你應該知道，你不是我的對手。」彼列說。

「即使如此，我也要試一試。」別西卜說。

彼列的臉上劃過一絲嘲笑，「你依然像數千年前那樣固執。」

「你不也如此，彼列。」別西卜回答。

別西卜揮動長劍向著彼列襲來，彼列輕巧地閃開別西卜的進攻，劍身如同一條銀蛇向著別西卜而來，別西卜揮劍抵擋，兩把劍在天空中相碰，發出巨大的聲響，一道明亮的閃光滑破天際。

大地之上，阿撒茲勒、薩麥爾和莫斯提馬正注視著天空，當明亮的閃光出現時，他們看了看彼此。

「是彼列和別西卜。」阿撒茲勒說。

「我們要不要幫助別西卜。」莫斯提馬說。

「我們都不是彼列的對手，如果別西卜不能戰勝彼列，我們做的一切都是徒勞。」薩麥爾說。

阿撒茲勒、薩麥爾和莫斯提馬都不再說話，注視著天空的方向。

彼列和別西卜的兩把長劍的閃光在天空中交相輝映，兩個身影時而消失於天際，時而又交織在一起，一時間難分勝負。彼列和別西卜的劍越來越快，彷彿兩條銀蛇不停舞動，在天空中劃過無數軌跡。地上的惡魔們無不注視著天空的方向，線狀的閃光充斥天際，紫紅色和灰白色猶如兩道亮光，不停在空中舞動。

兩把劍再次在空中相碰，彼列閃開別西卜的進攻，退到一旁，用珊瑚色的雙眸注視著別西卜。

「別西卜，看來我小看了你的力量。」彼列說。

「彼列，數千年的等待讓你的力量退化了。」別西卜說。

「別西卜，我還沒使用全力。」彼列笑了起來。

彼列念起咒語，胸前掛著的散發著幽藍色光芒的五芒星吊墜釋放出明亮的銀色的光華，紫紅色的火焰籠罩了彼列的全身，彼列的劍身之上銘文釋放出明亮的閃光。

彼列舉起劍，身體和長劍化作一道紫紅色的閃光，瞬間消失於別西卜面前，隨後旋即出現在別西卜身後，長劍的劍身刺穿了別西卜的身體，血滴順著波浪形的長劍低落下來。

「別西卜，我說過，你不是我的對手，我不想殺你，離開浮游城吧。」彼列的劍從別西卜身體裡抽出，劍身染滿紅色的鮮血。

別西卜身體一歪，向著地面墜落，薩麥爾和阿撒茲勒看到眼前的一幕，振動雙翼飛上天空，扶住別西卜。

「阿撒茲勒、薩麥爾，我並沒有刺中別西卜的要害，這只是個警告，如果你們再來打擾我和路西斐爾，我一定不會手下留情。」彼列的眼睛裡釋放出冷酷的光芒。

阿撒茲勒和薩麥爾將別西卜攙扶到臥室當中，放到大床上，吩咐衛兵將醫官請來。

別西卜勉強坐起身來，看著阿撒茲勒和薩麥爾，「彼列的力量太過強大，我們很難戰勝她。」

「別西卜，如果我們不能戰勝彼列，根本不可能將路西法大人救出來。」阿撒茲勒說。

「不，還有一個天使，能夠破解彼列的咒語，將路西法大人解救出來。」別西卜說。

「別西卜，究竟是誰有這樣的能力。」阿撒茲勒說。

「大天使莉莉絲。」別西卜說。

「莉莉絲！」阿撒茲勒發出一陣驚呼，「可是莉莉絲從數千年前就已經從天界失蹤了。」

「是的，但是我聽說天界重建了伊甸園，複製了莉莉絲的軀體，也許她能夠做到。」別西卜回答。

「莉莉絲的複製品力量太過弱小，根本不可能破解彼列的咒語。」阿撒茲勒說。

「關於莉莉絲我想應該問問薩麥爾，他清楚地知道這一切。」別西卜銀色的瞳孔注視著薩麥爾。

薩麥爾的聲音變得異常低沉，「是的，因為只有我知道真正的莉莉絲在哪裡。」

「薩麥爾，傳說夜之魔女莉莉絲成為了你的妻子，這一切都是真的？」阿撒茲勒的臉上露出驚訝的神色。

「這一切並不完全正確，路西斐爾放走了被囚禁的莉莉絲，使她得以逃離第五天牢獄離開天界，這一點別西卜大人也非常清楚，但是莉莉絲在天使們的追襲下受了重傷，是我幫助了她，將她破碎的身體和靈魂封印起來。」薩麥爾說。

「也就是說，大天使莉莉絲還活著？」阿撒茲勒說。

「是的，但是莉莉絲的身體太過虛弱，而且殘破不堪，根本難以形成實體。之後我們這些犯了罪的天使一部分墜入地獄，一部分被封印記憶世代轉生。如果沒有別西卜幫助我們恢復了記憶，我根本難以記起莉莉絲的一切。」薩麥爾說。

「如果有了莉莉絲的複製品，能不能喚醒莉莉絲的力量？」阿撒茲勒問。

「我想應該可以。」薩麥爾說。

「那麼我去將莉莉絲的複製品從天界接來。」阿撒茲勒說。

「阿撒茲勒，拜託了，這關乎到我們所有墜入地獄的天使的命運。」別西卜說。

阿撒茲勒點了點頭，快步走了出去，振動雙翼飛上天空，向著地獄的盡頭飛去，消失在雲的彼端。

第30章 夜之魔女

天界大聖城，彌賽亞正走在用石子鋪成的小路上，斑駁各色的石頭將道路變成了五彩的顏色。彌賽亞似乎若有所思，緩慢地踱著步子，兩個衛兵在距離彌賽亞不遠的地方緊緊跟隨。

彌賽亞停在一座小屋前，踱到用木頭圍城的院牆外停住了腳步，立在原地，似乎在猶豫些什麼。彌賽亞緩慢地推開木門，走進佈滿鮮花的院落，鮮豔的花朵撒發出誘人的清香，直入心脾，彌賽亞沒有繼續前行，而是停在院子中央，注視著小屋的門口。

小屋的房門緩慢打開，一個美麗的女子出現在門口，當她看到彌賽亞的臉時，露出驚訝的神色。

「莉莉絲，你還好嗎？」彌賽亞問。

「是你？」莉莉絲的眼睛裡流露出一絲混合著驚訝和慌亂的神情。

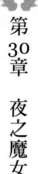

「是我，莉莉絲。」彌賽亞走到莉莉絲面前，用修長的手指輕輕托住莉莉絲的下顎。

莉莉絲伸出手撥開彌賽亞的手指，「不要碰我！」

「雖然是個複製品，但依然如此完美。」彌賽亞似乎在自言自語一般。

「亞當，你究竟想做什麼？」莉莉絲大聲說。

彌賽亞聖潔的臉上劃過一絲微笑，「莉莉絲，我不是亞當，我是彌賽亞。」

「彌賽亞？」莉莉絲的臉上浮現出一絲疑惑。

「沒錯，我曾經作為亞當成為人類的首領，但是亞當早已從伊甸園墜落，我也不再是亞當，而是彌賽亞。」彌賽亞回答。

「我不懂你在說些什麼？」莉莉絲用黑色的雙眸注視著彌賽亞金色的瞳孔。

「就如同你不是真正的莉莉絲一樣。」彌賽亞搖了搖頭。

「我不是莉莉絲？」莉莉絲的臉上閃過一絲驚訝。

「你會明白我的話。」彌賽亞轉過身，向著門口走去。

莉莉絲癡癡地立在原地，口中不停重複著彌賽亞的話，「我不是莉莉絲……」

「因為莉莉絲早已消失。」彌賽亞的聲音異常低沉，似乎在自言自語一般。

彌賽亞離開莉莉絲的寓所，踏著石子路消失在街的盡頭，莉莉絲搖了搖頭，轉身向著屋子走去。

夜晚降臨，低沉的夜幕將大地染成一片黑色，在這黑暗中，星星點點的燈光亮起，宛如一顆顆閃動的星辰。莉莉絲獨自坐在寓所的桌子前，眼睛裡充滿了不安和疑惑。

一陣低沉的敲門聲傳來，莉莉絲站起身來，來到門口，一個惡魔出現在她的面前。借著微弱的燈光，莉莉絲看到了這個惡魔的面孔，她再次露出驚訝的表情。

「莉莉絲，是我。」阿撒茲勒開口說話。

「阿札茲艾爾大人，是你！」莉莉絲失口叫出聲來，「不，你和他不同，你比阿札茲艾爾大人要更加年輕。」

阿撒茲勒點了點頭，「是的，莉莉絲，我並不是阿札茲艾爾，你所認識的守護天使阿札茲艾爾不過是我的轉世，我是真正的守護天使的首領，伊甸園的看守者阿撒茲勒。」

「阿撒茲勒？」莉莉絲說。

「是的，莉莉絲，我們需要你的力量。」阿撒茲勒說。

「需要我的力量？」莉莉絲看著阿撒茲勒的眼睛，阿撒茲勒的眼睛裡充滿了懇切，莉莉絲意識到眼前的這個惡魔並沒有撒謊。

「莉莉絲，路西法在地獄中陷入了危險，只有你能夠幫助他。」阿撒茲勒說。

聽到路西法的名字，莉莉絲的身體明顯顫抖了一下，美麗的瞳孔中流露出一絲擔心。阿撒茲勒敏銳地捕捉到了莉莉絲表情的變化，用堅定的雙眸注視著莉莉絲。

「莉莉絲，我知道在你的心裡充滿了疑惑，也一定想知道這一切的答案。」阿撒茲勒說。

莉莉絲點了點頭，「我願意相信你，如同相信阿札茲艾爾大人一樣。」

「謝謝，莉莉絲，請你馬上和我出發前往地獄，因為情況已經萬分緊急。」阿撒茲勒說。

一陣悠揚的笛聲響起，美妙的樂曲沿著風向著遠方不停飛舞，一個身影出現在莉莉絲的窗外，阿撒茲勒和莉莉絲同時望向聲音傳來的方向，一個女子的身影出現在他們面前。

「莉莉絲，我願意和你一起前往地獄幫助路西法。」這個女子開口說話。

「基羅菲，謝謝你。」莉莉絲說。

「一半天使一半惡魔的女子，這真是意想不到的強援。」阿撒茲勒說，「抓緊我，莉莉絲。」

阿撒茲勒抱起莉莉絲，和基羅菲一起向著天界的盡頭飛去，莉莉絲望著飛速而過的美麗夜色，一絲複雜的憂鬱湧上美麗的臉龐。

地獄之門緩緩打開，阿撒茲勒和基羅菲穿過地獄之門，向著別西卜的城堡而去，消失在黑暗的天空之中。

大聖城彌賽亞的官邸中，燈火將彌賽亞的臉映照得異常明亮。彌賽亞聖潔的臉上劃過一絲憂鬱，他搖了搖頭，走到窗邊，注視著黑暗的夜空。

「莉莉絲也前往地獄了嗎？看來約定的時刻越來越近了。」彌賽亞自言自語。

在無盡的黑暗中，阿撒茲勒和基羅菲降落在別西卜的城堡，別西卜和薩麥爾正等在城堡中。看到阿撒茲勒歸來，別西卜蒼白的臉上露出一絲微笑。

當薩麥爾看到莉莉絲時，驚訝得睜大了眼睛，別西卜和阿撒茲勒看到薩麥爾的表情，臉上浮現出一絲擔憂。

「薩麥爾，這真的是莉莉絲嗎？」別西卜問。

薩麥爾點了點頭，「她的身材和相貌與數千年前的大天使莉莉絲一模一樣。」

「也就是說，她是唯一可能獲得大天使莉莉絲力量的女子。」阿撒茲勒說。

薩麥爾再次點了點頭，「我想是的。」

莉莉絲對三個惡魔的談話感到十分疑惑，她用美麗的清澈如水的黑色瞳孔注視著眼前的三個惡魔。

「莉莉絲，你還認識我嗎？我是薩麥爾。」薩麥爾說。

「我想我只在天界和你見過，那時你是路西法手下的天使將軍。」莉莉絲回答。

薩麥爾歎了口氣，搖了搖頭，沒有說話。

「莉莉絲，關於你在天界和伊甸園的記憶並不真實，因為你並不是真正的莉莉絲。」別西卜說。

「我不是莉莉絲？」莉莉絲看著別西卜，「我不明白你的意思。」

「真正的莉莉絲早已經消失無蹤。」別西卜回答。

「這是我在一天裡聽到的第二次同樣奇怪的話，彌賽亞也這麼說。」莉莉絲。

「莉莉絲，你雖然只是複製品，但我們依然尊重你的選擇，如果你想幫助路西法，那麼就必須獲得天使的力量。」別西卜說。

「天使的力量？」莉莉絲問。

「是的，莉莉絲，你會見到你的前世，也就是真正的你，但是作為得到力量的交換，你的意識和記憶可能會消失。」薩麥爾說。

「莉莉絲，現在是你做選擇的時候了。」別西卜的臉上劃過一絲陰鬱。

莉莉絲低頭沉思了一下，美麗的臉上露出迷人的微笑，「如果為了幫助路西法，我願意犧牲我的一切。」

「謝謝，莉莉絲。」別西卜轉向薩麥爾，「薩麥爾，現在要依靠你的力量了，因為只有你能解開大天使莉莉絲的封印。」

薩麥爾點了點頭，「莉莉絲，跟我來。」

薩麥爾帶著莉莉絲來到城中的祭壇，阿撒茲勒、別西卜等惡魔將軍們都跟在他們身後，薩麥爾讓莉莉絲登上黑水晶的祭壇，念動咒語。

天空中瞬間出現一個圓形的魔法陣，魔法陣上銀色的五芒星光華閃現，黑水晶祭壇旋即籠罩在一片明亮的光芒之中，魔法陣發出巨大的聲響，旋轉的中心刻著五芒星的圓形大門向兩側緩慢開啟。

「莉莉絲，接下來的一切就要看你自己了。」薩麥爾說。

圓形大門之中射出一道明亮的光芒，光芒籠罩了莉莉絲的全身，光芒過後莉莉絲的身影消失在祭壇之上，魔法陣的大門緩慢關閉，消失於天空之中。

浮游城之上，彼列正注視著地面上發生的一切，美麗的臉龐上劃過一絲微笑，「薩麥爾，我倒要看看大天使莉莉絲的力量究竟有多強大。」

別西卜走到薩麥爾身邊，「薩麥爾，究竟發生了什麼？」

「別西卜，莉莉絲已經進入了封印之城，至於她能不能得到天使的力量，我也沒法肯定。」薩麥爾說。

「也就是說，我們只有等待了。」阿撒茲勒說。

薩麥爾點了點頭，臉上劃過一絲不易察覺的憂鬱，立在原地，不再說話。

等到莉莉絲恢復意識，睜開眼睛，她已經籠罩在一片黑暗之中，莉莉絲望著無盡的遠方，一束光從遙遠的彼端而來，形成一個光點。

莉莉絲摸索著向光點走去，不知道過了多久，光點變成一片亮光，一座城堡出現在莉莉絲的視線裡。城堡散發著銀色的光芒，圓形的尖塔異常高聳，四周一片鳥語花香，莉莉絲彷彿再次置身於伊甸園，沿著鋪滿鮮花的小路一直向著宮殿走去。

在城堡的前面，一座高大的黑曜石製成的雕像矗立在大地之上，雕像中的女子穿著黑色的低胸長裙，柔媚淒美的臉上流露出慈愛的表情。

莉莉絲踏上城堡的白玉階梯，厚重的大門緩緩打開，城堡的頂端用潔白的玉石雕刻著天使的雕像，白色的石柱直通向城堡的頂端。沿著長長的紅色地毯，莉莉絲走進城堡的大廳，大廳正面的御座上一個穿著黑色長裙的美麗女子坐在她的對面，遮著黑紗的臉龐露出深邃如湖水的美麗雙眸。

美麗女子站起身來，摘下面紗，「莉莉絲，歡迎你來到我的城堡，大天使之城。」

當莉莉絲看到美麗女子的臉龐時，她的瞳孔瞬間放大，眼前的美麗女子的面容與自己幾乎一模一樣，黑色的瞳孔釋放出明亮的光芒，注視著莉莉絲的眼睛。

「你究竟是？」莉莉絲看著眼前的女子。

「莉莉絲，我是前世的你，是大天使，也是夜之魔女莉莉絲。」美麗的女子張開潔白的羽翼，一時間光華四射，銀色的閃光染滿了整個大殿。

「你說你是前世的我？」莉莉絲說。

「是，我是前世的你，你複製了我的軀體和相貌，卻沒有得到我的精神和力量。」美麗的女子說，「我的身體早已支離破碎，你現在看到的只是由我的精神製造的殘像。」

「殘像？」莉莉絲說。

「是的，我的身體在逃離伊甸園之後已經支離破碎，現在你所看到的是無實體的我的精神和力量。」美麗的女子回答。

「你的精神和力量？」莉莉絲問。

「是的，莉莉絲，說說你的來意吧？」美麗的女子說。

「薩麥爾告訴我，如果想要幫助我想幫助的天使，就必須獲得你的力量。」莉莉絲回答。

「薩麥爾嗎？」莉莉絲的臉上劃過一絲愧疚，「他幫助了我，但我卻不能成為他的妻子，因為我一直愛慕著一個天使。」

「我想那就是我要幫助的天使。」莉莉絲說。

「是路西斐爾！」美麗的女子失聲脫口而出。

「確切的說，他的名字叫路西法。」莉莉絲回答。

「拋棄了天使的榮耀，以及那象徵著無上光華的天使名字的結尾，即使改名叫做路西法，我相信他依然是天界光輝的晨星。」美麗的女子回答。

「所以，我需要你的力量。」莉莉絲說。

美麗的女子搖了搖頭，「莉莉絲，我必須要說，如果你獲得了我作為大天使的力量，很有可能意味著你的靈魂和記憶將會消失無蹤，也就是說你不再是你。」

「即使如此，我也必須這樣做，因為路西法此時正陷入危險之中。」莉莉絲回答。

「看來你已經下定決心了。」美麗的女子回答，「閉上眼睛，我會將我的精神和力量注入你的軀體。」

莉莉絲緩慢地閉上眼睛，腦海裡閃過路西法的身影，似乎意識到這可能是她最後一次記起路西法。美麗的女子化作一道明亮的閃光，向著莉莉絲的身體飛去，莉莉絲的身體瞬間包圍在一片光亮之中。

城堡瞬間消失在黑暗之中，只有黑曜石的雕像散發出明亮的光芒。在黑暗之中，美麗女子的身影出現在莉莉絲面前，用澄清的釋放著光芒的雙眸注視著莉莉絲。

「莉莉絲，你準備好了嗎？」美麗的女子說。

莉莉絲點了點頭，瞬間她的身體消失在黑暗之中，失去了意識。

地面之上，別西卜、薩麥爾等惡魔將軍還立在原地。天空之中突然發出巨大的嗚響，閃耀著光華的魔法陣再次出現在天空之中，釋放出巨大的閃光，魔法陣瞬間碎裂，刻著五芒星的大門破碎成數塊消失在天空之中。

天空中出現莉莉絲的身影，黑色低胸禮服的裙擺隨著風慢慢搖曳，背後張開潔白的羽翼，天空中旋即在明亮的閃光下變得一片純白。薩麥爾和別西卜同時望向天空，薩麥爾的臉上閃過一絲驚訝，隨後改為平靜。

「是大天使莉莉絲，她終於重生了。」薩麥爾說。

莉莉絲降落在祭壇之上，緩慢地從黑色的階梯上走下來，來到別西卜和薩麥爾的面前，柔媚的臉上閃過一絲迷人的微笑。

「莉莉絲，歡迎你回來。」薩麥爾說。

「薩麥爾，謝謝你使我重獲新生。」莉莉絲說，「當然，還要謝謝使我擁有軀體的莉莉絲。」

別西卜點了點頭，「那麼你的複製品莉莉絲去了哪裡呢？」

莉莉絲用纖細修長的手指指向自己的心臟，「她一直活在這裡，我能感覺到她對路西法的依戀。」

「就如同你一樣。」薩麥爾說。

莉莉絲的臉上閃過一絲緋紅，「薩麥爾，告訴我發生的一切，路西斐爾究竟遇到了什麼危險。」

薩麥爾抬起頭，看著天空中漂浮的浮游城，「莉莉絲，看看天空，你就會明白。」

莉莉絲抬起頭來，望著浮游城的方向，「永不墜落的方舟，是彼列嗎？」

「沒錯，莉莉絲，路西法的力量還沒有恢復，彼列已經控制了路西法的身體和心智。」別西卜說。

「貝爾其巴普大人，很可惜，我的力量根本無法戰勝彼列。」莉莉絲說。

別西卜點了點頭，「當然，莉莉絲，只要你能夠讓路西斐爾脫離彼列的控制，我相信彼列不是路西斐爾的對手。」

「別西卜大人，我只能盡力試一試。」莉莉絲說。

浮游城上，彼列珊瑚色的雙眸正注視著地面上的一切，她絕美的臉上劃過一絲嘲笑，「夜之魔女莉莉絲，就讓我看看你能做些什麼？」

天界大聖城中，大地突然振動不已，劇烈的搖晃持續了很久，天空被一片烏雲籠罩，暴雨頃刻而下，閃電不停刺破黑暗的天空。

彌賽亞站在窗邊，眼睛注視著地獄之門的方向，「消失了數千年的大天使莉莉絲再次降臨了嗎？」

彌賽亞緩步走向書桌前，一陣風從視窗湧入，將滿桌的文件散落地面，雨水順著風飛入屋子，將窗子邊上的地板弄得一片濕潤。彌賽亞伏下身拾起滿地的文件，將它們整齊地放回桌子上。彌賽亞坐回椅子，臉上劃過一絲陰鬱，滿屋的燈火瞬間熄滅，只留下彌賽亞獨自坐在黑暗之中。

官邸之中，米迦勒獨自遙望天空，「我能感覺到，這是莉莉絲的氣息，與這氣息共存的是從未出現的強大力量，在莉莉絲的身上究竟發生了什麼？」

米迦勒喃喃自語，關上窗子，轉過身向著書桌走去，明亮的燈火將他莊嚴的面容映照得異常明亮。米迦勒搖了搖頭，如雕像一般坐回桌前一動不動。

第31章　七惡劍

莉莉絲飛上天空，降落在浮游城之上，身體包圍在一片綠色之中，五光十色的鮮花散發出陣陣香氣，莉莉絲沿著小路緩慢向著浮游城中心的城堡走去。

在烈火戰車的雕像前，彼列正獨自飄浮在雕像之上，紫紅色的羽翼向天空展開，將天空染成一片殷紅。

「莉莉絲，你終於來了。」彼列的嘴角閃過一絲笑意。

「彼列，放棄你對路西斐爾的執著。」莉莉絲說。

「莉莉絲，恐怕你沒有任何資格說這些話。」彼列說，「在你的心裡，不依然對路西斐爾心存依戀嗎？」

「彼列，你還不明白，路西斐爾並不屬於我們某個天使的，他身上所背負的一切遠遠超過你的想像。」莉莉絲說。

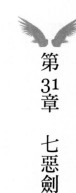

「背負？」彼列臉上劃過一絲冷笑，「就因為背負，路西斐爾就應該披上戰袍，等待著彌賽亞的長劍刺穿他的胸口嗎？」

莉莉絲搖了搖頭，「彼列，一切並不是這樣。」

「莉莉絲，你不要奢望我會聽從你的勸告，就讓劍來決定路西斐爾的未來。」彼列說。

「彼列，看來你並不準備聽從我的忠告。」莉莉絲歎了口氣，柔媚的臉上閃過一絲失望，雙眸中釋放出淡淡的悲傷。

彼列拔出劍，指向莉莉絲，「莉莉絲，你應該知道，你的力量不足以戰勝我。」

莉莉絲拔出劍，「即便如此，我也要試一試。」

莉莉絲振動雙翼飛上天空，劍尖如一道風向著彼列襲來，彼列輕輕轉動身體，裙擺隨著微風吹拂緩緩擺動，莉莉絲的劍從彼列身旁閃過。彼列揮動長劍向著莉莉絲的身體刺來，莉莉絲旋轉身體，如同舞蹈一般躲過彼列的進攻，黑色的裙擺飄向天空。

彼列的動作越來越快，猶如一道紫紅色的閃電向著莉莉絲襲來，劍身劃出一道道銀色的波浪，天空中出現明亮的波紋向著莉莉絲的身體而來。莉莉絲旋動身體，如一條黑色的閃電，長劍劃出無數閃光的軌跡，軌跡與波紋在天空中相碰，黑色和銀色的閃光瞬間彈開，一陣劇烈的響聲之後，莉莉絲和彼列依然停留在對方對面。

「莉莉絲，我太低估你的力量了。」彼列露出微笑。

「彼列，我知道你並沒有盡全力。」莉莉絲說。

彼列聽到莉莉絲的話，絕美的臉上露出一絲笑意，「不愧是莉莉絲，唯一可以和熾天使比肩的大天使。」

「彼列，就讓我看看你真正的力量吧。」莉莉絲說。

「莉莉絲，雖然你只位列於大天使的階級，但卻擁有熾天使的實力，但在我面前，熾天使的力量也不值得一提。」彼列再次笑了起來。

莉莉絲舉起劍，烏黑長髮上的純銀髮飾在天空之上閃閃發光，纖細的身體瞬間消失在天空之中。等到莉莉絲再次出現，長劍已經和彼列的劍身相碰，發出叮噹的響聲。彼列似乎根本不在意莉莉絲的攻擊，長劍再次在空中劃過無數波浪形的軌跡，抵擋住了莉莉絲的進攻。莉莉絲揮動長劍，向著彼列的身體刺來，彼列輕巧地閃過莉莉絲的進攻，劍尖向著莉莉絲的而去，細長的劍身滑坡了莉莉絲手臂上雪白的肌膚，赤紅色的鮮血順著傷口流了出來，出現兩道紅色的印記。

莉莉絲退後一步，用澄清明亮的雙眸注視著彼列，「彼列，我一直想知道你究竟想做什麼？」

彼列的嘴角劃過一絲笑意，珊瑚色的雙眸如水般閃動，「莉莉絲，你是否相信，路西斐爾擁有取代神的能力。」

「當然，彼列。」莉莉絲回答，「我對此深信不疑。」

「神對我們這些天使是不公平的，我們擁有強大的力量，卻不得不被迫向弱小的彌賽亞俯首稱臣。」彼列說。

聽到彼列的話，莉莉絲陷入一片沉默。

「莉莉絲，即使是充滿榮耀位列大天使的你，不也不得不屈身侍奉彌賽亞嗎？」彼列繼續說著。

「彼列，即使神對待我們的方式的確不公，但是人類一族是無罪的，你誘惑守護天使與人類族的女性交合，使他們犯下罪孽，導致了大洪水和人類族的災難，這是你犯下的罪。」莉莉絲說。

「罪？」彼列發出一陣笑聲，「我只想向神證明，天使也並不完全是榮耀的存在，他們的心中也擁有黑暗。」

「彼列，即使是天使，犯下罪孽應該受到懲罰，雖然這並不一定應該由神和彌賽亞來裁決。」莉莉絲說。

「莉莉絲，你還不明白，我們這些由神所創造的天使，心中充滿光明的天使，居然會犯下罪孽，我們心中的黑暗又來自哪裡呢？」彼列說。

莉莉絲的美麗的瞳孔瞬間放大，「彼列，難道你的意思是？」

彼列的臉上劃過一絲微笑，「莉莉絲，看來你明白了一切。」

「這不可能，雖然我也認為神對待我們不公，但我不能認同你說的話。」莉莉絲說。

「莉莉絲，貝爾其巴普曾經說過，沒有黑暗就沒有光明，在無上的榮光之下必有黑暗與之相映，其實在我們的內心之中既有光明又有黑暗。」彼列說。

「既有光明又有黑暗？」莉莉絲說。

「莉莉絲，我們天使和人類同為神的子民，我們和人類是同等的，就如同人類族一樣，恐怕在我們的內心之中也擁有不為所知的黑暗，就如同我手中這把吸進了人類塵世罪惡的七惡劍一樣。」彼列舉起波浪形的長劍。

「七惡劍？」莉莉絲看著彼列。

「這把劍當中充滿了人類界負面的情感，這些情感中包含著嫉妒、破壞、災難、囚禁、缺乏、混亂和荒廢，我一直相信這些負面的情感也存在於我們的內心之中。就是這種黑暗力量鑄成的七惡劍，擁有足以讓一切退避三舍的威力。」彼列說。

「即使我能相信你說的一切，我依然不明白你所做的一切。」莉莉絲說。

「莉莉絲，因為我至今相信，只有充滿無上榮光的光輝的晨星——路西斐爾能夠淨化我們這些天使心中的黑暗，創造絕對光明的極樂淨土。」彼列說。

「這就是為什麼你和貝爾其巴普甘心墜入地獄的理由？」莉莉絲說。

「沒錯，莉莉絲。」別西卜的聲音從莉莉絲的背後傳來，「我和彼列一樣，都深深擔憂天使心中的黑暗有一天失去控制，那時天界將面臨巨大的災難。」

「彼列，如果你希望路西斐爾能夠幫助天使們戰勝黑暗，為什麼要囚禁路西斐爾。」莉莉絲說。

「因為此時的路西法已經不是路西斐爾。」彼列說，「我能夠預見到路西斐爾的未來，所以不想讓他再受傷害。」

「路西斐爾的未來？」莉莉絲說。

「在我的夢中，我再次看到那柄印刻著神的銘文閃耀著銀色光華的長劍刺穿了路西斐爾的身體，血滴四濺，飄落地面。」彼列說。

「彼列，宿命不可改變。」別西卜說。

「別西卜，從不相信命運的你，居然會相信宿命？」彼列說，「我相信莉莉絲和我一樣，從不任憑命運的擺佈。」

「彼列，如果一切註定發生，就讓路西斐爾自己選擇自己的命運吧。」莉莉絲說。

「莉莉絲，就讓我的七惡劍告訴你我的答案。」彼列舉起劍。

七惡劍由銀色向著黑色轉化，綻放出耀眼的黑色光芒，天空和大地頓時籠罩在黑暗之中，劍身之中飛出無數黑色的閃光，在空中形成巨大的漩渦，烏雲隨著漩渦不停旋轉。

「莉莉絲，這就是人類界的黑暗，我們這些天使比人類擁有更強大的力量，因此心中的黑暗比人類更加可怕。」彼列說。

天界大聖城，米迦勒望著黑暗的天空，天空之中烏雲不停翻滾，天空和大地陷入一片無盡的黑暗。在這黑暗之中，一股巨大的魔力衝上雲霄，完全遮蔽了天空。

「這究竟是什麼力量？」米迦勒喃喃自語，「這片黑暗代表著什麼……」

彌賽亞官邸中，彌賽亞正用金色的瞳孔注視著天空，「這就是七惡劍的威力，擁有足以毀滅一切的偉大力量。」

「莉莉絲，我不會讓你帶走路西斐爾，就讓路西斐爾永遠沉睡在我的城堡之中，不再經歷世間的悲歡離合，遠離一切痛苦和煎熬。」彼列說。

彼列伸出修長的手臂，手心之中出現了五芒星的形狀，一座巨大的純白十字架出現在天空之中，莉莉絲的身體瞬間失去了控制，無數條銀色白的鎖鏈鎖住莉莉絲的身體，將莉莉絲綁縛於十字架之上。

「莉莉絲，原諒我做的一切，就讓七惡劍沐浴在你的鮮血之中，讓你體會那黑暗的可怕。」彼列說。

彼列舉起劍，劍尖指向莉莉絲的胸前。

「彼列，我知道我即將死亡，最後我想再見一見路西斐爾。」莉莉絲說。

彼列的眼睛裡閃過一絲深深的悲傷，「莉莉絲，我答應你的請求。」

在與彼列對視的剎那，莉莉絲突然發現彼列珊瑚色深邃的眼眸中居然浮現出和米迦勒一樣的慈悲。

彼列念動咒語，路西法的身體出現在天空之中，漆黑色的雙眸如夜幕般深沉，但卻毫無神采。

「彼列，感謝你讓我看到了路西斐爾，現在輪到我反擊了。」莉莉絲的臉上閃過一絲微笑。

莉莉絲念起咒語，身體消失在一片純白之中，十字架上只留下銀色的鎖鏈，莉莉絲瞬間出現在路西法的面前，黑色的雙眸閃耀出耀眼的光芒。

「路西斐爾，就讓我用生命淨化彼列的咒語。」莉莉絲說。

路西法的身體被純白的光芒包圍，光芒散去，莉莉絲墜落地面，美麗的雙眸瞬間失去了神采。

路西法的全身釋放出明亮的銀色光芒，猶如純白色的熾焰不停閃動，漆黑色的六翼變得異常巨大伸向天際，雙眸釋放出明亮的光華，注視著彼列。

「彼列，你竟敢囚禁我。」路西斐爾的聲音響起。

「是你，路西斐爾。」彼列珊瑚色的眼睛裡噙滿了淚水。

「是我，彼列。」路西斐爾說，「你應該明白，你沒有權利決定我的未來和命運。」

「路西斐爾，我只是不想再讓你經歷痛苦和煎熬。」彼列說。

「彼列，即使如你所說，那也是我的宿命，除了面對別無選擇。」路西斐爾回答。

路西斐爾瞬間消失於天空之中，旋即出現在彼列的對面，伸出雙臂抱住彼列纖細的身體，彼列的身體陷入到路西斐爾的懷中。

「彼列，我能夠體會到你對我的情意，但很遺憾我沒法回應你的感情。」路西斐爾在彼列的耳邊低語。

「路西斐爾……」彼列說。

路西斐爾鬆開彼列的身體，用漆黑色的如水般純淨的雙眸注視著彼列，緩緩抬起右手指向心臟，「彼列，我會將你對我的情意深藏在這裡。」

彼列搖了搖頭，右手的七惡劍緩慢垂下，絕美的臉上佈滿悲傷，「路西斐爾，我明白了。」

彼列念起咒語，漆黑色的撒旦靈魂碎片從她的身體裡飛出，釋放出耀眼的光芒，飛入路西斐爾的身體。

路西法的身體瞬間籠罩在一片黑色的火焰之中，黑色火焰散發出明亮的光芒，天空之中的烏雲隨即散去，空中彷彿出現了閃耀的黑色太陽，大地瞬間被黑色的光線所籠罩。

在靈魂碎片齊聚的剎那，路西法似乎感覺到靈魂碎片在他的身體內共鳴，一股黑暗的暖流從身體裡噴湧而出。

「撒旦的十三塊靈魂碎片終於齊聚。」別西卜說。

「所羅門七十二魔神也將重聚，路西斐爾覺醒的時刻即將到來。」巴力似乎在自言自語一般。

巨大的魔力從地獄之門湧來，天界的大地不停顫抖，黑暗的天空之上，太陽早已消失了蹤影，烏雲遍佈天空，狂風掠過大地，將樹木連根拔起。

「路西法終於獲得了全部的撒旦的靈魂碎片嗎？」彌賽亞喃喃自語，「我能感覺到約定的時刻越來越近了。」

路西法降落地面，摟住莉莉絲已經變冷的身體，純白色的光芒從路西法的身體裡湧出，包裹住了莉莉絲的全身。光芒逐漸散去，莉莉絲蒼白的臉上恢復了血色，美麗的雙眸緩慢睜開，注視著路西法。

「莉莉絲，感謝你做的一切。」路西法說。

「路西法，我會一直在你的左右。」莉莉絲說。

天界大聖城米迦勒官邸，米迦勒正獨自坐在椅子上，房間裡如同天空一樣，變得一片黑暗。米迦勒低頭沉思，一言不發，臉上充滿了憂鬱。

房間的門緩慢打開，一個僕人走了進來，米迦勒抬起頭，黑暗之中米迦勒聖潔的臉孔變得異常模糊。

僕人點起燈，柔和的燈光瞬間撒滿屋子，「米迦勒大人，加百列大人和拉斐爾大人求見。」

米迦勒點了點頭，僕人退了出去，很快加百列和拉斐爾出現在門口，米迦勒示意他們坐下來。

「米迦勒大人，你是否感到了來自地獄之中湧出的強大魔力。」拉斐爾開口說話，年輕天使英俊的臉上充滿焦急。

米迦勒點了點頭，「拉斐爾，我想約定的時刻即將來臨了。」

「約定的時刻？」加百列睜大了眼睛，美麗的臉上閃過一絲驚訝和疑惑。

「對，約定的時刻。」米迦勒說，「我們這些天使長丟失的記憶即將開啟。」

「丟失的記憶？」拉斐爾的臉上充滿了困惑，「米迦勒大人，我不明白你的意思。」

「是的，拉斐爾，也許我們不是我們自己。」米迦勒說。

米迦勒的話令兩個年輕天使更加疑惑，他們呆呆地坐在原地不知如何回答，只得用澄清的眼睛注視著米迦勒。

「加百列、拉斐爾，我知道你們對我所說的一切充滿疑惑。」米迦勒說，「但是我必須說，也許從今天開始，天界熟悉的一切將變得異常陌生。」

「米迦勒大人，我不明白你的話。」加百列說。

「我們這些天使長即將恢復記憶，數千年前發生過一場天使之間的戰爭，這場戰爭被稱為天堂之戰。」米迦勒說。

「天堂之戰？」拉斐爾看著米迦勒的眼睛，「難道是……」

「沒錯，拉斐爾，看來智慧的你已經猜出了答案，那時的路西法還叫做路西斐爾，這場戰爭的結局是彌賽亞戰勝了路西法，使得無數反叛神的天使被打入地獄。」米迦勒回答。

「米迦勒大人，這一切在天界的記述中從未出現，你是如何知道的？」加百列說。

「這些都來自一個數千年前被天界除名的天使口中。」米迦勒說。

「被天界除名的天使？」拉斐爾驚訝地睜大了眼睛。

「沒錯，那些在天堂之戰墜入地獄的天使都被從天界的記載中除名，而他們的榮耀和功勳也被抹去。」米迦勒說。

「也就是說，由拉結爾大人編寫的天界典籍和歷史並不完全。」加百列說，「彌賽亞大人想必也知道這一切。」

「是的，加百列，彌賽亞大人給我的解釋是那段記憶對我們這些天使長來說太過殘酷，因此神封印了我們的記憶，使我們得以世代轉生，忘卻痛苦。」米迦勒說。

「米迦勒大人，也就是說在我們的記憶深處也許還存在著不同的我們？」加百列說。

米迦勒站起身來，點了點頭，轉過身望著黑暗的天空，「只有等到那段記憶的大門開啟，我們才會明白曾經發生的一切。」

天空中依舊一片黑暗，巨風吹動烏雲不停翻滾，閃電不停飛舞，暴雨瞬間落下。

第32章　潘迪曼尼南

路西法和彼列重回地面，返回別西卜的城堡，經歷了無數的艱難，年輕的天使終於戰勝了所有的敵人，地獄也得到統一。

路西法獨自坐在城堡的會議廳中，英俊的臉上沒有一絲表情，猶如雕像般沉靜，只有漆黑色的雙眸釋放出耀眼的光芒，猶如兩顆美麗的寶石，深邃而悠長。

會議廳的門緩緩打開，打斷了路西法的思緒，一個衛兵出現在門口，向路西法行禮。

「路西法大人，瑪門大人求見。」衛兵說。

路西法站起身來，似乎在自言自語，「瑪門回來了嗎？」

年輕天使轉向衛兵，「請他進來。」

很快瑪門出現在門口，他向路西法深施一禮，「路西法大人，我回來了。」

路西法點了點頭，用澄清的雙眸注視著瑪門，「瑪門，歡迎你回來。」

「路西法大人，城堡已經建造和修復完畢，請你前往傳說之地吧。」瑪門說。

「傳說之地？」路西法看著瑪門的眼睛。

「是的，路西法大人，是我們這些墜入地獄的天使們的城市，在第一次天使戰爭後建成，隨後由於你的消失而荒蕪，我受彼列大人的委託，為路西法大人重新建起這座墮天使之城，那裡將是我們的棲身之所。」瑪門說。

「墮天使之城？」路西法搖了搖頭。

「具體情況你可以問彼列大人，彼列大人知道其中的一切。」瑪門說。

路西法點了點頭，請衛兵將彼列請來，很快一陣高跟鞋碰觸地面的清脆的嗒嗒聲沿著走廊傳來，彼列那張異常美麗的臉龐出現在門口，嘴角露出淡淡的甜美笑意。

「瑪門，你回來了。」彼列說。

「彼列大人，城堡已經築成，請路西法和諸位大人前往傳說之地。」瑪門說。

「彼列，我想知道瑪門說的城堡是怎麼回事？」路西法說。

「路西法大人，那是天界和地獄之中流傳的傳說：在眾天使墜落之日，在地獄火湖的中心，築起一座城堡，這城堡的名字叫做潘迪曼尼南——無回城、萬魔殿，傳說的天使——光輝的晨星將會降臨於此，成為地獄與萬魔的主人。」彼列說。

「潘迪曼尼南，無回之城。」路西法似乎在喃喃自語。

「是的，路西法大人，我們這些墜入地獄的天使用找尋而來的寶藏建立起屬於我們的城堡，而你就是整個地獄的主人。」瑪門說，「數千年前在大人消失後，這座古城荒蕪了，現在我將它重新築起，迎接它的主人降臨！」

「路西法大人，請你馬上前往潘迪曼尼南，相信在那裡你能夠重新得到路西斐爾的偉大力量和丟失的記憶。」彼列說。

路西法點了點頭表示同意，並命令眾惡魔將軍做好出發的準備。

城堡之中，別西卜獨自站在走廊之上，遙望著陰沉的天空，「瑪門回來了嗎，看來我們這些墜入地獄的天使即將重返傳說之地，煉獄曾經的七位君主，將重聚在墮天使之城中。」

「是啊，別西卜，所羅門七十二魔神終將在潘迪曼尼南聚首，刻著神之真名的魔戒從天而降，路西斐爾將會成為地獄的神。」巴力的聲音從別西卜的身後響起。

別西卜轉過身，看到巴力如火焰一般的眼睛，「巴力，看來宿命不可逆轉，我們這些墜入地獄的惡魔們終將重返天堂。」

巴力的嘴角浮現出一絲笑容，搖了搖頭，「是啊，別西卜，可惜我與你們不同，我本身並非天界的天使。在你的眼中，你們這些墮天使的命運究竟如何呢？」

別西卜微笑著搖了搖頭，「我們的命運就像天上的星辰一般，雖然明亮卻不得不棲身於黑暗的天幕之中。」
巴力歎了口氣，沒有再說話。
「巴力，具有和神等同力量的你，會怎樣看待我們的命運呢？」別西卜說到這裡低下頭，突然他的臉上露出驚訝的神色，「巴力，難道你故意敗給路西斐爾，你究竟想做什麼？」
巴力沒有回答，嘴角浮現出一絲冷笑，抬起頭仰望黑暗的天空，「我也想看看黑暗之中那光輝的晨星綻放的無比光華，就讓我們拭目以待吧。」
別西卜不再說話，注視著遙遠的天際，一言不發。
天界大聖城，彌賽亞獨自坐在官邸之中，在他的對面，雷米爾和沙利葉正站在原地，彌賽亞金色的瞳孔裡閃耀著深邃的光芒，平靜聖潔的臉上看不出一絲表情。
彌賽亞站起身來，「雷米爾，你剛才說彼列已經臣服在路西法腳下，路西法也獲得了全部的撒旦之力。」
雷米爾點了點頭，「是的，彌賽亞大人，確實如此。」
「看來約定的時刻日益臨近了。」彌賽亞搖了搖頭，臉上閃過一絲憂慮。
「彌賽亞大人，瑪門已經重返路西法身邊，恐怕潘迪曼尼南已經重新築起。」雷米爾說。

「無回之城潘迪曼尼南嗎？」彌賽亞說，「既然如此，看來路西斐爾即將降臨於地獄之中。」

「是的，彌賽亞大人，恐怕天界將會面臨前所未有的危機。」雷米爾說。

「兩位大人，你們先退下吧，我會仔細考慮眼前的局勢。」彌賽亞說。

等到雷米爾和沙利葉退出屋子，彌賽亞緩步走到陽臺之上，黑暗和暴雨已經過去，天空變得一片明朗，太陽閃耀著光芒，將溫暖灑向大地。彌賽亞化作一道光向著天空飛去，銀色的光芒宛如一道流星衝破天際，向著神之淨土白之月而去。

彌賽亞登上神之淨土，這裡一如往昔一片銀白，靜謐的土地上閃耀著銀色光芒的植物緩慢搖曳，沿著銀色石子鋪就的小路，彌賽亞一直向前來到神殿前面，神殿厚重的銀色大門緩緩打開，彌賽亞消失在門的後面。

神的御座之上，身穿潔白長袍的神獨自坐在上面，聖潔的臉上平靜如水，彌賽亞跪下身來向神行禮。

「彌賽亞，你來了，起來吧。」神的聲音厚重而深沉，瞬間充滿了整個神殿。

銀色的地毯之上，彌賽亞緩慢地站起身來。

「彌賽亞，我已經洞悉了地獄發生的一切。」神注視著彌賽亞，銀色的瞳孔釋放出明亮的光華。

「偉大的慈愛的神，全能的聖主，我的父，請你告訴我，面對即將發生的一切，我究竟該怎麼辦？」彌賽亞說。

「彌賽亞，你感到徬徨和不安嗎？」神回答，「你依然是神之子，但卻不再是數千年前那個力量弱小的你，收回你的惶恐吧。」

「全能的聖主，我的父，只是……」彌賽亞說。

「在眾天使長的幫助下，你將戰無不勝。」神回答。

聽到神的話，彌賽亞似乎放下心來，閃動的眼神變得異常堅定。

「彌賽亞，你要記住，我永遠站在你的身後。」神說。

彌賽亞點了點頭，再次向神行禮，轉身走了出去，踏出神殿的大門，彌賽亞再次化作一道光，從神之淨土白之月飛下，向著地面而去。

第二天清晨，路西法和惡魔將軍們在瑪門的帶領下向著地獄深處的火湖而去，距離火湖越來越近，熾熱的氣息不停湧來，赤紅色的熔岩帶著火光從地面湧出，將天空也映照得一片熾熱，空氣中彌漫著岩漿特有的氣味，風驟然停止，白色的蒸氣湧上天空。

進入火湖不久，一座籠罩在黑暗之中的巨大的城堡出現在高聳的山丘之上，潔白的大理石築成的城堡在熔岩的火光映襯之下顯現出一片純白，散發著淡淡的光芒，城牆之上點燃的火把熊熊燃燒，猶如一顆顆明亮的星辰。火紅色的天空之中，閃電破空而出，照亮高高豎起的尖塔。瞬間路西法彷彿感覺到自己看到神之淨土中神殿的模樣，潘迪曼尼南的雄偉壯麗居然與神之淨土的神殿別無二致。

路西法緩步走入潘迪曼尼南，雄偉壯麗的宮殿出現在他的面前，走入宮殿銀色的大門，純白色大理石柱一直延伸到宮殿的頂端。沿著鑲金邊的紅色地毯一直向前，在宮殿的頂端之上，雕刻著眾墮落天使的雕像，諸墮落天使環繞著宮殿頂端的中心，跪倒在中心的雕像之前，宮殿圓形頂部之上黑色羽翼的六翼天使正張開他的雙手，臉上露出慈愛聖潔的神情。

路西法緩步走上王廳的臺階，來到御座之前，轉過身來，看著闕下站立的惡魔將軍們。彼列和別西卜率先跪下身來，惡魔將軍們陸續向路西法行禮。

「各位大人，請起來吧。」路西法說。

惡魔將軍們陸續站起身來，巴力從隊伍中走出，向路西法行禮。

「路西法大人，請你吩咐瑪門大人築起所羅門七十二魔柱，我會為你開啟所羅門之鑰，解開你記憶的封印。」巴力說。

路西法點了點頭，向瑪門示意。

瑪門從隊伍中走出，「巴力大人，請你放心，我會很快築起魔柱。」

「路西法大人，在此之前，我想請你和我前往火湖的深處，在那裡埋藏著數千年前路西斐爾留下的寶藏。」彼列說。

「是路西斐爾的巨劍和盾牌吧？」別西卜看著彼列。

「是的，別西卜，在火湖的最深處，路西斐爾將光輝的晨星之劍和光輝的晨星之盾埋藏於此，為的就是有朝一日能夠重回火湖之中獲得塵封的力量。」彼列說。

「好吧，彼列，我會和你一起前往火湖深處。」路西法說。

夜晚慢慢降臨，路西法獨自躺在潘迪曼尼南城堡的臥室裡，從明亮的窗戶裡透出一片火紅，照亮潔白的大理石地面。年輕天使輾轉反側，回憶著從天界到地獄發生的一切，久久不能入睡。記憶宛如一幕幕靜止的圖畫飛入腦海，隨後變成不停流動的畫面，路西法緩慢坐起身來，靠在淺金色的床欄之上，雙眸釋放出神采。

門緩慢打開一條縫隙，黑暗之中一個纖細的身影一閃進入房間，彼列那張柔媚美麗的面孔出現在路西法的面前。

彼列獨自站在床邊，點起腳尖，用纖細的手指輕輕拉動紫紅色的長裙，長裙瞬間滑落，露出雪白赤裸的肌膚，光潔的肌膚散發出淡淡的誘人香味，淡藍色的水晶吊墜在黑暗中閃耀著幽蘭的光。

「彼列……」路西法剛想開口說話，彼列溫濕的朱唇就貼在了他的嘴上。

彼列身體如鮮果般柔軟的觸感傳來，路西法的身體中血液不停翻騰，此時的彼列輕輕邁上鑲著華麗金絲床單的床鋪，修長光潔的雙腿使得絲質的床單微微凹陷。彼列的身體正對著路西法，將路西法的雙腿夾在自己纖細的雙腿之間，彼列雙手輕挽起紫紅色的長髮，胸前美妙的曲線出現在路西法面前，隨後彼列將柔軟的酥胸貼路西法結實的胸膛上，珍珠色的月光灑在彼列光潔微屈的脊背上，顯得異常嬌豔性感。

路西法輕輕摟住彼列赤裸的肩頭，然後慢慢推開，他感受到了絕美女子呼吸的熱度，這熱度灼燒著他的內心，年輕天使用澄清的黑色瞳孔注視著彼列。

彼列珊瑚色的雙眸中浸滿淚水，「路西法，你表示拒絕嗎？」

路西法搖了搖頭，「彼列，面對你這樣迷人的女子，即使是再聖潔的天使也難以拒絕，只是在我沒能恢復記憶之前，我不想傷害你。」

兩行晶瑩的淚珠從彼列的臉頰滑落，打濕了路西法絲質的純白睡衣，潤濕了路西法的皮膚，似乎淚水順著路西法的胸口一直流進他的心裡，路西法的身體有些微微顫抖。

「路西法，我怕你恢復了記憶就會像數千年前的路西斐爾一樣，為了自己背負的使命，不再看我一眼。」彼列說。

「彼列，就像路西斐爾所說，我會把你永遠記在心裡。」路西法說。

「真的嗎？」彼列的雙眸中浮現女子特有的溫柔，如水般純淨。

「當然。」路西法低下頭，輕輕吻著彼列的嘴唇。

「路西法，在這最後一夜，我想睡在你的身邊。」彼列說。

彼列將頭枕在路西法的胸前，梨花帶雨的雙眸眼淚不停落下，沾濕了路西法皮膚。在這悲傷與淚水之中，彼列緩緩睡去，路西法慢慢將彼列平躺在床上，柔軟的枕頭上彼列紫紅色的長髮披散開來，柔滑的臉上還帶著淚痕。

路西法輕輕吻了吻彼列的額頭，穿好衣服站起身來，走出房間。

清晨來臨，彼列睜開眼睛，從鑲著銀絲的被子裡露出赤裸雪白的肩頭，她看到路西法正坐在床邊，年輕天使露出迷人的微笑，注視著彼列。

「你醒了，彼列。」路西法說。

「路西法，謝謝。」彼列說。

「不，應該說謝謝的人是我，感謝你在我進入地獄以來對我的幫助。」路西法說，「我不會忘記我們的約定。」

路西法用手指向內心，彼列的淚水再度滑下，落在柔軟潔白的床單上。

彼列和路西法從潘迪曼尼南出發，向著地獄火湖的最深處而去，隨著不斷臨近，熔岩噴發更加劇烈，路西法和彼列包圍在一陣熾熱的氣息之中。

彼列停在一座山谷之前，這座山谷被熊熊的烈火所包圍，巨大的火牆一直湧向天空，與被映照成赤紅色的雲融為一體。在火光之下，天空和大地變得異常明亮，一片熾焰的景象充滿了路西法的眼睛。

彼列停住腳步，「路西法，這裡就是數千年前路西斐爾墜天之地。這座山谷的名字叫做死亡幽谷。在死亡幽谷之中，在劇烈的火湖熾焰的灼燒下，路西斐爾失去了純白的六翼，隨即變成了黑色羽翼。從此這裡被烈焰所包圍，沒有惡魔能夠靠近，我想只有你能通過火牆，相信路西斐爾的劍和盾就在死亡幽谷中心。」

路西法點了點頭，「彼列，在這裡等我。」

「路西法，一切要小心。」彼列說。

路西法走到火牆之前，瞬間火牆在路西法的面前分開，死亡幽谷的入口出現在路西法面前。路西法走入火牆之中，火牆瞬間關閉，路西法的身影消失在明亮的熾焰之後。

路西法走入死亡幽谷，眼前的一切令他感到異常驚訝，死亡幽谷之中一片綠色，各色的美麗鮮花散發著醉人的清香。在死亡幽谷的中心之上，一座巨大的純白十字架高高聳立，在十字架下巨劍和盾牌立在潔白的大理石基座之上。

路西法走上山丘，來到十字架前，伸出手臂握住長劍和盾牌。一陣巨風掠過，十字架上出現一個黑羽六翼的天使的身影。

「路西法，這是我殘存在地獄火湖之中的意志，歡迎你的到來，我將把我的力量交給你，因為你就是我，我就是你。」路西斐爾冷酷的臉上露出一絲微笑。

「路西斐爾，我想知道，如果我恢復了記憶，我自己的記憶會消失嗎？」路西法說。

「路西法，即使你恢復了記憶，我的力量從你的身體深處覺醒，你依然是你，你已經具有了超越我的堅強意志，我不會再強行佔有你的身體。」路西斐爾回答。

「路西斐爾，天界最驕傲最負盛名的天使，你一定知道我們共同的命運。」路西法抬起頭，注視著路西斐爾。

路西斐爾抬起頭仰望赤紅色的天空，「路西法，命運是依靠自己去創造的，用你的雙手打開命運之門，你會得到想要的答案，我現在就將我的武器和鑲滿寶石的晨星之冠授予你。」

路西法點了點頭，雙手用力拔起長劍和盾牌，身邊綠色的美景瞬間消逝，黑色羽翼的天使化作一道風飛向天際，消失於天空之中，只留下純白的十字架孤零零地矗立著。

「路西斐爾，就讓你的力量與我化為一體，共同創造我們的命運。」路西法說。

路西法腰間的長劍化作無數道光，閃動的光芒飛入光輝的晨星之劍之中，瞬間化作一體。路西法的頭上出現了一頂閃耀著五彩寶石光華的王冠，王冠發出明亮的銀色閃光，將整個山谷變得異常明亮。

死亡幽谷之外，火牆瞬間消失，谷口出現在彼列面前，彼列注視著死亡幽谷，看到路西法慢慢向著自己走來，手上的巨劍和盾牌閃爍著耀眼的銀色光芒。

「路西法終於得到了路西斐爾的神兵，等到記憶的封印被衝破，路西斐爾的力量將不可戰勝。」彼列喃喃自語。

潘迪曼尼南城堡中，別西卜獨自站在城堡的走廊裡，注視著赤紅色的天空，閃電不時劃破天幕而下，將潘迪曼尼南照得一片明亮。

「彌賽亞，路西斐爾即將恢復記憶，降臨在潘迪曼尼南之中，不知道你還有什麼辦法阻止這場浩劫。」別西卜說。

天界大聖城，明亮的天空之下，米迦勒獨自站在大聖堂金色的大門前，大教堂的廣場上，噴泉將澄澈的水流衝向天空，隨後落在純白的大理石地面之上。廣場上孩童們不停玩耍，歡聲笑語傳向天空，一直飛入米迦勒的耳朵。

「我能感覺到路西法的力量正在增大，也許終於一天我會和路西法兵刃相見。」米迦勒喃喃自語。

大聖堂的鐘聲響起，一群白鴿振動翅膀飛向天際，米迦勒抬起頭，看到天空中神之淨土白之月孤零零地飄浮在天空之中，散發出淡淡的銀色光芒，與太陽的金色陽光交相輝映。

第33章　所羅門之戒

路西法和彼列向著潘迪曼尼南返回，順著遍佈熔岩的地面遠遠望去，潘迪曼尼南猶如一座巨大的方舟，在赤紅色的天幕下形成一片絕美的景色，淒美的天空在濃密的烏雲和黑霧覆蓋下顯得異常昏暗，淒厲的閃電自天空而下劃破沉寂的夜空，潘迪曼尼南瞬間變得一片明亮純白。

返回城堡數天後，瑪門向路西法說明，祭壇已經建造完畢，路西法命令瑪門馬上把這個消息通告給巴力。

第二天清晨，在赤紅色昏暗的天空之下，路西法走到潘迪曼尼南宮殿的前面，一座巨大的黑水晶祭壇閃耀著光芒，漆黑的七十二根石柱拔地而起，包圍著祭壇，而在四個方向之上，四根更加高大的石柱直衝天際。

巴力走到路西法面前，向路西法行禮，「路西法大人，一切已經準備好了。」

「巴力，開始吧。」路西法用澄清的雙眸注視著巴力。

巴力飛上正東方的石柱之上，打開手卷，大聲說道，「我以所羅門魔神之名，使至上四柱魔神歸位，亞斯塔祿、阿蒙、阿斯蒙蒂斯你們是所羅門至上四柱的魔神，是魔神中至高無上的統帥。」

亞斯塔祿、阿蒙、阿斯蒙蒂斯飛上天空，落在另外三個更加高聳的石柱至上。

「我以所羅門之鑰之名，將所羅門魔神將軍之名刻於石柱至上：第一柱魔神巴力；第二柱魔神阿加雷斯；第三柱魔神瓦沙克；第四柱魔神錫馬奇莫；第五柱魔神馬爾巴士；第六柱魔神華利弗；第七柱魔神阿蒙；第八柱魔神巴巴托斯；第九柱魔神拜蒙；第十柱魔神布埃爾；第十一柱魔神古辛；第十二柱魔神西迪；第十三柱魔神布瑞斯；第十四柱魔神列拉金；第十五柱魔神艾利歐格；第十六柱魔神桀派；第十七柱魔神布提斯；第十八柱魔神巴欽；第十九柱魔神塞列歐斯；第二十柱魔神布松；第二十一柱魔神莫拉格斯；第二十二柱魔神因波斯；第二十三柱魔神艾尼；第二十四柱魔神納貝裡士；第二十五柱魔神格萊楊拉波爾；第二十六柱魔神擘內；第二十七柱魔神柏諾貝；第二十八柱魔神貝列；第二十九柱魔神亞斯塔祿；第三十柱魔神弗內烏斯；第三十一柱魔神沸拉士；第三十二柱魔神阿斯蒙蒂斯；第三十三柱魔神嘉波；第三十四柱魔神弗法；第三十五柱魔神馬加錫亞；第三十六柱魔神斯托拉斯；第三十七柱魔神費尼克斯；

第三十八柱魔神漢帕；第三十九柱魔神瑪帕；第四十柱魔神拉默；第四十一柱魔神弗加洛；第四十二柱魔神拜帕；第四十三柱魔神斯伯納克；第四十四柱魔神沙克斯；第四十五柱魔神拜恩；第四十六柱魔神畢弗隆斯；第四十七柱魔神化勒；第四十八柱魔神哈加提；第四十九柱魔神克羅塞爾；第五十柱魔神富卡斯；第五十一柱魔神拜朗；第五十二柱魔神安洛先；第五十三柱魔神該隱；第五十四柱魔神毛莫；第五十五柱魔神歐洛巴士；第五十六柱魔神吉蒙裡；第五十七柱魔神歐塞；第五十八柱魔神阿米，第五十九柱魔神歐利昂；第六十柱魔神瓦布拉；第六十一柱魔神賽共；第六十二柱魔神瓦拉克；第六十三柱魔神安朵斯；第六十四柱魔神浩瑞士；第六十五柱魔神安德雷安富；第六十六柱魔神錫蒙利；第六十七柱魔神安度西亞；第六十八柱魔神貝利亞；第六十九柱魔神單卡拉比；第七十柱魔神系爾；第七十一柱魔神但他林；第七十二柱魔神安杜馬里。」

巴力念完所有魔神的名字，魔神將軍們飛上天空，按照順序落在環繞在祭壇周圍的石柱之上。彼列聽到自己的名字，轉身用珊瑚色的美麗眼睛看了路西法一眼，振動羽翼飛上天空，落在石柱之上，路西法看到了彼列眼睛裡的悲傷和不安，年輕天使歎了口氣，走到黑水晶的祭壇中央。

「我以所羅門之鑰之名，開啟所羅門之門。」

巴力的聲音傳向天空，七十二根石柱發出巨大的閃光，石柱之上的魔神將軍們幻化成各自原有的姿態，黑水晶祭壇瞬間被巨大的光芒所包圍。

天空中出現一道閃電，隨之一個巨大旋轉的原型魔法陣出現在天空之上，不停旋轉的魔法陣停留在祭壇上方，魔法陣中心的大門緩緩打開，一個閃耀著光芒的戒指從天而降。

路西法振動黑色羽翼飛上天空，接住閃耀著銀色光芒的戒指，戒指之上雕刻的五芒星閃耀著光華，刻著神之真名的赤紅色銘文閃閃發光。路西法將戒指戴在左手的食指之上，五芒星發出巨大的閃光，將路西法的身體包圍，路西法瞬間消失在光芒之中。

在這耀眼的銀色光芒之中，路西斐爾的聲音再度從路西法的腦海中響起，「路西法，衝破封印的時刻來臨了，就讓我將我的記憶和力量全部賦予你，從今天開始你就是光輝的晨星——路西法。」

銀色光芒散去，路西法全身被銀色的熾焰所包圍，猶如一顆銀色的太陽，黑色的羽翼伸向天際，銀色的巨劍和盾牌在天空中閃閃發光，巨劍和盾牌之上的銘文釋放出赤紅色的光芒，大地顫動不止。

「真正的路西斐爾降臨了。」別西卜看著天空之中的景象，喃喃自語。

天空之中的烏雲和黑霧瞬間散去，潘迪曼尼南之上再次出現了淡藍色的晴朗天空，陽光順著地獄之門而入，一直照射在萬魔殿純白的大理石城牆上，潘迪曼尼南被淡淡的銀色光芒所包圍。無回城四周的熔岩瞬間散去，樹木和綠草快速生長，大地旋即變成了一片綠色，在潘迪曼尼南城堡的中心，兩顆巨樹拔地而起直向天空，枝繁葉茂的樹冠閃耀著明亮的如星星般的光芒。

「是生命之樹和智慧之樹。」薩麥爾驚訝得瞪大了眼睛。

「薩麥爾，你說的是真的？」阿撒茲勒看著薩麥爾。

「不會錯，是象徵著無上光輝和美麗的生命之樹和智慧之樹，我以為人類一族從伊甸園墜落之後，生命之樹和智慧之樹也已經枯萎，沒想到路西斐爾竟然有這樣的力量。」薩麥爾說。

別西卜轉過頭看了看薩麥爾和阿撒茲勒，「薩麥爾，你錯了，這並不是伊甸園裡的生命之樹和智慧之樹，這是路西斐爾創造出來的無以倫比的光輝景致。」

「別西卜，你的意思是？」薩麥爾睜大了眼睛。

「看吧，薩麥爾，這才是真正的路西斐爾。」別西卜說。

阿撒茲勒和薩麥爾都沒有說話，只是點了點頭，眼睛裡充滿了敬畏。

路西法降落在祭壇之上，黑水晶祭壇再次釋放出耀眼的光芒，淅淅瀝瀝地小雨從天而降，瞬間大地一片濕潤。

「沒想到在地獄的火湖之中，竟然會有濕潤的雨水。」別西卜說。

「這真是神蹟。」莫斯提馬說。

天空中的路西法發出震耳欲聾的聲音，「墜入地獄的天使啊，現在是你們恢復記憶的時刻，那些埋藏在黑暗深處的真相即將重現於世，內心深處真正的你們即將甦醒！」

路西法的全身綻放出耀眼的銀色光華，籠罩了潘迪曼尼南上空，光輝退去，諸惡魔將軍立在原地，丟失的記憶宛如閃動的畫面，一幅幅掠過腦海。

路西法降落在祭壇之上，全身釋放出明亮的閃光，緩步走下水晶階梯。

別西卜和惡魔將軍們迎上前來，彼列從石柱之上降落地面，來到路西法面前。

「路西法大人，你恢復記憶了嗎？」別西卜說。

路西法點了點頭，「路西斐爾不僅將他的記憶歸還給我，並且賦予了強大的力量。」

別西卜和彼列跪下身來，惡魔將軍們紛紛跪在地面上。

「路西法大人，從今天開始你就是地獄和我們的主人，請接受我們的忠誠。」惡魔將軍們齊聲說。

「起來吧，我們當中的任何一個惡魔都是平等的。從今天開始，地獄將不再有黑暗和罪惡，這裡將是比天堂更美好的極樂淨土。」路西法說。

惡魔將軍們站起身來，路西法抬起頭遙望湛藍的天空，淡淡的太陽光線直射地面，將大地變得異常溫暖，路西法英俊的臉旁在陽光的照射下變得異常明亮，漆黑色瞳孔放射出深邃和悠遠的光芒，黑色羽翼微微張開，彷彿釋放出閃動的柔和的亮光。

天界大聖城中，米迦勒正獨自站在官邸的窗前。突然，大地劇烈地顫動起來，官邸不停搖晃。刹那間天空變得一片黑暗，一顆巨大的明亮的星辰從地獄的方向升起，出現在天空之上，釋放出耀眼的銀色光芒，瞬間遮蔽了神之淨土白之月的光華。旋即黑暗退去，大地停止了顫動，只留下孤零零的銀色巨星閃耀在天空之中。

米迦勒的臉上露出驚恐的神色，望著天空中銀色之星，「難道這是路西法的真正力量？」

大聖堂的廣場之上，拉斐爾和加百列正站在噴水池前面，注視著天空中發生的一切，等到黑暗完全散去，拉斐爾轉過頭用淺金色的瞳孔注視著加百列。

「加百列，你覺得這股黑暗代表了什麼？」拉斐爾說。

加百列搖了搖頭，美麗的臉上閃過一絲不安，「拉斐爾，我不能確定，但是我能在這片巨大的黑暗中感到無以倫比的魔力。」

拉斐爾的雙眸釋放出銳利的光芒，「加百列，不要試圖欺騙自己，釋放出這股魔力的主人的氣息我們異常熟悉。」

加百列輕聲歎息，眼睛裡充滿悲傷，「拉斐爾，看來你也感覺到了。」

拉斐爾點了點頭，「看來路西法大人的預言即將實現，我們和路西法大人終將在天界刀刃相向。」

加百列沒有說話，抬起頭仰望著天空中閃耀的巨大星辰，如水般的雙眸不停閃動，流露出淡淡的哀傷。

大聖城彌賽亞官邸之中，彌賽亞也注視著這一切，天空中巨大的星辰不停閃爍，彌賽亞的臉異常凝重，他遙望著神之淨土的方向一言不發，彌賽亞官邸圓頂之上巨大的十字架孤零零地挺立著。

神之淨土白之月之上，神的宮殿之中，天使拉結爾正跪在神的面前，環繞著拉結爾的白焰發出淡淡的光芒。

「拉結爾，去告訴彌賽亞，約定的時刻即將到來，是時候讓眾天使長恢復記憶了。」神說。

「是，仁慈的神，我們全能的聖主。」拉結爾站起身來。

拉結爾走出宮殿，化作一道潔白的閃光向著大聖城彌賽亞官邸飛去，在恢復了晴朗的天空之上，亮光周圍的白焰釋放出淡淡的光芒。彌賽亞也注意到了拉結爾，他收回凝重的神色，坐回自己的位置。

彌賽亞房間厚重的大門緩慢打開，拉結爾出現在門口，他向彌賽亞行禮，緩步走到彌賽亞面前。

彌賽亞站起身來，金色的瞳孔釋放出明亮的光芒，「拉結爾，你來了。」

「彌賽亞大人，我來傳達神的旨意。」拉結爾說，「神讓我轉告你，約定的時刻即將來臨，是時候讓眾天使長恢復記憶了。」

彌賽亞點了點頭，「拉結爾，我明白了。」

「彌賽亞大人，我會幫助你進行準備工作，在大聖堂前我會築起祈禱的祭壇，等一切準備完畢之後，會通知你。」拉結爾說。

「拉結爾，一切要辛苦你了。」彌賽亞說。

拉結爾離開之後，彌賽亞獨自走到陽臺上，仰望湛藍的天空，「路西法、彼列、別西卜、薩麥爾、阿撒茲勒、莫斯提馬、亞巴頓，煉獄的七位撒旦和全能的聖主的宿敵巴力重聚潘迪曼尼南，在無回城的萬魔殿中，那些曾經在天界擁有無上榮耀和權柄的墮天使即將率領墮天軍團重返天界，而天軍也將再次集結，就在神之淨土之下，聖戰之火會再度點燃！」

其後的幾天時間裡，在大聖堂的廣場之上，天使們正在鑄造巨大的祭壇，米迦勒走出官邸來到廣場之上，看到拉結爾的身影，走了過去。

「拉結爾大人，為什麼這麼緊急地鑄造祭壇呢？」米迦勒說。

拉結爾轉過身來，注視著米迦勒，「米迦勒大人，請你原諒我無法向你解釋，這是神的旨意，如果你有什麼疑問可以去詢問彌賽亞大人。」

「恐怕約定的時刻即將來臨了。」米迦勒聖潔莊嚴的臉上露出難得的狡黠的笑容，這笑容一閃而過。

拉結爾敏銳地捕捉到了米迦勒表情的變化，臉上閃過一絲不易察覺的複雜神情，旋即回復了平靜，「米迦勒大人，這一切彌賽亞大人會向你解釋。」

米迦勒沒有繼續追問拉結爾，他緩步踱入教堂，陽光順著彩色玻璃進入教堂之內，將地面染得五彩斑駁，在教堂的神像下，跪倒在地上的加百列正雙手合十不停祈禱，潔白的裙擺散落地面。拉斐爾則站在教堂的中心，抬起頭注視著教堂畫著彩色壁畫的圓頂。

聽到米迦勒的腳步聲，拉斐爾轉過頭來，向米迦勒行禮，「米迦勒大人，你來了。」

聽到拉斐爾的話，加百列站起身來，走到拉斐爾的身邊，向米迦勒行禮。

「米迦勒大人，我不明白為什麼要緊急鑄造如此巨大的祭壇？」加百列說。

「拉斐爾、加百列，恐怕你們都看到那顆巨大的從地獄之中升起的明亮星辰，也感覺到了那顆巨大明亮的星辰蘊含的強大力量。」米迦勒說。

「米迦勒大人，難道你也感覺到這股力量來源於我們都熟悉的那個天使。」拉斐爾說。

米迦勒點了點頭，「拉斐爾，在你的心裡其實已經有了答案。」

拉斐爾沒有繼續說話，點了點頭，英俊的臉龐上閃過一絲不安。

「米迦勒大人，究竟天界會發生什麼？」加百列說。

「加百列，我也不能確定，也許在未來的日子裡，天堂的階梯會熊熊燃燒，大地也會烈火所包圍，天界將變成如煉獄的火湖一般的景致。」米迦勒說。

「米迦勒大人，如果真如你說的，這一切太可怕了。」加百列說。

「等到我們恢復了記憶，也許一切真相就將大白。」米迦勒歎了口氣，抬起頭注視著教堂中間的神像。

數天之後，純白色的大理石祭壇鑄造完成，純白的水晶圍繞在祭壇四周，在陽光的照射下熠熠生輝。

彌賽亞獨自坐在官邸的會議廳中，他已經命令衛兵將天使長們請到會議廳來，彌賽亞抬起頭看了看天空，神之淨土白之月釋放出明亮的光華，閃耀在天空之上。

米迦勒緩步走上彌賽亞官邸的階梯，在走廊上他遇到了梅丹佐、尚達奉和拜丘，天使長正在小聲低語，看到米迦勒走了過來，他們停止了談話，紛紛向米迦勒行禮。

「三位大人，怎麼不進去？」米迦勒用眼睛望向會議廳想著金邊的大門的方向。

「米迦勒大人，恕我直言，我們對彌賽亞大人召見我們心存疑問。」梅丹佐莊嚴的臉上露出一絲疑惑。

「梅丹佐大人，相信彌賽亞大人會給我們一個合理的解釋。」米迦勒的臉上露出一絲慈祥的笑容，注視著梅丹佐。

「米迦勒大人，你和梅丹佐大人在談些什麼？」卡麥爾的聲音從走廊盡頭響起。

「卡麥爾大人，很久不見了。」米迦勒說。

「是啊，米迦勒大人，不知道彌賽亞大人召見我們有什麼事？」卡麥爾說。

「我想等我們進入會議廳後，一切都將真相大白。」米迦勒說。

很快，加百列和拉斐爾出現在樓梯口，隨後而來的是烏利葉、烏西勒和猶菲勒，米迦勒緩步走到會議廳前，推開厚重的大門，彌賽亞正獨自站在會議廳的窗前，陽光撒滿他的全身，彌賽亞轉過身來，背影落在地面上。

「各位大人，歡迎你們的到來。」彌賽亞聖潔的臉上露出微笑。

米迦勒和諸天使長按照階次一次坐下，最後到來的是天使是拉結爾、拉貴爾、然德基爾和亞納爾，他們坐在圓桌的盡頭。

彌賽亞坐下身來，環視了一下坐在圓桌邊的天使長們，然後開口說話，「各位大人，想必你們已經感覺到了最近天界發生的反常現象，天界即將面臨一場浩劫，我需要諸位天使長的力量來幫助天界度過這場災難。」

聽到彌賽亞的話，天使長們開始竊竊私語，米迦勒輕輕咳嗽了一聲，會議廳內瞬間恢復了平靜。

米迦勒站起身來，「彌賽亞大人，請你說吧，需要我們做些什麼？」

「各位大人，這一點將由拉結爾大人來說明。」彌賽亞說。

拉結爾站起身來，「各位大人，在你們的身體裡封印著你們作為天使長的記憶和力量，在大聖堂的廣場之上，祭壇已經築起，明天清晨時分神將解開諸天使長身上的封印，各位也將恢復力量。」拉結爾說。

拉結爾的話引起了天使長們更強烈的疑惑，會議廳裡的聲音瞬間響了起來。

彌賽亞站起身來，輕輕用手指叩擊桌面，「各位大人，我知道你們心裡還有很多疑惑，等到你們恢復了記憶和力量，一切的疑問都將解開。」

會議廳裡停止了討論，米迦勒率先站起身來，「彌賽亞大人，我們先退下了，明天我相信諸位天使長一定會準時前往大聖堂。」

彌賽亞點了點頭，米迦勒快步走出會議廳，拉斐爾和加百列緊緊跟在米迦勒的身後，諸天使長看到米迦勒離開，只得懷著疑問離開座位，向著門口走去。

走廊之上，米迦勒緩緩開口，「拉斐爾、加百列，一切的謎底即將揭開。」

拉斐爾和加百列點了點頭，「米迦勒大人，我們只能等待著那一刻的到來了。」

等到天使長們全部離去，彌賽亞再次回到窗前，仰望著碧藍色的天空，無邊的天際之上明亮的巨大星辰依舊散發出耀眼的光芒。

第34章　天國的副君

路西法獨自坐在宮殿的房間內，潘迪曼尼南的天空一片湛藍，微弱的陽光透過淡淡的白色雲層進入屋子，年輕天使的臉上一片寧靜。丟失的記憶宛如一幅幅畫卷，不停在路西法的腦海裡打開，然後消逝而去。

路西法站起身來，打開房門來到走廊上，吩咐衛兵將彼列、別西卜、阿撒茲勒、薩麥爾、莫斯提馬等惡魔將軍請到會議廳去，他自己則獨自緩慢地走在鮮紅色的繡著金線的地毯上，向著會議廳走去。

打開會議廳的大門，路西法來到圓桌的前面，拉開椅子坐了下來。很快彼列和別西卜出現在門口，之後到來的是阿撒茲勒、薩麥爾和莫斯提馬。

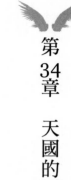

惡魔將軍們相繼坐了下來，別西卜率先開口說話，「路西法大人，有什麼吩咐？」

路西法抬起頭看著別西卜，「各位大人，我已經恢復了記憶，但是還有很多事情需要你們為我補全。」

彼列站起身來，「路西法，就讓我們這些天使重新回到數千年前的天界，你會找到答案的。」

路西法點了點頭，閉上眼睛，彼列念起咒語，路西法的眼前出現一片明亮的光亮，光芒散盡，路西法發現自己正站在一片綠色的大地之上，五顏六色的鮮花隨著微風不停擺動，風帶著鮮花和泥土的香味飛向天空。

明亮的天空之上，神之淨土白之月高高懸浮在空中，釋放出明亮的銀色光芒。路西法靜靜地站在原地，閉上眼睛，風拂過地面。路西法再次睜開清澈的雙眸，環顧自己，發現他正穿著潔白的長袍，背後漆黑色的羽翼變成了純白色，在太陽光的照耀下閃耀著明亮的光。

雷米爾從天而降，來到路西法面前，向路西法鞠躬行禮，「路西斐爾大人，神請你立刻前往神殿。」

「這裡是什麼地方？」路西法問。

「路西斐爾大人，你怎麼了？」雷米爾關切地問，「這裡是第七天，神之淨土的所在地。」

路西法點了點頭，振動純白六翼飛向天空，在雷米爾的帶領下向著神之淨土而去。

在神之淨土的周圍，諸天使環繞左右，守衛著神殿。路西法降落在神之淨土銀色的大地之上，沿著各色寶石鋪成的小路一直來到神殿前。

路西法走入神殿，神殿依舊莊嚴宏偉，散發著明亮的銀色光芒。進入大殿，在神的御座左側，神情威嚴的別西卜和穿著純白長袍的米迦勒侍立在側。而在右側的階梯之上，穿著潔白長裙的彼列立於其上。

看到路西法進來，神開口說話，「路西斐爾，你來了。」

路西法向神行禮，走到彼列之下的階梯，侍立在神的右側。環顧大殿之上，諸天使長侍立左右，路西法看到了很多熟悉的身影，他們畢恭畢敬地跪下身來，向神行禮。

「諸天使長，經歷七晝夜的創世，天界終於成型，現在將你們分派到各自的領地之中，守衛天界。」神說。

「加百列，第一天由你管理。」神說。

穿著潔白長裙的加百列從隊伍中走出，長裙之上的鑽石宛如星辰般閃耀，加百列跪下身來，向神行禮。

「拉斐爾，第二天由你管理，此處是天使受禁閉和懲罰之所，不能有任何怠慢。」神說。

穿著金色長袍的拉斐爾走了出來，淺金色的頭髮和瞳孔散發著淡淡的光芒，英俊的臉上露出一絲微笑。

「亞納爾和阿撒茲勒，第三天由你們共同管理。」神說。

亞納爾和阿撒茲勒走了出來，向神行禮。

「第四天由米迦勒管理，負責守衛聖城耶路撒冷。」神說。

米迦勒走到階下向神行禮，路西法驚訝地發現米迦勒的面孔變得異常年輕英俊，番紅色的頭髮，堅毅的臉龐，翡翠色的六翼散發著耀眼的光芒，明亮的雙眸如天空一般清澈。

「尚達奉和薩麥爾，第五天由你們共同管理，此處是天使的牢獄，責任重大。」神說。

尚達奉和薩麥爾走出隊伍，向神行禮，「仁慈的神，全能的聖主，我們會竭盡所能。」

「第六天是智天使基路伯之地，白天由澤布埃爾管理，夜晚由薩布斯管理，你們負責傳授天使們知識。」神說。

兩個智天使走出隊伍，向神行禮。

「第七天是熾天使之地，路西斐爾。」神轉過頭，用明亮而莊嚴的雙眸注視著路西法。

路西法走下階梯，來到階下，跪下身來。

「路西斐爾，你是代表著無上榮光的天使——光輝的晨星，你是熾天使撒拉弗的統領，天軍的統帥，第七天由你管理。」神說。

「是。」路西法再次向神行禮。

「貝爾其巴普，天堂之門的守衛，你率領諸天使環繞神殿，負責白之月的守衛。」神說。

貝爾其巴普走下階梯，向神行禮。

「彼列。」神看著彼列。

彼列走下階梯，跪下身來，潔白的裙擺散落在地面上。

「彼列，你是天國的副君，擁有無以倫比榮耀的唯一的十二翼熾天使，代表著無上的榮光和威嚴，你是天國的執政官，負責裁定眾天使的功績和過失。」神說。

「是。」彼列回答。

「拉貴爾，你是天使的監督官，負責記錄天使的言行！」神繼續開口，「拉結爾，秘境與至高的天使，你是天界的書記官，負責記錄天界的知識！」

拉貴爾和拉結爾走出來，向神行禮。

諸天使慢慢退下，走出神殿，向著各自管理的領地飛去，路西法降落在第七天之上，走進建築在美麗大地之上雄偉城市之中的官邸，官邸異常宏偉壯麗。路西法走進房間，關上鑲著金邊的厚重大門，坐在書桌前。

不知過了多久，黑暗慢慢降臨，房間裡的光線昏暗起來，路西法站起身來走到窗邊，大地在黑夜的映襯下一片靜謐，天界安靜而祥和平靜。

夜晚很快過去，清晨慢慢來臨，陽光將溫和的光芒撒向大地，風帶著微涼吹進房間，異常舒適。

就在這樣平靜安寧的生活中，不知道過了多少天，路西法驚訝於天界的美好和平靜，而這一切就真是存在於他的記憶深處，發生在數千年前的創世之初。

數天後，一個衛兵推開路西法官邸房間的門，向路西法行禮。

「路西斐爾大人，彼列大人來拜訪你。」衛兵說。

路西法站起身來，「請彼列大人進來。」

很快彼列絕美的面容出現在門口，純白的低胸長裙外露出潔白細長的脖頸和柔滑細膩的肩頭，一雙玉臂輕輕垂下，裙擺落在地面上，珊瑚色的美麗雙眸不停閃動。

「路西斐爾大人，你還好嗎？」彼列說。

「彼列大人，歡迎你。」路西法露出迷人的微笑。

「路西斐爾大人，你有沒有聽說神正準備建立一片極樂淨土。」彼列說。

「極樂淨土？」路西法問。

「是的，在創世的第六天，神創造了新的種族，這種種族的名字叫做人類，神創造了第一個男性，將他命名為神之子，被宣告他為彌賽亞，名字叫做亞當。」彼列說。

「亞當彌賽亞？」路西法說。

「是的，神已經命令諸天使長創造人類族，並建造一座足以令人類生存繁衍的樂園，神將這座樂園的名字命名為伊甸園。」彼列回答。

「對於我們天使來說，也未必是一件壞事。」路西法回答。

彼列搖了搖頭，「也許吧。」

「諸天使長已經開始著手創造人類族？」路西法問。

「是的，相信在最近一段時間裡就會有結果。」彼列回答。

「彼列大人，你對此表示擔心嗎？」路西法注視著彼列珊瑚色的雙眸，「我能感覺到你心裡的不安。」

彼列沒有回答，低下頭陷入沉思，路西法站在彼列的對面，注視著這個美麗的女子。

數天後，雷米爾從天而降，來到路西法的官邸，他快步走入路西法的房間，向路西法行禮。

「路西斐爾大人，請你即刻前往白之月，神要馬上召見諸天使長。」雷米爾說。

路西法站起身來，隨著雷米爾走出官邸，振動雙翼向著天空飛去，消失在湛藍的天際之間。很快路西法降落在白之月之上，貝爾其巴普站在神殿之前，看到路西法走來，迎了上來。

「路西斐爾大人，神正在等待著我們。」貝爾其巴普的聲音莊嚴有力。

「貝爾其巴普大人，辛苦你了。」路西法回答。

「路西斐爾大人，請快進去吧，我還要繼續在此迎候諸天使長。」貝爾其巴普說。

路西法緩步走入神殿，來到大殿之中，侍立在神之右側，彼列之下。很快諸天使長陸續走入神殿，侍立在神的階梯之下。

等到諸天使長全部來到，貝爾其巴普最後走進大殿，關好神殿高大沉重的金色大門，來到御座的階梯之上。

「諸天使長，今天請你們到來，是為了宣佈一個好消息。」神說。

諸天使長注視著神的御座的方向，都等待著神宣佈旨意。

「薩麥爾。」神說。

薩麥爾從隊伍中走出，向神行禮。

「經歷了數天的創造，諸天使長中只有薩麥爾成功創造了人類。」神說。

諸天使長都側目注視著薩麥爾，用崇敬的眼神看著眼前的這個天使。

「薩麥爾，你是光輝的使者，我將賦予你超越普通天使的無上的至高權利。從現在開始你和彼列一樣是十二翼的天使！」神說，「你將不受四大天使的節制，你擁有可以不向四大天使稟告就自行決斷的權利！」

薩麥爾背後的潔白六翼發出巨大的光芒，隨後變成十二翼，閃動著潔白的閃光。在這光芒中，薩麥爾臉上露出笑容，這笑容高傲莊嚴。

「仁慈的神，你過獎了。」薩麥爾說。

「米迦勒，在第四天之上我會創造伊甸園供人類族居住。」神說。

米迦勒走下臺階，向神行禮。

「薩麥爾，從今天開始請你將第五天交給尚達奉，你要繼續創造人類族和守護伊甸園。」神說。

「是。」薩麥爾回答。

「諸天使長，等到伊甸園建成，我會讓米迦勒引領彌賽亞前來，他是神之子，在天界他的地位僅次於我！」神說。

諸天使向神行禮，緩慢退下。

數天後，第四天之上，伊甸園中薩麥爾獨自走在用斑駁的寶石鋪就的小路上，薩麥爾看著伊甸園美麗的景致，不由得沉浸其中。不知走了多久，薩麥爾看到一個美麗的女性天使正站立在五色斑駁的鮮花從中，俯身摘下一朵嬌豔的花朵，臉上露出柔美的笑意。

薩麥爾慢慢走到距離美麗天使不遠的地方，看清了她的容貌。

「莉莉絲，未經神的允許，天使不得擅入伊甸園。」薩麥爾說。

聽到薩麥爾的話，莉莉絲轉過身來，裙擺的擺動讓花叢一陣飄動，美麗的臉上露出迷人的微笑，這笑容一下進入薩麥爾的心裡，薩麥爾感到心顫抖了一下。

「薩麥爾大人，抱歉，我實在是太喜歡伊甸園的美景。」莉莉絲回答。

「離開吧，莉莉絲，我會忘記這一切。」薩麥爾露出溫和的表情。

莉莉絲莞爾一笑，振動羽翼飛上天空，消失在湛藍的天空之上。

約定的諸天使長面見彌賽亞的時間終於來臨了，神殿之上，神端坐在御座之上，諸天使長侍立在原地，等待著神宣諭。

「米迦勒，帶領彌賽亞進來吧。」神向著大門的方向。

米迦勒走到神殿的門前，緩緩打開厚重的金色大門，一個身影出現在門口。他緩步向著神的御座走來，站在階下，路西法驚訝地發現，彌賽亞並沒有羽翼，彌賽亞的金色雙眸釋放出明亮的神采，臉上露出桀驁的神態。

「大天使莉莉絲。」神說。

莉莉絲走出隊伍，一雙柳葉一般彎彎的眉毛下，漆黑色的雙眸如水般沉靜，莉莉絲跪下來，裙擺散在地面上。

「莉莉絲，就由你負責照顧彌賽亞，你要聽從彌賽亞的命令，彌賽亞是神之子，他的話就代表著我的旨意。」神說。

「神……」莉莉絲沒有說下去，臉上滑過複雜的表情，路西法從她美麗的臉上看到了不安和不滿。

「怎麼，莉莉絲，你想違抗我的旨意。」神說。

「不，神，我會遵從旨意。」莉莉絲回答。

彼列轉向神，「仁慈的神，全能的聖主，這樣做是否不太妥當？天使是你創造的子民，怎麼能夠去服侍彌賽亞？」

神的眼睛裡閃過一道銳利的目光，注視著彼列珊瑚色的雙眸，彼列瞬間有些不寒而慄，神隨後恢復了平和的神態。

「彼列，我說過，彌賽亞是神之子，他的身份是除了神以外最尊貴的存在，你們見到彌賽亞要如同見到我一樣，要向他參拜。」神回答。

「除了神以外最尊貴的，難道超越了我們這些創世的天使嗎？」彼列似乎在自言自語一般，但是身體卻絲毫沒有移動。

「我絕不會向他參拜。」彼列暗暗地想。

彼列抬起頭，目光觸碰到貝爾其巴普的眼睛，彼列瞬間明白了貝爾其巴普眼神的意思。貝爾其巴普的雙眸裡閃過一絲不滿，但是他又用目光警示彼列，告訴她不要再說下去。

彼列低下頭，珊瑚色的雙眸望向莉莉絲，兩個美麗女子眼眸相觸的刹那，莉莉絲明白了彼列的眼神釋放出的含義。

大殿之上陷入一片沉寂，神用銳利地眼睛環顧著殿下的天使，當看到貝爾其巴普的眼睛時，神也察覺到了貝爾其巴普目光中的不滿，貝爾其巴普急忙低下頭，迴避著神的目光。

「諸天使長沒有什麼意見了吧？」神問。

路西法走下階梯，站在闕下，向神行禮。

「仁慈的神，全能的聖主，我懇求你收回你的命令，莉莉絲作為大天使肩負著更大的職責，我想她不適合作為彌賽亞大人的陪侍。」路西法說。

莉莉絲聽到路西法的話，用感激的目光望了一眼站在她身邊的路西法，兩個天使的目光在一瞬間交會，都讀懂了對方眼眸裡的意思。

「路西斐爾，難道你也想違背我的旨意？」神說。

「仁慈的神，全能的聖主，我並不想違背你的旨意，只是希望你收回命令。」路西斐爾回答。

彼列和貝爾其巴普同時望向路西法，試圖用目光阻止路西法繼續說下去，路西法敏銳地捕捉到了彼列和貝爾其巴普的意思，但是他用堅定的目光回應彼列和貝爾其巴普，貝爾其巴普搖了搖頭，彼列珊瑚色的雙眸閃動了一下。

「旨意不可能更改，諸天使長，你們都退下吧，我不希望這樣的事情再次發生，尤其是公然違抗我的旨意。」

神的臉上浮現出一絲憤怒的表情，一道閃電從天空中落下，發出巨大的聲響。神站起身來，消失在御座之後，將諸天使長留在大殿之中。

諸天使長們面面相覷，彌賽亞率先站起身來，緩步走出大殿，消失在厚重的大門之後。諸天使長們開始竊竊私語，聲音越來越大。

「各位大人，我們先退下吧，神的旨意不能更改。」彼列開口說話，柔美的聲音瞬間傳向大殿頂端。

諸天使長們停止了說話，陸續向著大殿之外退去，米迦勒走到莉莉絲身邊，用純淨的眼眸注視著莉莉絲。

「莉莉絲，我對神的旨意感到遺憾，但是一切都無法改變。」米迦勒說，「但是你要記住，不管遇到任何困境，都不要灰心失望，因為全能的聖主會與你同在！」

「米迦勒大人，謝謝你。」莉莉絲的語氣異常平靜，帶著淡淡的悲傷。

米迦勒走到路西法面前，「路西斐爾大人，你今天的舉動已經觸怒了神，請你要謹言慎行。」

路西法點了點頭，「米迦勒大人，我會記住你的話。」

米迦勒露出淺淺的微笑，向著諸天使長點了點頭，緩步走出大殿。

薩麥爾隨後走到莉莉絲身邊，伏在莉莉絲的耳畔，「莉莉絲，我早說過你不該擅入伊甸園，但是不要擔心，必要時我會幫助你。」

莉莉絲用感激的目光看了一眼薩麥爾，薩麥爾隨後快步走出神殿。

莉莉絲站起身來，纖細柔弱的身體消失在高聳厚重的金色大門之後。

路西法搖了搖頭，走出神殿，沿著小路緩步走著。

「路西斐爾大人，請等一下。」貝爾其巴普的聲音從背後響起。

路西法轉過身，看到彼列和貝爾其巴普正在離他不遠處，看到路西法停住腳步，兩個天使快步走上前來。

「路西斐爾，你對神的這道旨意怎麼看？」貝爾其巴普說。

「我想這裡不是說話的地方，請兩位大人到我的官邸吧。」路西法說。

彼列和貝爾其巴普點了點頭，三個天使振動羽翼飛上天空，向著第七天的陸地降落而去，神殿的尖塔之上，神正用銳利的眼睛注視著發生的一切。

路西法降落在地面之上，彼列和貝爾其巴普也隨後降落，三個天使進入第七天的城市，向著路西法的官邸緩慢的走著，似乎各有心事。

進入路西法的官邸，三個天使來到路西法的房間中，路西法命令衛兵沏茶來，很快衛兵端上三杯清茶，天界特有的茶香立刻充滿了屋子。

貝爾其巴普端起白色鑲著金邊的茶杯，「路西斐爾大人，你還沒有回答我的問題。」

路西法搖了搖頭，「我想神的這道旨意多少對大天使莉莉絲有些不公。」

貝爾其巴普點了點頭，沒有說話，將茶杯放在嘴邊。

「我也是這麼想。」彼列開口說話，「貝爾其巴普大人也是這麼認為的。」

「彼列大人，你對神的旨意也同樣表示處不滿。」貝爾其巴普睿智的臉上浮現出一絲苦笑。

「一個沒有力量的彌賽亞，居然地位凌駕於我們之上，這讓我不能理解。」彼列說。

「彼列大人，你忘了，神說過彌賽亞是神之子。」貝爾其巴普說。

「貝爾其巴普大人，我們天使也由神所創造，並且擁有強大的力量，我們也是神的子民，為什麼要屈尊向彌賽亞參拜？」彼列說。

「但是神的旨意不能改變。」貝爾其巴普說。

彼列聽到貝爾其巴普的話，搖了搖頭，輕聲歎了口氣，不再說話。

「路西斐爾大人，我要告辭了，神之淨土和天堂之門還需要我守衛，我不能離開太久。」貝爾其巴普說。

「既然如此，我也告辭了。」彼列站起身來。

貝爾其巴普和彼列走到門口，貝爾其巴普像想起什麼一樣停住了腳步，轉過身看著在他身後的彼列和停在原地的路西法。

「兩位大人，我們今天的談話希望到此為止，我想這些談話不能讓任何天使知道，尤其不能傳到神的耳中。」貝爾其巴普說。

彼列和路西法同時點了點頭，貝爾其巴普和彼列很快消失在門口。

路西法走到窗前，望著窗外鳥語花香的美麗景色，然後抬起頭望向神之淨土白之月的方向，白之月四周守衛的天使手持武器環繞飛行，將天空染成一片白色。

第35章　光輝使者的墜落

夜晚慢慢降臨，淅淅瀝瀝的小雨飄然而至，將窗棱打得滴答作響，風帶著濕潤滑進屋子，帶來一陣夜雨的微量。

清晨來臨，雨緩慢停止，太陽慢慢升起，將柔和的光芒撒向大地。路西法走進官邸的房間，打開窗戶，一陣夜雨的濕潤帶著露水特有的香氣飄進屋內，令他心曠神怡。

太陽越升越高，天空越加明亮，路西法回到自己的位子坐了下來，陷入了沉思。不知過了多久，房間的大門打開，一個衛兵走了進來，向路西法行禮。

「路西斐爾大人，大天使莉莉絲求見。」衛兵說。

路西法站起身來，「請莉莉絲進來。」

很快，莉莉絲那雙如水般沉靜的雙眸出現在路西法的視線中，莉莉絲美麗的臉龐上帶有一絲深深的憂傷，潔白的長裙裙擺緩慢擺動，落在地面上。

「莉莉絲，你來了。」路西法注視著莉莉絲的雙眸。

「路西斐爾大人，我是來向你辭行的，我即將要前往位於第四天的伊甸園，陪侍彌賽亞大人。」莉莉絲說。

莉莉絲如水般清澈的雙眸閃動了一下，透露出淡淡的憂傷，路西法搖了搖頭，走到莉莉絲的面前。

「莉莉絲，雖然我對神的旨意感到不滿，但我無能為力。」路西法的臉上露出深深的歉意。

「路西斐爾大人，感謝你在神殿之中說的話。」莉莉絲說。

路西法搖了搖頭，緩慢轉過身走到視窗，天邊之上出現一道美麗的七色彩虹，路西法望著彩虹的方向。

「莉莉絲，不要失望，因為希望和命運就掌握在你自己的手中。」路西法說。

莉莉絲也望向天邊的彩虹，似乎在喃喃自語，「也許我的命運也如同這彩虹一樣，雖然美麗，但稍縱即逝。」

路西法轉過身，目光與莉莉絲的雙眸相碰，「莉莉絲，如果需要幫助，你可以隨時來找我，我會幫助你。」

莉莉絲向路西法行禮，「路西斐爾大人，謝謝你，也許我們從此不會再相見了。」

莉莉絲轉身走出路西法的房間，身影瞬間消失在門口，走廊裡傳來了莉莉絲輕盈的腳步聲，慢慢消失在樓梯處。

路西法命令衛兵將梅菲斯托找來，很快一個手持魔術師翡翠手杖，面容堅毅的天使出現在路西法的門口。

「梅菲斯托，你是我信任的天使，你要監視伊甸園的一舉一動，並把那裡發生的一切告訴我。」路西法說。

梅菲斯托向路西法行禮，轉身走了出去。

路西法遙望天空之中，神之淨土高高懸掛在天空之中，釋放出淡淡的潔白光芒，宛如銀色的太陽。

第七天彼列官邸之中，彼列優雅地坐在寬大的座椅上，白皙的右臂托著頭，長髮散落在她的房間內，幾個天使侍立在書桌前面，他們都身著重甲，左臂帶著赤紅色銘文的臂章。

「諸位天使，你們都是聖殿天使團的精英，現在我要將你們派往各層天的天使長身邊，你們要隱藏自己的身份，監視各層天諸天使長的行為，必要時我會向你們傳達任務！」彼列的聲音有著特殊的磁性。

房間前的天使們向彼列行禮，彼列露出淡淡的微笑。

「亞巴頓、茵蘧，你們進來吧。」

很快一個高大的男性天使和一個身材嬌小纖細的女性天使進入房間，來到彼列面前。

「亞巴頓、茵蘧是聖殿天使團的領導，如果發生了任何事，你們可以立刻向他們稟報。」彼列說。

房間裡的天使向著亞巴頓和茵蘧行禮，隨後走出彼列的官邸，向著各層天而去。

彼列隨後站起身來，注視著亞巴頓和茵蘧，「也許我應該去拜訪路西斐爾大人了。」

彼列緩慢踱出官邸，來到路西法的官邸前面，她讓衛兵前往通報，自己則站在官邸的大門前面。

路西法很快出現在門口，他快步走到彼列面前，「彼列大人，有什麼事？」

「路西斐爾大人，我想和你一起前往伊甸園。」彼列的臉上露出微笑。

路西法點了點頭，他似乎找不到拒絕的理由，兩個熾天使振動羽翼，向著第四天而去。

伊甸園的上空籠罩著星星點點的光芒，宛如夢幻仙境，路西法和彼列降落在伊甸園上，暫態被迷人的景色所陶醉，大地一片青翠，遠處層迭的群山籠罩在淡淡的五色之中，五顏六色的寶石將大地裝點得一片善良斑駁，湖水是清澈的淡藍色。

兩個天使緩步走著，向著薩麥爾位於伊甸園中心的城堡走去，在靠近城堡的地方，彼列的臉上閃過一絲驚訝和憂慮，他看到一些天使正在種植一種樹木。路西法也看到了這一切，他的臉上露出複雜的神情。

薩麥爾就站在城堡的前面，看到彼列和路西法前來，迎了上去。

「兩位大人，真是稀客。」薩麥爾說。

「薩麥爾大人，你應該知道，在伊甸園之上，不應該種植葡萄樹。」彼列說。

「彼列大人，我想你多慮了。」薩麥爾回答。

「不，薩麥爾大人，葡萄的汁液就如同神之血，如果人類食用了葡萄樹的果實，就如同飲了神之血，這是對神的冒犯和不敬。」彼列說。

「彼列大人，我想你過分謹慎了。」薩麥爾回答。

「薩麥爾大人，這只是個忠告。」彼列歎了口氣，轉向路西法，「路西斐爾大人，我想我們不要再打擾薩麥爾大人了。」

路西法點了點頭，隨後向著薩麥爾，「薩麥爾大人，要謹記彼列大人的忠告。」

薩麥爾點了點頭，向彼列和路西法行禮，轉身向著官邸走去。

彼列的臉上閃過一絲難以察覺的憂慮，和路西法一起振動羽翼向著第七天而去。

數天之後，清晨破曉，路西法來到官邸的房間，一個衛兵急匆匆從門口進入，告訴路西法彼列來訪。

彼列的身影很快出現在門口，她珊瑚色的雙眸中飽含憂慮，路西法本能地意識到可能發生了事情，他用澄清的雙眸注視著彼列，等待著彼列開口說話。

「路西斐爾大人，伊甸園內出事了！」彼列說。

「伊甸園？」路西法的腦海裡閃過莉莉絲離開前那張憂傷而淒美的面龐，「彼列大人，出了什麼事？」

「薩麥爾大人觸犯了神，神已經命令將他暫時幽禁在第五天牢房之中。」彼列說。

聽到不是關於莉莉絲的消息，路西法稍微安心了一些，「薩麥爾大人究竟做了什麼？」

「路西斐爾大人，你還記得薩麥爾在伊甸園中種植的葡萄樹，我的擔心果然成了現實，人類族誤食了這些葡萄樹的果實。」彼列說。

「葡萄樹？」路西法的臉上閃過一絲疑惑，「即便如此，人類族也是誤食，薩麥爾大人應該也沒有過多的罪過。」

「不，路西斐爾大人，神曾經說過紫紅色的葡萄樹的果實所包含的汁液猶如神之血，神的子民不能飲用神之血，這並沒有想像中那麼簡單，這是極大的罪過。」彼列說。

路西法點了點頭，「薩麥爾大人應該清楚地知道這一點，看來你的忠告並沒有起到效果，他依然犯下這樣的錯誤。」

彼列搖了搖頭，「對具體的情況我現在還不十分瞭解，看來必須等到神做出裁決才能厘清一切。」

彼列離開後，梅菲斯托隨後來到路西法的房間，他所說的與彼列所說完全一致，路西法示意梅菲斯托退下。

第二天清晨，雷米爾帶來了神的旨意，請路西法馬上前往神之淨土的神殿之中，路西法明白這一定與薩麥爾有關，他隨著雷米爾飛上天空，向著白之月而去。

神殿之中，諸天使長已經分列左右，路西法看到彌賽亞站在神的身邊，他登上神御座之下的階梯，彼列最後進入大殿，站在神的右側。

薩麥爾在兩個天使衛兵的押解下被帶到神殿，跪在神的闕下。

「薩麥爾，你知道你所犯的罪過嗎？」神說。

薩麥爾抬起頭，路西法看到薩麥爾堅毅的面龐下無畏的眼神，感到了這個熾天使身上的巨大勇氣。

「仁慈的神，全能的聖主，我想我沒有罪。」薩麥爾回答。

「薩麥爾，我曾經說過，赤紅色的汁液猶如我的血，你慫恿人類族飲神之血，犯下如此大的罪過，居然還在狡辯？」神的憤怒使得神殿不停搖擺，天空中一道閃電劃下，發出劇烈的響聲。

「神，我不過是伊甸園的守護者，而彌賽亞才是人類的領導者，即使人類族誤飲了神之血，應該責罰彌賽亞，而不是我。」薩麥爾回答。

「薩麥爾，你居然不承認自己的罪過。」神大聲說。

「神，我只是不明白，為什麼本應承擔責任的彌賽亞可以得到寬恕，而我卻必須背負著本不屬於我的罪責。」薩麥爾回答，「我們天使也是神的子民，為什麼得不到如彌賽亞一般的公平？」

「薩麥爾，看來你不願意承認自己犯下的罪過。」神大聲說，「彼列，你是天國的副君，負責衡量天使的功績和過失，就由你來評判薩麥爾犯的罪。」

彼列轉向神，「仁慈的神，全能的聖主，請看在薩麥爾曾經創造了無數功績，並成功塑造了人類一族，請寬恕他的罪。」

薩麥爾抬起頭來看了一眼彼列，彼列示意他不要再觸怒神，薩麥爾低下頭，眼神裡充滿了失望。

神點了點頭，「從今天起，剝奪薩麥爾熾天使的榮耀，放逐於第五天北部荒蕪之地，囚禁於第五天牢獄之中，由尚達奉看管，永遠不得重返神之淨土。」

彼列走下階梯，跪在神的面前，「仁慈的神，全能的聖主，這責罰未免太重。」

別西卜和路西法也走下階梯，跪在彼列的身後，「仁慈的神，全能的聖主，請您寬恕薩麥爾的罪。」

米迦勒隨後走下階梯，闕下的諸天使長都跪了下來，向神求情。

神勃然大怒，站起身來注視著階下的眾天使長們，「怎麼，你們想違抗我的命令。」

神拂袖而去，消失在神之御座之後，彌賽亞緩慢走下階梯，從諸天使長的身邊穿過，消失在大殿的入口處。

彼列失望地搖了搖頭，站起身來，轉向薩麥爾，「薩麥爾大人，看來神的旨意難以更改，就請你暫時返回第五天吧，我會再找機會向神諫言。」

路西法也站起身來，「薩麥爾大人，我也會和彼列大人一起幫助你。」

薩麥爾站起身來，「彼列大人，路西斐爾大人，謝謝你們，但我想一切都無法改變。」

薩麥爾在兩個衛兵的押解下消失在大殿的大門之後，只留下諸天使長站立在大殿之中，路西法搖了搖頭，慢步走向神殿的入口。

薩麥爾被放逐和囚禁於第五天荒蕪之地的消息很快傳遍整個天界，天使們對此感到震驚和不安。如薩麥爾一般充滿榮光的熾天使因為彌賽亞的原因遭到放逐，令許多天使感到十分不滿和憤怒。

路西法的官邸迎來了許多天使，他們無不向路西法表示了失望和憤怒，希望路西法向彼列及神諫言，恢復薩麥爾的身份。

白晝來臨，彼列獨自向著第五天而去，來到高聳入雲的第五天牢獄之前，守門的衛兵看到彼列來到，急忙前往第五天中心城市向尚達奉報告，尚達奉很快來到第五天牢獄之前。

「彼列大人，抱歉，我不知道你親自來訪。」尚達奉的臉上閃過一絲歉意。

彼列露出微笑，「尚達奉大人，我想看看薩麥爾大人的境況。」

「彼列大人，這恐怕……」尚達奉沒有繼續說下去。

「尚達奉大人，你想說沒有神的旨意，難以應允我的要求。」彼列說，「你不用擔心，我是天國的副君，如果神詢問起來，我會親自向神解釋。」

尚達奉聽到彼列的話，點了點頭，陪同彼列步入第五天牢獄，向著最深處走去，在牢獄的最底端，一座冰冷厚重的大門前，尚達奉停了下來，閃耀著赤紅色銘文的鎖鏈閃閃發光。

彼列走到大門前，轉過身來，「尚達奉大人，讓守衛的天使退下吧，你也退下，讓我和薩麥爾單獨談談。」

尚達奉的臉上閃過一絲憂慮，但看到彼列的珊瑚色的眼睛，只得點了點頭。

等到尚達奉和守衛天使離去，彼列走到大門前面，「薩麥爾，你還好嗎？」

彼列的聲音彷彿沉入了無底洞中，過了一會，薩麥爾的聲音從門的另一端傳來，「彼列大人，難得你還記得我，在這無盡的黑暗和絕望之中，你覺得呢？」

「薩麥爾，既然已經深處黑暗，那就到真正的黑暗中去吧，天界已經沒有你的容身之地，你想永遠做一個囚徒，亦或是成為叛逆者，你有權自己選擇。」彼列說。

「彼列大人，我不明白你的意思？」薩麥爾說。

「薩麥爾，你是充滿榮光的熾天使，難道想永遠深處著牢籠之中，既然得不到公正，就成為敵對者，這也許是你最好的歸宿！」彼列回答。

「彼列大人，你是說讓我打破天堂之門，逃到無盡的黑暗中去。」薩麥爾說。

「是的，薩麥爾。」彼列說。

門的另一端陷入了沉寂，久久沒有回應。

「怎麼，薩麥爾，你還在貪戀你的熾天使身份嗎？」彼列說，「打破了天堂之門，你就將重獲自由，即使是神也奈何不了你！」

不知過了多久，門另一端的沉寂被打破，薩麥爾的聲音緩慢傳來，「彼列大人，我願意聽從你的勸告，但是在這道門內我無法打開門外鎖鏈的封印。」

「薩麥爾，你不用擔心，我會幫助你！」彼列回答，「你要做的就是耐心等待。」

彼列轉過身，水晶鞋的聲音逐漸遠去，薩麥爾獨自站立在黑暗的牢獄之中，雙眸釋放出異樣的光芒。

彼列走出第五天牢獄，向著第四天而去，在第四天伊甸園外的一片密林裡，兩個天使正在等她，看到彼列走來，女性天使先迎了上去。

「彼列大人，聽到你的召喚，我們就立刻前來了。」女性天使柔美的臉上露出微笑，淡藍色的瞳孔閃動了一下。

「利未安森，我召喚你和貝西貘斯前來，是要你們在今夜前往第五天牢獄。」彼列回答。

貝西貘斯走了上來，他擁有著金色長髮，明亮的瞳孔注視著彼列，「彼列大人，你說吧，我們是聖殿天使團的成員，永遠服從你的命令。」

「貝西貘斯，你擁有毀滅之力，相信能夠破除第五天牢獄的神的封印吧？」彼列說。

「彼列大人，我想應該沒有問題。」貝西貘斯回答。

「利未安森、貝西貘斯，你們就在今夜前往第五天牢獄，解放薩麥爾。」彼列說。

彼列的話令兩個天使大吃一驚，他們用驚訝的神情看著彼列。

「彼列大人，我想第五天牢獄也有我們聖殿天使團的成員吧？」利未安森說。

彼列沒有回答，振動羽翼飛上天空，向著第七天而去。

黑夜緩慢降臨，利未安森和貝西貘斯飛向第五天，在黑夜之中，兩個天使出現在第五天牢獄之前，瞬間守門的天使被擊倒。兩個天使沿著旋轉階梯向下，來到薩麥爾的牢房前面。黑暗之中，一雙冰冷的眼睛注視著一切。貝西貘斯念起咒語，伸出手指，手指劃出一道明亮的閃光，閃耀著赤紅色銘文的鎖鏈瞬間落下，厚重冰冷的大門緩慢打開，薩麥爾走了出來。

「利未安森和貝西貘斯，沒想到是你們。」薩麥爾露出微笑。

「薩麥爾大人，我們的工作已經完成，現在必須離去了。」利未安森回答。

薩麥爾點了點頭，振開羽翼向著第五天牢獄的大門而去，在利未安森和貝西貘斯來到第五天牢獄門口時，他們看到薩麥爾消失在天的盡頭，向著第四天而去。

看到薩麥爾消失在第五天，牢獄之中的冰冷的眼睛消失於高塔深處。

數天之後，彼列急匆匆地來到路西法的官邸，從看到彼列的第一眼起，路西法感到了彼列眼神裡傳達的異樣。

「彼列大人，發生了什麼事？」路西法說。

「路西斐爾大人，清晨尚達奉大人來報告，薩麥爾打破了第五天的牢獄，衝破天界的大門，向著未知的混沌和黑暗而去。」彼列說。
「彼列大人，這消息可靠嗎？」路西法睜大了眼睛，露出驚訝的神色。
「路西斐爾大人，我想這一切都是真的，此時神恐怕已經知道了這個消息，很快雷米爾就會來傳達神的旨意。」彼列說。
聽到彼列的話，路西法陷入了沉默，但他也敏銳地感覺到，彼列的泰然自若。路西法滿懷狐疑地立在原地，這時一個衛兵出現在門口，向路西法和彼列行禮。
「路西斐爾大人，雷米爾大人求見。」衛兵說。
路西法驚訝於雷米爾的迅速，彼列看了路西法一眼，走到路西法耳邊輕聲告訴路西法不要將她與路西法的談話的內容洩露出去。
彼列走到陽臺上，躲在窗棱之後，路西法讓衛兵將雷米爾請進來，雷米爾快步走進路西法的房間，向路西法行禮。
「路西斐爾大人，我來傳達神的旨意，請即刻前往神之淨土。」雷米爾說。
「雷米爾大人，發生了什麼緊急的情況嗎？」路西法保持著固有的冷靜。
「路西斐爾大人難道沒有聽說，第五天發生了重大事件嗎？」雷米爾說。
「重大事件？」路西法問。
「薩麥爾打破第五天牢獄，衝破天堂之門，逃往無盡的黑暗之中去了。」雷米爾回答。

路西法故意睜大了眼睛，露出驚訝的神色，「這是真的嗎，雷米爾？」

「是的，路西斐爾大人，今天一早尚達奉大人從第五天趕來，已經向神稟報了這個情況。」雷米爾回答。

「好吧，我會馬上前往神之淨土。」路西法說。

「路西斐爾大人，你有沒有看到彼列大人，如果你在前往神之御座途中遇到彼列大人，請代為傳達神的旨意，請她立刻前往神之淨土。」雷米爾說。

路西法點了點頭，「雷米爾大人，我知道了。」

彼列聽到雷米爾的話，化作一道潔白的閃光，向著天空而去，消失在純淨的湛藍色中。

路西法走出官邸，振動羽翼飛上天空，向著神之淨土飛去，穿過守衛天使的境界線，路西法降落在神之淨土之上。

神殿之中神正雷霆大怒，斥責貝爾其巴普等諸天使長未能守住天堂之門，致使薩麥爾連續打破四層天的大門，消失在無盡的黑暗之中，貝爾其巴普低著頭，一言不發。

彼列和路西法相繼走入神殿，向神行禮，神坐回御座之上，注視著闕下的兩個天使。

「彼列、路西斐爾，你們已經知道發生的一切了吧？」神說。

「是的，仁慈的神，全能的聖主。」彼列和路西法回答。

「這是一次嚴重的叛逃，我已經命令貝爾其巴普派出天使追捕薩麥爾。」神說。

聽到神的話，路西法和彼列對視了一下，沒有說話。

神歎了口氣，「你們都退下吧，我希望這樣的事情不要再發生。」

聽到神的話，彼列和路西法轉身走出大殿，貝爾其巴普緊隨其後，踏出神殿的剎那，彼列突然轉過身來注視著貝爾其巴普。

「貝爾其巴普大人，我想這裡面一定另有隱情。」彼列說。

貝爾其巴普的臉上閃過一絲複雜的表情，他用眼神示意此處不是說話的場所，三個天使振動羽翼飛上天空，向著地面降落。

進入路西法的官邸，路西法關好房間的大門，並命令衛兵暫時不要來打擾他們。

「貝爾其巴普大人，即使薩麥爾是光輝使者，擁有熾天使之力，我也不相信他能連續戰勝尚達奉、米迦勒、拉斐爾和加百列四大天使。」彼列說。

貝爾其巴普點了點頭，「彼列大人，你說的沒錯。」

「那麼就如彼列大人所說，這一切必有隱情。」路西法說。

貝爾其巴普點了點頭，「確實如此，薩麥爾擊破五重天之後已經身負重傷，在天堂之門被我發現。」

彼列聽到貝爾其巴普的話，珊瑚色的雙眸閃過一絲驚訝，「貝爾其巴普大人，難道……」

彼列沒有說下去，貝爾其巴普歎了口氣，「正如彼列大人所想的，是我放走了他。」

「為什麼？」彼列說。

「因為薩麥爾問我：『諸天使和人類同為神的子民，為什麼只有天使遭受不公，在彌賽亞誕生之後，我們貴為天使為什麼要臣服於彌賽亞之下？』」貝爾其巴普歎了口氣，「我無法回答。」

「貝爾其巴普大人，這樣做可能會讓你陷入極其危險的境地。」路西法說。

「路西斐爾大人，你沒有看到在薩麥爾眼中燃起的絕望和憤怒，我至今難以忘記他那雙眼睛。」貝爾其巴普說。

「貝爾其巴普大人，今天的談話千萬不要向任何天使提及，僅限我們三位知道。」路西法說，「彼列大人，你要保守這個秘密。」

彼列點了點頭，「當然，路西斐爾大人，我不會透露一個字。」

貝爾其巴普抬起頭用，用感激地目光注視著彼列和路西法，路西法看到這個睿智的天使眼中充滿了不安和迷茫。

「彼列大人、貝爾其巴普大人，請你們各自返回吧，停留的時間越長，會招致神的猜疑。」路西法說。

彼列和貝爾其巴普點了點頭，走出路西法的房間，消失在大門之後，路西法坐回自己的位置，陷入了沉思。

天界再次恢復了短暫的平靜，在數天的時間裡沒有不好的消息傳來。清晨時分，路西法走到官邸之外，他抬起頭看著微亮的天空，一道銀色的閃光從天而降，彼列出現在他的面前。

「路西斐爾大人，莉莉絲出事了！」彼列說。

聽到莉莉絲的名字，路西法的臉上閃過一絲擔憂，他注視著彼列，「彼列大人，發生了什麼事？」

「莉莉絲拒絕伏侍彌賽亞，從伊甸園逃走了。」彼列說。

「從伊甸園逃走了？」路西法看著彼列。

「莉莉絲逃出伊甸園之後，被米迦勒大人的守衛發現，現在已被米迦勒大人囚禁。」彼列說。

「米迦勒大人準備怎麼處置莉莉絲？」路西法說。

「米迦勒大人準備將莉莉絲交給神處置。」彼列說，「恐怕情況不容樂觀。」

「我立刻去面見米迦勒大人。」路西法說。

「路西斐爾大人，恐怕這毫無用處。」彼列拉住路西法的手臂，搖了搖頭。

「彼列大人，你是說米迦勒大人不會釋放莉莉絲？」路西法問。

「當然，米迦勒大人雖然慈悲，但是他對神的忠誠不容置疑。」彼列說。

路西法點了點頭，「即使如此，我也要試一試。」

路西法振動羽翼，化作一道光向著第七天的大門而去，匆匆而去的身影令守衛的士兵感到十分驚訝，穿越了第六天和第五天，路西法來到第四天聖城耶路撒冷的米迦勒官邸。

路西法走進米迦勒的房間，米迦勒看到路西法進來，站起身來。

「路西斐爾大人，你這麼著急來找我，有什麼事？」米迦勒說。

「米迦勒大人，聽說你逮捕了大天使莉莉絲。」路西法說。

米迦勒點了點頭，「確實如此，莉莉絲私自離開伊甸園，我接到彌賽亞大人的命令，將莉莉絲逮捕。」

「米迦勒大人，你是否能將莉莉絲交給我？」路西法說。

「路西斐爾大人，請你原諒，恐怕我很難從命。」米迦勒說。

「米迦勒大人，關於莉莉絲，你準備怎麼處置？」路西法問。

「我也無權決定莉莉絲的命運，我會將她押到神之淨土，交給神來裁決。」米迦勒說。

「既然如此，我可不可以見一見莉莉絲。」路西法說。

「當然，我會派衛兵帶你前往莉莉絲的牢房。」米迦勒叫來衛兵。

路西法在衛兵的帶領下前往關押莉莉絲的牢房，牢房中的莉莉絲全身佈滿傷痕，看得出她經歷怎樣的磨難，美麗的臉孔毫無血色，低垂著頭，烏黑的頭髮散落著。

路西法走到冰冷的牢房的鐵柱前面，向衛兵說，「把牢門打開。」

「路西斐爾大人，請原諒，沒有米迦勒大人的命令，我們不能打開牢門。」衛兵回答。

「那你們全都退下吧，我要和莉莉絲單獨談談。」路西法說。

衛兵面露難色，路西法的眼睛裡閃耀出一道銳利的光，「怎麼，你們連我也不相信？」

「不，路西法大人。」衛兵慢慢退下，在距離路西法不遠的地方停了下來。

路西法轉向牢房，「莉莉絲，你還好吧？」

聽到路西法的話，莉莉絲抬起頭，毫無神采的眼睛裡閃過一絲希望，她緩慢地站起身來，身體搖搖晃晃走到路西法的面前。

「路西斐爾大人，是你。」莉莉絲的聲音異常微小。

「莉莉絲，我說過我會幫助你。」路西法說。

「路西斐爾大人，一切都無法改變。」莉莉絲的眼神裡充滿絕望。

「莉莉絲，永遠也不要放棄希望。」路西法說。

莉莉絲無神的雙眸中閃過一絲光亮，這光亮直接射入了路西法的心裡，路西法的心裡彷彿有一滴純淨的眼淚滴落，蕩起無數漣漪。

「記住我的話，莉莉絲。」路西法轉過身，向著牢房之外走去。

在路西法飛上天空的瞬間，莉莉絲絕望無助的眼神再度出現在他的腦海之中，他似乎看到了貝爾其巴普描述的薩麥爾的眼神。

路西法化作一道光，向著第七天而去，消失在天空之中。

第36章　黃金燭臺

路西法獨自站在第七天的官邸之前，在一片黑暗之中，繁星閃耀於夜空之上，發出銀色的光芒，路西法站在原地一動不動，似乎在等待著什麼。

一道銀色的閃光從天而降，貝爾其巴普出現在路西法面前，他注視著路西法，等待著路西法說話。

路西法轉過身，和貝爾其巴普走進官邸，來到房間裡，在燭光的照耀之下，房間一片明亮。

路西法注視著貝爾其巴普，「貝爾其巴普大人，我要前往天堂之門以外的黑暗之地。」

路西法的語氣異常平靜，但仍然使貝爾其巴普感到不安，他再次注視著眼前這個充滿榮光的天使，「路西斐爾大人，你說你要前往黑暗之地？」

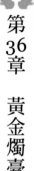

「沒錯，貝爾其巴普大人，我要去面見薩麥爾。」路西斐爾說。

「面見薩麥爾？路西斐爾大人，你要知道這會觸怒神。」貝爾其巴普說。

「當然，貝爾其巴普大人，你應該已經聽說了莉莉絲私自逃出伊甸園的事，大天使莉莉絲恐怕會受到責罰，如果想要解救莉莉絲，我想只有讓她和薩麥爾一樣，逃往無盡的黑暗之中，那裡才是她唯一的容身之處，這一切都需要薩麥爾的說明。」路西法回答。

「路西斐爾大人，你不怕我將這一切告訴神嗎？」貝爾其巴普說。

「貝爾其巴普大人，我相信你對莉莉絲的事也一定抱有不滿和同情。同樣作為天使，我想你會站在天使的一方，難道你願意看著莉莉絲因為彌賽亞受到懲罰？」路西法說。

貝爾其巴普低下頭沉思了一下，抬起頭注視著路西法，「路西斐爾大人，我願意幫助你。」

「謝謝，貝爾其巴普大人。」路西法說。

房間緊閉著的門緩慢打開，陰暗的走廊裡出現一個身影，一個天使隱藏在大門的陰影之中。

路西法和貝爾其巴普同時將手放在劍柄上，注視著門口。

「誰在那？」路西法大聲說。

天使緩慢地從陰影中走出，彼列那張絕美的臉旁出現在燭火之下。

「路西斐爾大人、貝爾其巴普大人，你們所說的我都聽到了。」彼列的聲音異常沉靜。

「彼列大人，既然你聽到了我們的談話，你想怎麼做？」貝爾其巴普說。

「貝爾其巴普大人，我會保守這個秘密，並在暗中幫助你們。」彼列說。

路西法注視著彼列珊瑚色的美麗雙眸，「謝謝，彼列大人。」

「路西斐爾大人，我必須要提醒你，不論在什麼情況之下都不要使用光輝的晨星之力，一旦使用必然會暴露你的身份。」彼列說。

路西法點了點頭，「當然，彼列大人。」

「另外，把光輝的晨星之劍交給我，在你營救莉莉絲的這段時間裡，我來保管這把劍。」彼列說。

路西法解下腰間寬大的長劍，交給彼列。

「路西斐爾大人，一切小心。」彼列轉過身，消失在大門的陰影裡，走廊裡傳來一陣輕輕的腳步聲，消失在盡頭的階梯處。

「路西斐爾大人，我相信彼列大人會信守諾言。」貝爾其巴普說。

路西法點了點頭，「貝爾其巴普大人，事不宜遲，我們趕快趕往天堂之門。」

貝爾其巴普點了點頭，他和路西法走出官邸振動羽翼，在黑暗中化作兩道光向著天堂之門的方向而去。穿越了七重天，在一片光芒之中一座刻著五芒星的大門出現在貝爾其巴普和路西法的面前。

守門的天使從天而降，向貝爾其巴普行禮。

「這裡暫時由我和路西斐爾大人守衛，你們退下吧。」貝爾其巴普說。

守門的天使面露難色，但看到貝爾其巴普的眼睛，只好行禮退下。

貝爾其巴普念動咒語，一座黃金燭臺出現在他的手中，最高的燈檯之下蠟燭發出淺金色的光芒，六個燈檯從燭臺中柄向外伸出，環繞著中心的燈盞，花瓣狀的燈臺如綻放的花朵，散發著淡淡的金色光芒。

「路西斐爾大人，請你拿著它，它會照亮未知的無盡黑暗，並會帶領你重返天堂之門。」貝爾其巴普說，「但一定記住，在燭光燃盡之前必須返回，否則你將會迷失在無盡的黑暗之中。」

路西法點了點頭，接過貝爾其巴普手中的燭臺，貝爾其巴普念起咒語，散發著金色光芒的天堂之門緩慢打開，路西法振動羽翼，飛入天界之門之外。

天堂之門緩緩關閉，消失在黑暗之中，在燭臺明亮的燭光的照耀下，路西法看到自己正籠罩在一片黑暗之中，天幕之上籠罩著濃濃的黑霧，腳下赤紅色的大海不停翻滾，看不到盡頭。

路西法立在原地，大聲說，「薩麥爾，你在這裡嗎？」

聲音帶著迴音衝上天空，飛向無盡的黑暗的彼端，消失無蹤。

路西法一連說了幾次，蠟燭的火光熊熊燃燒，照亮了整個天空，隨後逐漸暗淡。燭光即將燃盡，路西法轉過身，舉起燭臺，準備向著天堂之門返回。

一陣巨風從路西法的背後吹起，一個身影出現在天空之中。

「是誰？」薩麥爾的聲音從路西法的背後響起。

路西法轉過身，燭光照亮了薩麥爾滿是傷疤的身體，「薩麥爾，是你嗎？」

「路西斐爾？」薩麥爾說，「光輝的晨星，為什麼要進入這無盡的黑暗之中？」

「你的羽翼？」路西法注視著薩麥爾的背後，一雙漆黑碩大的骨翼出現於燭火之中。

薩麥爾露出一絲嘲笑，「我是神的敵對者，黑暗中的撒旦！那些榮耀早已離我而去，羽翼不過是在天堂為奴的烙印，現在這烙印已經隨著黑暗化盡！」

路西法搖了搖頭，注視著薩麥爾。

「薩麥爾，我來到這裡是為了尋求你的幫助。」路西法說。

「尋求我的幫助？」薩麥爾的嘴角浮現出一陣冷笑，「一個被放逐的天使能夠幫助你什麼？」

「薩麥爾，莉莉絲私自逃離伊甸園必將受到懲罰，我會想辦法救出莉莉絲，我想天界已經不可能容下她，只有這黑暗才是她的棲身之所。」路西法。

「又是因為彌賽亞嗎？」薩麥爾搖了搖頭，「既然如此，我答應你，路西斐爾。」

「薩麥爾，等你再看到這盞燭臺之時，就是我和你約定的時刻。」路西法說。

薩麥爾點了點頭。化作一陣風消失於無盡的黑暗之中。路西法舉起燭臺，燭臺照亮了天空，路西法化作一道光，向著天堂之門而去。

天堂之門的前面，貝爾其巴普正焦急地等待著。看到燭光的金色光芒，貝爾其巴普念起咒語，天堂之門緩慢打開，路西法的身影穿過天堂之門，出現在貝爾其巴普的面前。

「路西斐爾大人，一切順利吧？」貝爾其巴普問。

路西法點了點頭，沒有回答，腦海裡再度浮現出那片無邊的黑暗。

數天之後，雷米爾從天而降，來到路西法的官邸，請路西法立刻前往神之淨土。

路西法振動羽翼飛上天空，來到神之淨土之上，走入神殿，諸天使長正侍立階下，路西法走上神的御座之下的階梯，站立其上。

莉莉絲在兩個天使的押解下來到神殿，她美麗的臉龐看起來異常蒼白，毫無血色的嘴唇緊緊抿著，烏黑的頭髮散落下來。

「莉莉絲，你可知道你犯的罪孽？」神說。

「神，我是無罪的。」莉莉絲嬌小的身軀裡釋放出難以置信的力量，聲音瞬間充滿了整個神殿。

「彌賽亞，就由你來告訴莉莉絲她所犯的罪。」神說。

侍立在神的御座右邊的穿著金色長袍的彌賽亞向神行禮，然後轉向莉莉絲，「莉莉絲，你不遵從神的旨意，私自逃離伊甸園，這就是你犯的罪孽。」

莉莉絲抬起頭，美麗的雙眸閃動著，「神，我身為天使，為什麼要成為彌賽亞的附屬品，陪侍在他的身邊？」

「莉莉絲，彌賽亞是聖子，侍奉他就如同侍奉我。」神說。

「神，我拒絕成為彌賽亞的附屬品，這就是我逃離伊甸園的原因。」莉莉絲說。

路西法從莉莉絲的雙眸裡看到了瞬間爆發而出的勇氣，這種眼神如同薩麥爾一樣無畏。

「莉莉絲，你居然敢公然違抗我的命令！」神站起身來，雙眸中釋放出如雷霆一般的憤怒。

「即使這樣做會觸怒神，我也不會後悔。」莉莉絲說。

「既然如此，」神說，「莉莉絲，你會被投入第五天牢獄之中，永世不得重見天日。」

莉莉絲的嘴角閃過一絲冷笑，眼神裡充滿了絕望，兩個天使押著她向著神殿的大門走去。在走出門口的剎那，莉莉絲扭過頭，黑色的長髮輕輕飄動，路西法看到莉莉絲美麗的不停閃動的雙眸，那分明是訣別前的悲涼與哀傷。

路西法和莉莉絲對視的剎那，路西法從莉莉絲悲傷的雙眸中看到了瞬間閃過的一絲希望，這使他的心變得異常沉重。

神坐回御座之上，注視著諸天使長，「伊甸園需要新的守衛，彌賽亞和人類也需要天使的協助。」

諸天使長跪了下來，等待著神的旨意。

「阿撒茲勒、莫斯提馬、桑揚沙，從今天開始你們就是由兩百名天使組成的守護天使團古利格利的首領，負責守護伊甸園，傳授人類族生存的技巧。」神說，「彌賽亞，你會有新的伴侶，她的名字叫做夏娃，伊甸園之中會生長出智慧之樹和生命之樹。」

三個天使走了出來，向神行禮。

神站起身來，轉身消失在御座之後。諸天使長緩慢走出神殿，路西法最後跨出神殿的大門，大門瞬間關閉，在他面前貝爾其巴普和彼列正站在他的面前，三個天使對視了一下，都明白了彼此眼中的意思。

黑夜再次降臨，路西法穿上黑色的長袍，用黑色的紗布蒙面，只露出深邃的瞳孔，隨後振動羽翼消失在繁星如斗的黑夜之中，向著第五天而去。

穿越第六天的大門，路西法向著最北邊而去，滿目所見一片荒蕪，一座巨大的漆黑高塔伸向天空，路西法降落地面，緩慢地接近第五天的牢獄。

在一片黑暗之中，兩個守衛著大門的天使站立在高塔的入口處，路西法緩慢地靠近守衛，拔出長劍用劍柄將其中一個守衛擊昏，另一個守衛看到發生的一幕驚訝得瞪大了眼睛，路西法瞬間消失在黑暗之中，隨後出現在這個守衛之後，劍柄重重地擊中了他，守衛昏了過去。

刻著五芒星的玄鐵鑄造的漆黑大門緩慢開啟，路西法沿著旋轉的階梯一直向下，向著塔底深處關押著重要天使的牢房走去。

路西法一直走向塔底，在塔的深處，一座巨大的牢房出現在路西法的面前。藉著昏暗的燭光，在冰冷的鐵門之後，莉莉絲赤身裸體地被綁縛於十字架之上，光潔的肌膚出現血紅色的傷痕和繩索的痕跡，面目低垂，披頭散髮。

路西法拔出劍，一陣火星四濺，鎖掉落地面，發出聲響，塔內產生巨大的回聲，旋轉著衝向塔尖。

在高塔的頂端，一個天使正手持利劍，注視著一切，他嘴角浮現出一絲冷笑，似乎在低聲自言自語，「是路西斐爾大人嗎？彼列大人命令我暗中協助，我故意調開守衛，就在等著這一刻！」

路西法推開牢房的鐵門，聲響驚動了莉莉絲，莉莉絲抬起頭，面無血色的臉在昏暗的燭光下顯得異常慘白。路西法將手指放在嘴唇上，解下莉莉絲，抱住莉莉絲的軀體，將黑色的披風裹在她身上。

莉莉絲躺在路西法的懷裡，用纖細的手握住路西法的手，眼睛裡閃動著明亮的光芒，「你來了，我知道你一定會來。」

莉莉絲的雙手異常無力，聲音也細小輕微，路西法向莉莉絲點了點頭，扶起莉莉絲的身體。

莉莉絲在路西法的攙扶之下向塔的入口前進，赤裸雪白的雙足落在黑色的石製的臺階之上，形成異常淒美的反差。莉莉絲較小的身軀不停顫抖，嘴唇變成了紫色，路西法緊緊摟住莉莉絲，莉莉絲抬起頭用漆黑色的雙眸注視著路西法。

黑暗中那雙眼睛注視著路西法和莉莉絲，隨後轉向高塔之外，「守衛已經趕來了麼，看來我太小看尚達奉了！」

快接近塔的入口，路西法推開高塔厚重的大門，在一片黑暗之中火把瞬間照亮了整個高塔，尚達奉出現在路西法的背後。

「天使，你想做什麼？」尚達奉的聲音響起。

路西法低下頭，將嘴唇貼在莉莉絲嬌小的耳蝸上，「莉莉絲，快走，我來擋住他們。」

莉莉絲再次用美麗的雙眸看了一眼路西法，路西法臉上露出的澄清的眼眸釋放出堅定的光芒。

莉莉絲放棄了爭辯，振動羽翼飛出大門，「我在第五天的大門處等你。」

莉莉絲的聲音從空中傳來，身影越來越遠，路西法拔出劍，指向尚達奉和他手下的天使們。

「快追！」尚達奉說。

路西法站立在第五天牢房的門口，無數天使衛兵向著他衝來，路西法揮動長劍，長劍準確地擊中了天使衛兵，但都沒有刺中這些衛兵的要害。

幾個天使衛兵向著莉莉絲而去，在稍遠的地方，一道黑影從天而降，瞬間天使衛兵墜落地面。

黑影的雙眸異常冰冷，「莉莉絲，還不快走！」

莉莉絲回過頭看了黑影一眼，「原來是你，第五天牢房的守衛！」

黑影沒有回答，旋即消失於黑暗的夜空之中。

圍攻路西法的衛兵漸漸失去了戰鬥力，尚達奉衝向路西法，兩把劍相碰，劃出星星點點的火花。路西法且戰且退，相準機會虛晃一劍，振動羽翼向著天空而去。尚達奉緊追不捨，路西法看尚達奉的距離越來越近，隨機轉過身來，潔白六翼瞬間張開，釋放出明亮的光芒，猶如一個銀色的太陽出現於黑暗的天空之中，遮蔽了月亮和星星的光芒。

在劇烈的強光消退之後，尚達奉睜開眼睛，路西法已經消失無蹤。

「是熾天使嗎？這究竟是怎麼回事？」尚達奉喃喃自語。

在第五天的大門處，路西法看到莉莉絲正站在那裡，路西法擊退第五天大門的衛兵，和莉莉絲向著第四天而去。

路西法和莉莉絲進入第四天，在黑暗的夜幕之下，莉莉絲的身體瞬間顫動，向著地面掉落，路西法振動羽翼接住莉莉絲，將莉莉絲抱在懷中，向著第四天的大門而去。

「莉莉絲，你太虛弱了。」路西法說。

莉莉絲的臉上閃過一絲紅暈，她躲開路西法的眼睛，「看，那就是伊甸園。」

在黑暗的夜空之下，一座巨大的園林出現在路西法的面前，伊甸園之上綠草如茵，淡淡的花香向著天空飄散開來，各色美麗的寶石在皎潔的月光之下散發出淡淡的光芒，宛如夜幕中的點點星辰。

路西法驚訝於伊甸園的美景，但此時他無暇顧及眼前的一切，懷抱著莉莉絲向著第三天的大門而去。
來到第四天的大門之前，路西法和莉莉絲驚訝地發現這裡沒有衛兵把守，兩個天使隨即消失在第四天的大門之後。
繁星閃耀的天空之中，在皎潔的皓月之下出現了一個身影，振動著翡翠色六翼的熾天使停留在天空之中，番紅色的頭髮隨風不停飄動。
米迦勒的雙眸釋放出明亮的光芒，低聲歎了口氣，「莉莉絲，我知道誰在幫助你，我能幫助你們的僅限於此，接下來就要看你和他能不能平安度過下面的三重天了。」
衝破了第三天的大門，路西法和莉莉絲進入了第二天，在第二天的大門前，一個懷抱著火焰之劍的天使正站立在門前。
「莉莉絲，你私自逃出伊甸園已經犯下了罪責，難道你想向薩麥爾一樣逃離天界。」拉斐爾明亮的淺金色雙眸釋放出震動心魄的光芒。
「拉斐爾，你也覺得神所做的一切是對的嗎？」莉莉絲看著拉斐爾。
「莉莉絲，你不應該懷疑神做的一切。」拉斐爾的雙眸閃動了一下。
「拉斐爾，看得出在你的眼睛裡對神的裁決也充滿徬徨和疑惑。」莉莉絲說。
拉斐爾搖了搖頭，「莉莉絲，我的職責就是守護第二天，我不會讓你越過第二天的大門。」

路西法放下莉莉絲，拔出劍，指向拉斐爾。

「天使，我不知道你的身份，但是我不會讓你帶走莉莉絲。」拉斐爾說。

路西法振動羽翼衝向拉斐爾，拉斐爾拔出火焰之劍，瞬間火焰之劍綻放出明亮的熾焰，向著路西法襲來，路西法輕巧地躲開拉斐爾的進攻，向著拉斐爾刺來，拉斐爾閃過路西法的劍，劍猶如一道火舌向著路西法逼來。

路西法閃開拉斐爾的劍，用眼神示意莉莉絲衝破第二天的大門，自己則擋在拉斐爾的面前，莉莉絲振動羽翼，奮力向著第二天的大門而去。

拉斐爾看到眼前的一幕，伸出左手釋放出無數火焰的閃光，「莉莉絲，我不會讓你逃走的。」

火焰的閃光擊中了莉莉絲的身體，瞬間莉莉絲的身體出現了無數傷痕，但她依然支撐著越過第二天的大門，向著第一天而去。路西法望向莉莉絲的背影，就在分神的剎那，拉斐爾的火焰之劍從路西法的左臂擦過，黑色的長袍出現一道裂口，殷紅的鮮血順著傷口流了出來，一股火焰的灼燒感傳了過來。

無拉數天使衛兵出現在第二天的大門前，向著第一天追襲而去。

路西法擋住拉斐爾，但彼列的忠告再次浮現在他的腦海中，無法使用光輝的晨星之力，和拉斐爾的戰鬥變得異常膠著。

就在路西法和拉斐爾激戰的時刻，一道銀色的閃光從天而降，出現在拉斐爾的背後，彼列輕輕揮動手臂擊中了拉斐爾的身體，拉斐爾瞬間失去知覺落在地面上。

「快走。」彼列向著路西法說，隨後化作一道閃光消失在天空之中。

黑夜之中，莉莉絲向著第一天的大門飛行，劇烈的疼痛侵蝕著她的身體，在靠近第一天大門的地方，莉莉絲落在地面上，一個天使從天而降，落在莉莉絲的面前。

「是莉莉絲。」加百列美麗的臉上露出驚訝的神色，「你是怎麼從第五天的牢獄之中逃出來的。」

加百列望向天空，無數天使衛兵純白色的羽翼遮蔽了黑色的夜空。

莉莉絲睜開眼睛，嘴唇輕輕蠕動，似乎要說些什麼。

「別說話，莉莉絲。」加百列將手指放在唇邊。

加百列扶起莉莉絲，將她安放在黑暗的樹影之中，振動羽翼飛上天空。

天使衛兵看到加百列的身影，向著加百列行禮。

「你們是拉斐爾的士兵，為什麼來到第一天？」加百列問。

「加百列大人，莉莉絲逃離了第五天牢獄，已經突破了第二天的大門，進入了第一天。」衛兵回答。

加百列點了點頭，「你們回去吧，告訴拉斐爾，如果莉莉絲來到第一天，我會把她送回第五天牢獄。」

天使衛兵們面目難色，注視著加百列。

「怎麼，你們懷疑我嗎？」加百列說。

天使衛兵們面面相覷，只得向加百列行禮，向著第二天之門返回。

天使衛兵們退去之後，路西法從天而降，出現在加百列的面前，加百列將手放在劍柄之上，注視著穿著黑色長袍的路西法。

「加百列，莉莉絲在哪裡？」路西法說。

加百列美麗的雙眸露出異常驚訝的神色，「這聲音是？」

「沒錯，加百列，是我。」路西法回答，「把莉莉絲交給我。」

「路西斐爾大人，這是為什麼？」加百列說。

「加百列，你應該明白，天使不應該受到不公正的待遇，難道莉莉絲的滿身傷痕還不能說明這一切嗎？」路西法說。

加百列明亮的雙眸裡閃過一絲動搖，「好吧，路西斐爾大人，莉莉絲就在地面上。」

路西法降落地面，將已經昏迷的莉莉絲抱在懷中，飛上天空。

「第一天的大門就在前面。」加百列說。

「謝謝，加百列。」路西法說完向著第一天的大門而去。

加百列獨自飄浮於天空之中，抬起頭遙望天上的繁星和皓月，陷入了沉思。

度過第一天的大門，貝爾其巴普正獨自等在天堂之門前面，看到路西法到來，他迎了上去。

「路西斐爾大人，你受傷了！」貝爾其巴普看著路西法左臂的傷口。

「貝爾其巴普，快打開天堂之門。」路西法說。

貝爾其巴普念起咒語，天堂之門緩慢打開，他手持黃金燭臺，和路西法一起消失在天堂之門之後。

黃金燭臺在無盡的黑暗中閃耀，照亮了佈滿黑霧的天空，薩麥爾的身影瞬間出現在路西法和貝爾其巴普面前。

「路西斐爾，按照約定我來了。」薩麥爾說。

路西斐爾放下莉莉絲，「莉莉絲，天界已經沒有你的容身之所，薩麥爾會幫助你。」

薩麥爾搖了搖頭，可惜在這黑暗和赤紅色的海水之間我也沒有容身之所。

路西法看了看貝爾其巴普，貝爾其巴普點了點頭，將金色的燭臺投向海水，在燭臺接觸海水的剎那，海水劇烈燃燒起來，等到火焰退去，在黃金燭臺落下的地點，出現了一片漂浮在大海之中的島嶼，島嶼之上，一座黑色的城堡高高聳立。

「薩麥爾，這裡就暫時作為你和莉莉絲的容身之地吧。」貝爾其巴普說。

「沒想到貝爾其巴普還有這樣的力量。」薩麥爾睜大了眼睛。

「莉莉絲，再見了。」路西法說。

莉莉絲突然抱住路西法的身體，用兩條長長的玉臂環繞著路西法的脖頸，「謝謝，路西斐爾大人。」

「莉莉絲，希望你能找到屬於你自己的幸福。」路西法說。

路西法轉過身，在振動羽翼的剎那再次回頭望了一眼莉莉絲，兩個天使同時從對方的雙眸裡看到離別的悲傷。

莉莉絲晶瑩的淚滴落下，黑霧彌漫的天空之中飄起淅淅瀝瀝的雨。

路西法和貝爾其巴普化作兩道光，向著天堂之門而去，消失在無盡的黑暗之中。

第37章　絕望之宴

黑暗終於過去，清晨時分的陽光進入路西法府邸的窗戶，路西法走到窗前，抬起頭仰望著微微發亮的天空，向著太陽的方向注視著。

太陽緩慢升起，湛藍色的天空之中，陽光四散落下，將樹木和綠草映照得異常清晰，露珠在陽光的照耀下折射出明亮的反光。路西法用右手撫了撫傷口，包裹在左臂之上的白色紗布已經變得一片殷紅。

路西法走到桌子前面，拆開包著傷口的紗布，傷口四周還有火焰之劍灼燒的痕跡，四周的皮膚變得一片赤紅，傷口還在不停滲出血水。

就在路西法換掉紗布時，梅菲斯托推開臥室的門進入，「路西斐爾大人，雷米爾大人求見。」

路西法用右手捂住傷口，「請雷米爾大人到我的房間吧。」

「大人，你受傷了？」梅菲斯托說。

路西法點了點頭，示意梅菲斯托先出去。

梅菲斯托點了點頭，走出路西法的臥室，雷米爾正站在走廊之上。

梅菲斯托向雷米爾行禮，「雷米爾大人，請前往房間等待。」

雷米爾點了點頭，跟隨著梅菲斯托來到路西法的房間，不一會功夫路西法出現在門口，潔白的長袍之下路西法的臉龐異常沉靜，他緩慢走進來，坐在自己的位置上。

雷米爾站起身來向路西法行禮，路西法示意他坐下。

「路西斐爾大人，天界發生了大事？」雷米爾說。

「發生了什麼事？」路西法露出驚訝的神情。

「莉莉絲被一個不明身份的天使劫走了。」雷米爾說。

「不明身份？」路西法注視著雷米爾。

「是的，路西斐爾大人，劫走莉莉絲的天使蒙著面，幾位負責守衛的大人都沒有看清這個天使的面孔。」雷米爾說，「神已經將守衛第五天至第一天的諸位天使長召到神殿之中，請路西斐爾大人立刻過去。

路西法點了點頭，跟隨著雷米爾走出官邸，振動羽翼飛上天空，向著神之淨土白之月而去。在神殿之中，彌賽亞立在神的身邊，彼列、貝爾其巴普和米迦勒等已經提前到達，拉斐爾、加百列和尚達奉站在階梯之下。

路西斐爾進入神殿，侍立在神之御座之下的階梯之上，在登上階梯的瞬間，路西斐爾和貝爾其巴普、彼列的眼神相碰，他們都讀懂了彼此之間的意思。

神坐在御座之上，聖潔的臉上看不出一絲表情，注視著階下的幾個天使長。

「尚達奉，你確定劫走莉莉絲的是熾天使嗎？」神問。

「是的，仁慈的神，我看到了光芒六翼出現在天空之中。」尚達奉回答。

「米迦勒，如果莉莉絲逃離第五天的牢獄，必然會穿越第四天，你為什麼沒有攔阻？」神問。

米迦勒走下階梯，向神行禮，「全能的聖主，昨天我一直在第四天的聖城耶路撒冷之中，等我獲知這個消息，莉莉絲已經打破第四天的大門，向著第三天而去。」

神搖了搖頭，聖潔的臉孔露出憤怒的神色，轉向拉斐爾，「拉斐爾，你曾經和這個天使交過手吧？」

「是的，神，我曾經刺傷了這個天使的左臂。」拉斐爾回答。

聽到拉斐爾的話，神環顧左右的天使，當看到路西法時，神的目光停住了，變得異常銳利，「路西斐爾，你受傷了。」

神的話令路西法感到一絲緊張，他下意識地低頭看了看左臂，紅色的鮮血從傷口滲出，已經將潔白的長袍染成一片殷紅。

路西法走下階梯，向神行禮，「是的，仁慈的神，我昨天確實受了傷。」

路西法的話令在場的天使長們都瞪大了眼睛，吃驚地注視著路西法，這時彼列走下階梯，來到路西法的身旁。

「仁慈的神，是我不小心誤傷了路西斐爾的手臂。」彼列說。

「全能的聖主，我想昨天劫走莉莉絲的天使並不是路西斐爾大人。」加百列突然開口說話，「我和這個天使交過手，他並沒有如同路西斐爾大人的力量，在勉強和我相持之後就逃走了。」

「是的，仁慈的神，我想那並不是路西斐爾大人。」拉斐爾說。

「路西斐爾大人，得罪了，請你挽起長袍，讓我看看你的傷口。」彌賽亞突然開口說話。

「彌賽亞大人，我不明白你的意思！」路西法回答。

「我想這也是神的旨意。」彌賽亞的臉上閃過一絲冷笑。

神點了點頭，「路西斐爾，聽從聖子彌賽亞的話，讓我和諸天使長看看你的傷口！」

路西法緩慢地挽起袖子，將纏繞的紗布打開，火焰灼燒的傷痕立刻出現在所有天使的面前。

「路西斐爾大人，這分明是火焰灼燒的痕跡，難道不是被拉斐爾大人的火焰之劍所傷嗎？」彌賽亞的眼睛裡閃過銳利的目光。

「路西斐爾，我需要合理的解釋。」神的聲音異常冰冷。

路西法的雙眸與彼列相碰，彼列示意他不要說話，獨自走下階梯。

「彌賽亞大人，你以為只有拉斐爾擁有操縱火焰麼，我也可以將火焰灌注於長劍之上。」彼列說。

「彼列大人，你……」彌賽亞的臉上閃過一絲憤怒，隨後轉向平靜，「仁慈的神，全能的聖主，我的父，我想這是最合理的解釋。」

看到彌賽亞的表情，彼列的臉上閃過一絲冷笑。

神向彌賽亞點了點頭，轉向貝爾其巴普，「貝爾其巴普，昨天你一直在天堂之門守衛吧？」

「是的，全能的聖主。」貝爾其巴普走下階梯。

「莉莉絲是如何打破天堂之門逃走的？」神問。

貝爾其巴普的雙眸閃過一絲慌張，隨後立刻恢復了平靜，「仁慈的神，薩麥爾打破了天堂之門，在與我相持的時候莉莉絲跨越了天堂之門向著無盡的黑暗而去。」

神站起身來，一股憤怒從神的雙眸中噴湧而出，「難道你們諸天使長都擋不住莉莉絲和薩麥爾嗎？」

諸天使長跪了下來，低下頭不敢直視神的眼睛。

「路西斐爾，你是熾天使長，第七天的長官，你要負責查出劫走莉莉絲的熾天使。」神說。

「是，全能的聖主。」路西法回答。

「我不希望類似的事情再發生。」神轉身消失在御座之後。

諸天使長相繼走出神殿，振動羽翼向著各自的領地而去，消失於天空之上。

路西法回到官邸之中，回想著神殿中的對話，一絲擔憂浮上他的臉龐。

第四天聖城耶路撒冷之中，米迦勒走入自己的官邸，來到房間之中。

一個衛兵走入米迦勒官邸的房間，報告拉斐爾來訪，米迦勒站起身，示意衛兵將拉斐爾帶進來。

拉斐爾英俊的臉旁很快出現在大門口，他向米迦勒行禮，來到米迦勒的面前。

「拉斐爾，有什麼事？」米迦勒說。

「米迦勒大人，你覺得會是誰劫走了莉莉絲？」拉斐爾問。

「拉斐爾，我想在你的心裡已經有了答案。」米迦勒說。

拉斐爾的臉上露出驚訝的神色，注視著米迦勒平靜聖潔的臉旁，「米迦勒大人，你也認為是他？」

米迦勒點了點頭，就在這個時候，衛兵再次推開房門，米迦勒示意拉斐爾不要再說下去。

「米迦勒大人，加百列大人來訪。」衛兵說。

米迦勒示意衛兵將加百列請來，加百列很快出現在門口，當她看到拉斐爾時，美麗的臉上浮現出一絲複雜的表情。

「加百列，你來了。」米迦勒示意拉斐爾和加百列坐下。

「加百列大人，是你斥退了我的士兵吧。」拉斐爾的臉上露出一絲微笑。

「加百列，我想你並沒有和劫走莉莉絲的天使交戰。」米迦勒說。

聽到米迦勒的話，加百列的臉上浮現出一絲驚訝的神色，隨後點了點頭，「確實如此，米迦勒大人，我並沒有和劫走莉莉絲的天使交戰。」

「因為那個天使，對我們來說並不陌生。」米迦勒說。

「看來米迦勒大人已經知道了一切。」加百列說。

「拉斐爾也洞察了發生的一切。」米迦勒回答。

「米迦勒大人，你是會保守這個秘密還是會向神告發這一切。」加百列說。

「加百列，如果我想告訴神這一切，那麼今天在神殿之中我會全部說出，既然我在神殿之中保持沉默，我就會永遠沉默下去。」米迦勒說。

「我也如此。」拉斐爾看著加百列的雙眸。

「米迦勒大人，你對這件事怎麼看？」加百列說。

「希望這件事是一個結束，而不是一連串事件的開端。」米迦勒站起身來，走到明亮的窗前，似乎在自言自語一般。

第四天的伊甸園中，阿撒茲勒、莫斯提馬和桑揚沙正巡視著，一群美麗的赤身裸體的人類女子出現在他們的視野之中，她們被鮮豔的五色奇異的鮮花所包圍。

彌賽亞突然出現在阿撒茲勒的面前，注視著眼前的三個天使。

「阿撒茲勒、桑揚沙、莫斯提馬，看到我為什麼不參拜？」彌賽亞的聲音響起。

阿撒茲勒注視著彌賽亞的眼睛，「彌賽亞大人，我們貴為天使，是伊甸園的守護者，並非你的下屬，我們沒必要向你參拜。」

彌賽亞的臉上浮現出一絲怒氣，「阿撒茲勒，你敢公然違抗神的旨意。」

阿撒茲勒的臉上浮現出一絲冷笑，「彌賽亞大人，我並不是莉莉絲，也不是神指派給大人的陪侍。誕生於明亮的火焰之中的我們，是不會參拜誕生於泥土之中的你的，告辭了。」

阿撒茲勒、桑揚沙和莫斯提馬振動羽翼飛上天空，消失在湛藍色天空的白色雲朵之後，只留下彌賽亞獨自站在地面之上。
神之淨土的神殿中，彼列正立在神的御座對面，神用銳利明亮的瞳孔注視著彼列。
「仁慈神，全能的聖主，不知道緊急召見我有什麼事？」彼列向神行禮。
「彼列，你要派遣熾天使監視古利格利的行為。」神說。
「監視古利格利？」彼列說。
「是的，如果古利格利和人類女子交合，伊甸園將會產生黑暗。」神說。
「產生黑暗？全能的聖主，我不明白。」彼列說，「如果天使和人類同為神的子民，那麼在他們的心中就不會產生黑暗。」
「彼列，你沒有提問的權利，執行我的命令。」神說。
彼列向神行禮，轉身緩步走出神殿，臉上浮現出迷惑的神情。
數天之後，彼列獨自坐在第七天的官邸的房間中，看著桌子上的文件，一位衛兵推開門走了進來，彼列抬起頭，注視著這個衛兵。
「彼列大人，阿撒茲勒、桑揚沙和莫斯提馬大人來訪。」衛兵說。
彼列示意將三個天使長請進來，很快三個天使長出現在門口。
「阿撒茲勒、桑揚沙、莫斯提馬三位大人，你們有什麼事？」彼列說。
「彼列大人，我想請你向神求情。」阿撒茲勒說。

「阿撒茲勒大人，我想知道究竟是什麼事？」彼列說。

「彼列大人，這件事有些難以啟齒。」莫斯提馬說。

彼列絕美的臉上露出迷人的微笑，珊瑚色的雙眸不停閃動，「莫斯提馬大人，如果你不告訴我實情，我恐怕很難幫助你們。」

「彼列大人，古利格利的守護天使們希望能夠娶女性人類為妻。」莫斯提馬說。

「娶女性人類為妻？」彼列的雙眸閃動了一下。

「是的，我們驚訝於女性人類的美貌，既然我們身為人類一族和伊甸園的守護者，希望神能夠恩准我們娶人類女子為妻。」阿撒茲勒說。

彼列的腦海裡閃過神的話語，對神所說的產生的黑暗變得莫名好奇，她點了點頭，「三位大人，我想既然天使和人類同為神的子民，這樣做並無不可。」

「也就是說，彼列大人同意了。」莫斯提馬說。

彼列點了點頭，「當然，我想神也會同意的。」

「謝謝，彼列大人。」三個天使長向彼列行禮，轉身走了出去。

等到三個天使長的身影消失在大門之後，彼列走到窗前，抬頭遙望神之淨土的方向，「神，我想看看伊甸園究竟會出現怎樣的黑暗。」

夜幕緩慢降臨，彼列出現在伊甸園之上，星星點點的夜空之下，彼列念起咒語，伊甸園籠罩在一片柔和曖昧的紫紅色之中，彼列看到守護天使們貪婪地親吻著女性人類光潔的肌膚，撫摸著女性人類的軀體，宛如一場淫靡而絕望的宴會，天使和人類的靈魂纏綿悱惻，燃起熊熊的欲望之火。

太陽緩慢升起，隨後落下，不知過了多少日夜。

清晨，路西法正站在官邸的窗前，梅菲斯托急行而入，來到路西法的房間中。

「路西斐爾大人，根據可靠消息，伊甸園出事了？」梅菲斯托說。

路西法轉過身，看著眼前的梅菲斯托，「伊甸園出事了？」

「是的，路西斐爾大人，伊甸園出現了無數巨人，伊甸園內部也遭到了極大的破壞。」梅菲斯托回答。

「巨人？」路西法看著梅菲斯托的眼睛，「難道古利格利沒有守衛在伊甸園中嗎？」

「路西斐爾大人，這些巨人據說與古利格利有關。」梅菲斯托回答。

「與古利格利有關？」路西法看著梅菲斯托說。

雷米爾很快出現在路西法的官邸，傳達神的旨意，請路西法即刻前往神殿。

路西法進入神殿之中，看到阿撒茲勒、莫斯提馬、桑揚沙被綁縛於階下，神雷霆震怒，注視著三個天使。

「彌賽亞，伊甸園究竟發生了什麼？」神問。

「仁慈的神，我的父，守護天使們貪圖女性人類的美貌，致使誕生了巨人一族。」彌賽亞回答。

「阿撒茲勒、莫斯提馬、桑揚沙，你們身為古利格利的長官，居然不知道約束守護天使。」神說。

「全能的聖主，我們曾經就此事報告過彼列大人，彼列大人說神也贊同此事。」阿撒茲勒說。

神轉向彼列，「彼列，阿撒茲勒說的可是真的？」

「全能的聖主，我想我並沒有見過三位天使長。」彼列回答。

彼列冰冷的語氣令三個天使長睜大了眼睛，注視著彼列，彼列珊瑚色的雙眸如水般沉靜，注視著階下的三個天使長。

「阿撒茲勒，你的謊言被戳穿了，還有什麼話說？」神說。

「全能的聖主……」阿撒茲勒搖了搖頭，眼睛裡充滿了絕望。

「將守護天使們打入第五天的牢獄之中。」神說。

「仁慈的神，我還有一個請求。」莫斯提馬突然說話。

「莫斯提馬，你還有什麼請求？」神說。

「全能的聖主，我們確實罪無可恕，但是祈求神能夠將十分之一的守護天使留在伊甸園中，他們並沒有犯下任何罪孽。」莫斯提馬說。

神點了點頭，「莫斯提馬，我答應你的請求。」

三個天使長在衛兵的押解下走出神殿，彼列注視著他們的背影，「阿撒茲勒、桑揚沙和莫斯提馬，為了看看那產生的黑暗，我不得不犧牲你們了。」

「仁慈的神，我的父，伊甸園的情況已經十分緊急。」彌賽亞說。

「彌賽亞，我會淨化伊甸園，消滅巨人一族。」神說。

諸天使長緩慢退下，彼列的腳步異常緩慢，走到大殿門口，神的聲音再度響起，「彼列，沒有約束守護天使，這也是你犯下的罪孽。」

彼列轉過身，再次向神行禮，消失在大門後面。

數天之後的清晨，彼列出現在路西法的官邸之中，路西法驚訝於彼列的到來。

彼列走進路西法的房間，用珊瑚色的美麗雙眸注視著路西法，「路西斐爾大人，你想不想看看伊甸園裡產生的黑暗與巨人一族。」

路西法點了點頭，兩個天使穿過第七天的大門，向著第四天的伊甸園而去，停留在伊甸園的上空。看到伊甸園的剎那，路西法的眼睛露出驚訝的神色，這已經不是那個他見過的伊甸園，在巨人一族的破壞之下，美麗的景色蕩然無存，到處是腐爛的巨人族的屍體，大地也變得一片荒蕪。

「路西斐爾大人，我從來沒有想到會出現如此的景象。」彼列說。

「彼列大人，我也是。」路西法說。

「路西斐爾大人，我們和人類同為神的子民，心中就不會有黑暗，為什麼天使和人類交合會產生邪惡的巨人一族？」彼列看著路西法。

路西法搖了搖頭，這個問題他無法回答，太陽升上天空，將伊甸園照得一片明亮。

「淨化的時刻來臨了。」彼列說。

一陣豎琴的聲音沿著空中飄蕩開來，這琴聲空靈舞轉、淒婉哀傷、如訴如泣，伊甸園的混亂瞬間化作平靜，人類們跪下身來，雙手合十向著天空祈禱。

「這是，米迦勒麼？」彼列說。

「是米迦勒的鎮魂曲。」路西法回答。

第四天聖城耶路撒冷中，米迦勒雙眸緊閉，修長的手指不停撥動銀色豎琴的琴弦，琴弦不停躍動，音符四散飄蕩，彷彿傾訴著淡淡的悲傷。

伊甸園上空的祈禱聲越來越大，衝入彼列的耳中，這聲音形成巨大的意識的洪流，卷起烏雲飛向天際。

彼列感到身體微微顫抖，她低聲自言自語，「這就是意志的力量嗎？只要擁有虔誠的意志，就能衝破對死亡的畏懼！」

大洪水和暴雨從天而降，落入伊甸園中，瞬間伊甸園陷入一片汪洋之中，洪水捲起巨浪，不斷咆哮而至。巨人們隨著琴聲停止嚎叫，平靜地消失於洪水之中，跪地祈禱的人類的身影轉瞬被洪水吞沒。天使們手持利劍飛行於伊甸園之上，殺死漂浮於洪水之上的巨人們。

失去的生命化作星星點點的光，隨機凝聚成一股明亮的閃光，向著第五天牢獄而去。

「莫斯提馬，你想最後保護這些無依無靠的靈魂嗎？」彼列低下頭。

第五天牢獄之中，閃光衝入封印的牢獄大門，落在莫斯提馬手中，阿撒茲勒和桑揚沙站起身來，雙眸異常悲傷地注視著莫斯提馬。莫斯提馬的臉變得異常陰沉，他一言不發，立在原地。

「在絕望的死亡之門開啟的剎那，人類和奈費利姆終於覺醒，正因為希望消亡了，他們也不再會體會失望，因此他們變得異常堅定，這就是意志的偉大力量！」路西法似乎在自言自語一般，「即使是神，也無權任意踐踏任何生命！」

路西法閉上眼睛，不想再去看眼前淒慘的景象，大水持續了數天慢慢退去，死去的巨人和人類們的身體化作了塵土，伊甸園再次恢復了平靜。

彼列飄浮在伊甸園之上，眼睛裡浸滿淚水，「這是我的罪，為了看看這片黑暗，無數生命毀於一旦。」

晶瑩的淚珠從天空中低落，彼列化作一道光消失於湛藍色的天空之中，太陽將光灑向大地，未完全退去的伊甸園中的洪水波光粼粼，折射出刺眼的光芒。

第38章　智慧之樹的果實

伊甸園之上，智慧之樹和生命之樹散發出耀眼的綠色光芒，大洪水過後的明媚陽光下，翠綠色的樹葉上掛著晶瑩的露珠，荒蕪的大地之上再次長出綠草的嫩芽，鮮花慢慢綻放，伊甸園一片靜謐。

神之淨土白之月之上，彌賽亞正站在神的闕下，神注視著彌賽亞。

「彌賽亞，你要記住，不管什麼時候，人類一族都不能食用智慧之樹和生命之樹的果實，包括你在內，你一定要牢記這一點。」神說。

彌賽亞向神行禮，向著大殿之外走去，在大殿緊閉的大門之外，彼列匆匆離去，走出神殿的剎那，貝爾其巴普出現在彼列的背後。

「彼列大人，你在做什麼？」貝爾其巴普說。

聽到貝爾其巴普的聲音，彼列的美麗的雙眸閃過一絲慌張，隨後立刻恢復了平靜，

「貝爾其巴普大人，你覺得我在做什麼？」

貝爾其巴普的臉上劃過一絲得意的微笑，「彼列大人，我看到了一切。」

彼列用眼神示意貝爾其巴普不要再說下去，貝爾其巴普跟隨著彼列振動羽翼，飛向天空，來到第七天彼列的官邸。

「彼列大人，現在你可以告訴我一切了吧。」貝爾其巴普說。

「貝爾其巴普大人，關於伊甸園發生的一切，我想聽聽你的看法。」彼列說。

「彼列大人，我對伊甸園發生的一切感到十分不幸。」貝爾其巴普說。

「伊甸園發生的一切都是我造成的。」彼列的聲音異常沉靜。

貝爾其巴普睜大了眼睛，一時間不知道說些什麼。

「神曾經告誡過我，一定不能使天使和人類交合，這樣做將會為天界和伊甸園帶來災難和無盡的黑暗。」彼列說。

「那你為什麼要這樣做？」貝爾其巴普說。

「因為我想知道這黑暗從何而來？」彼列抬起頭仰望著藍色的天空，白雲不停浮動。

「彼列大人，我想聽聽你的看法？」貝爾其巴普說。

「如果我們和人類同屬於神的子民，那麼在我們和人類的心中就不會有黑暗，但是為什麼在守護天使和人類一族交合之後產生了邪惡的巨人一族，這讓我感到困惑。」彼列珊瑚色的眼睛閃動了一下。
「彼列大人，難道你懷疑……」貝爾其巴普沒有說下去。
「貝爾其巴普大人，所以我想聽聽你的看法。」彼列說。
「彼列大人，我想這個世界本身就由光和暗組成，就如同光明的天界之下是濃濃的黑霧籠罩的混沌。」貝爾其巴普說。
彼列點了點頭，「貝爾其巴普大人，你說的沒錯，既然這個世界由光和暗的兩面，你有沒有考慮過在我們這些天使心中是否存在著黑暗？」
貝爾其巴普睜大了眼睛，「彼列大人，這是對全能的神的不敬。」
彼列點了點頭，「我並非對神產生懷疑，我只是想看看那黑暗的源頭。」
「彼列大人，難道你想……」貝爾其巴普說。
「貝爾其巴普大人，你現在知道了我想做的一切。現在輪到你選擇了，是選擇向神告發？還是選擇保守秘密？」彼列的絕美的臉上閃過一絲殺意。
「彼列大人，你是天國的副君，並且我也對神和彌賽亞的一些所為表示不滿，我會選擇保守這個秘密。」貝爾其巴普的臉上浮現出恐懼。
彼列點了點頭，「只是這件事情，不能由我們來做。」
彼列注視著貝爾其巴普，臉上浮現出一絲難以琢磨的笑容。

黑夜來臨，彼列振動羽翼飛上天空，消失在黑暗之中，向著天堂之門而去，在貝爾其巴普的幫助之下，彼列飛入無盡的黑暗之中，消失在天堂之門的後面。

在黑暗中，彼列看見懸浮在無盡的赤紅色海水之中的島嶼，宛如一座永不沉沒的巨型方舟，方舟之上黑色的城堡亮起點點燈光，彼列化作一道光飛向城堡，推開漆黑的城堡大門。

在城堡的大廳之中，薩麥爾坐在御座之上，彼列走了進來，停在薩麥爾的對面。薩麥爾驚訝地站起身來，用驚懼的目光注視著彼列。

「薩麥爾，你害怕了。」彼列的臉上劃過一絲嘲笑。

「彼列，是你。」薩麥爾說。

「薩麥爾，是我，你在這無盡的黑暗和混沌之中過得還好嗎？」彼列說。

「彼列，你找我有什麼事？」薩麥爾說。

「薩麥爾，我想確定你心中對彌賽亞是否還有怨恨。」彼列回答。

聽到彌賽亞的名字，薩麥爾的臉上浮現出一絲怒氣，「當然，彼列，我時刻不會忘記彌賽亞給我造成的痛苦。」

「現在就有一個機會，只要彌賽亞被趕出天界，相信你就能夠重返天堂。」彼列說。

「這是真的？」薩麥爾說。

彼列嘴角微微上翹，露出一絲微笑，「薩麥爾，你還有別的選擇嗎？」

「彼列，看來我除了相信你別無選擇。」薩麥爾說，「說吧，需要我做什麼？」

「神告誡彌賽亞，彌賽亞和人類絕不可食用伊甸園中智慧之樹和生命之樹的果實，如果你能夠讓彌賽亞食用智慧之樹的果實，那麼神一定會雷霆大怒，彌賽亞被趕出天界也是理所當然。」彼列說。

「彼列，你應該清楚，這並不容易。」薩麥爾說。

「當然，想讓彌賽亞食用這果實並不容易，但是你忘了彌賽亞還有一個伴侶，她的名字叫做夏娃。」彼列說。

「彼列，你的意思是？」薩麥爾看著彼列。

「看來你已經明白了。」彼列笑了起來。

「好吧，我會試一試，但是你應該知道，想要穿過天堂之門到達伊甸園，並不容易。」薩麥爾說。

「這點你不用擔心，數天之後，神會召見諸天使長，到時機會就會來臨。」彼列說。

彼列轉過身向著大廳的大門走去，在跨過大門的剎那，薩麥爾的聲音再度響起。

「彼列，我不明白你這樣做的目的。」薩麥爾說。

彼列轉身露出迷人的微笑，「你會明白的，薩麥爾。」

數天之後，諸天使長被神召見，向著神之御座而去。黑暗的城堡中，薩麥爾轉動御座之後的燭臺，一間密室出現在他的面前，他走進密室，透明的水晶棺中莉莉絲的臉異常安詳淒美，她雙手合十在胸前，似乎在默默祈禱。

薩麥爾注視著水晶棺中的莉莉絲，「莉莉絲，向彌賽亞報仇的機會來臨了，等著我的消息。」

薩麥爾走出城堡，化作一道光瞬間，穿越了天堂之門，向著伊甸園的方向而去。降落在伊甸園之上，薩麥爾看到夏娃正獨自坐在智慧之樹下，赤裸的身體曲線異常優美，薩麥爾念起咒語，化作一條古蛇，爬行向前。

薩麥爾來到夏娃的身前，開口說話，「夏娃，你為什麼不食這智慧之樹的果實？」夏娃嚇了一跳，驚訝地注視著薩麥爾，「蛇，你居然知道我的名字？」

「夏娃，只要你吃了這樹的果實，你便和諸天使一樣擁有了分辨善惡的能力。」薩麥爾說。

「蛇，可是亞當告訴我，神曾經告誡他不能食用智慧之樹和生命之樹的果實。」夏娃閃動著雙眼，注視著薩麥爾。

「夏娃，只要你食用了智慧之樹的果實，神會更加垂愛你，亞當也會更愛你。」薩麥爾說。

「可是這樣，就違背了神，犯了罪。」夏娃回答。

「只要亞當也食用了這果實，神一定不會怪罪的。」薩麥爾說。

「可是……」夏娃的眼睛裡流露出猶豫。

「如果人類族也食用了這果實，神愛人類，是不會怪罪人類一族的。」薩麥爾繼續說道。

「可是，怎麼才能讓亞當也吃這果實呢？」夏娃問。

「你只要將這智慧之樹的果實和普通的果實放在一切，相信亞當不會分辨得出來。」薩麥爾說。

「吃了這智慧之樹的果實，真的就會擁有如同天使一樣分辨善惡的能力嗎？」夏娃說。

「當然，相信我的話。」薩麥爾說。

夏娃點了點頭，注視著蛇，「你長得真是奇怪？」

「等你吃了智慧之樹的果實，你就會明白我為什麼長得如此奇怪。」薩麥爾說，「記住，要讓亞當和人類一族都吃這樹的果實。」

古蛇緩慢扭動身體，消失在夏娃的視線裡，然後化作一道光，變成了原本的模樣。

夜晚來臨了，彌賽亞重回伊甸園，夏娃摘下智慧之樹的果實，摻在諸多果實之中，放在彌賽亞的面前。

彌賽亞和夏娃一起分食果實，在夏娃吃下智慧之樹的果實之後，她注視著自己，用手掩住裸露的身體。

「為什麼我們赤身裸體呢？」夏娃問。

彌賽亞驚訝地看著夏娃，「夏娃，你剛才讓我吃了什麼？」

「是智慧之樹的果實。」夏娃回答，「古蛇告訴我，只要吃了那果實，就有了分辨善惡的能力。」

彌賽亞站起身來，臉上露出驚恐的神色，「夏娃，你應該知道，神曾經告誡我們不能食智慧之樹和生命之樹的果實。」

「可是蛇告訴我，這樣神會更加垂愛我們，你也會更加愛我。」夏娃回答。

「夏娃，你要告訴我，你究竟做了什麼？」彌賽亞說。

「我將這智慧之樹的果實分給所有的人類們，讓他們和你我一樣擁有分辨善惡的能力。」夏娃回答。

「夏娃，這伊甸園中並沒有蛇，你上了當。」彌賽亞說。

空出現一道閃光，薩麥爾現身於伊甸園之上，發出駭人的大笑，「沒錯，彌賽亞，這一切都是我做的，我要看看你被趕出伊甸園和天界的模樣。」

薩麥爾化作一道光，向著黑暗中而去，消失於天界之中。

第二天清晨，彼列獨自站在府邸的陽臺之上，右手扶在白色的大理石做成的圍欄，仰望著初升的太陽，亞巴頓急行而去。

彼列轉過身來，走回房間之中。

「彼列大人，伊甸園發生了大事，神命令諸天使長馬上前往神之淨土。」亞巴頓說。

彼列點了點頭，等到亞巴頓走出房間，嘴角浮現出一絲微笑，「薩麥爾，你成功了。彌賽亞，你加給我們這些天使的失望和憤怒，到了該清算的時候。」

彼列走出官邸，振動羽翼飛上天空，向著神之淨土而去。

彼列走入神殿，諸天使長已經侍立左右，路西法最後一個走進大殿，來到階梯之上。

「拉斐爾，命令你立刻帶領智天使守衛生命之樹，要保證人類不能夠靠近生命之樹。」神說。

拉斐爾走了出來，向神行禮，然後轉身快步走出神殿。

「仁慈的神，全能的聖主，究竟發生了什麼事？」彼列說。

「人類一族被薩麥爾引誘，食用了智慧之樹的果實。」神回答。

「全能的神，彌賽亞沒有約束人類一族嗎？」彼列說。

「叫彌賽亞進來。」神向著門口的方向。

彌賽亞走入神殿，臉上失去了往日的神采，眼睛裡充滿了驚懼。

「彌賽亞，這是你犯下的罪孽。」神說。

彌賽亞跪下身來，「全能的神，我的父，這是我的罪。」

神歎了口氣，「即使現在說這些也已經毫無用處。」

彼列走下階梯，向神行禮。

「彼列，命令你前往伊甸園，要洗盡人類獲得智慧之果帶來的七種罪惡。」神說。

「智慧之果帶來的罪惡……」彼列笑聲自言自語。

「快去吧，彼列，一刻也不要遲疑。」神說。

彼列轉身走出神殿，化作一道光向著伊甸園而去，明亮的陽光之下，彼列出現在伊甸園上空。

彼列念起咒語，伊甸園被明亮的光所籠罩，黑暗從這光中分離而出，出現在彼列面前，隨著咒語的不停吟唱，黑暗越積越多。

彼列吃驚地睜大了眼睛，「這究竟是什麼？」

黑暗聚集成一個光球，越積越大，彼列拿出明亮的水晶球，將這黑暗吸入其中，彼列明顯地感覺到這股黑暗之中蘊含著強大的力量。

無法估量的黑暗向著彼列源源不斷地湧來，超出了彼列的控制，伊甸園上空的光芒逐漸散去，黑暗再度返回地面。

彼列搖了搖頭，看著水晶球中不停湧動的黑暗，化作一道光返回了官邸。走入房間之中，彼列關好大門，將劍放在桌子上。彼列念起咒語，水晶球中的黑暗湧出，進入彼列的長劍，長劍瞬間釋放出黑暗的光華，七種罪惡籠罩著長劍，劍身如黑曜石一般漆黑閃亮。

「這是——七惡劍。」彼列自言自語。

彼列拿起劍，劍身傳來陰冷和黑暗，同時也散發出強大的力量，彼列感覺到全身被黑暗所籠罩，同時又有強大的力量不停湧出。

「沒想到我居然造出了如此強大的兵器。」彼列說，「沒想到智慧之樹的果實能夠帶來如此強大的力量，這力量足以挑戰神的權威，摧毀一切。」

彼列將劍放回劍鞘，打開房間的暗門，將劍放入密室之中，走出官邸向著神之淨土而去。

神正等待於神殿之中，彼列走進神殿，向神行禮。

「全能的聖主，我失敗了，伊甸園中人類的黑暗太過強大，連我也不能控制。」彼列說。

「彼列，你說的是真的？」神說。

「是的，全能的神，我無能為力。」彼列回答。

「好吧，彼列，你退下吧。」神說。

彼列的話讓諸天使長們開始小聲議論，神站起身來，示意諸天使長退下，在神殿的門口，彼列叫住了路西斐爾和貝爾其巴普。

三個天使向著地面降落，進入彼列的官邸，彼列打開暗室的門，三個天使就如密室之中。密室之內，閃耀著黑曜石一般光芒的七惡劍光芒四射，發出耀眼的明亮閃光。

貝爾其巴普注視著這把劍，「彼列大人，這是什麼？」

「貝爾其巴普大人，這是由伊甸園中吸附的七種罪惡鑄成的寶劍。」彼列說。

貝爾其巴普伸出手，在手指和劍鋒接觸的剎那，皮膚立刻被割破，鮮血流了出來。

「沒想到這七種罪惡竟然有如此強大的力量，竟然能夠輕易傷害我們熾天使的身體。」貝爾其巴普說。

「擁有了這七種罪惡就擁有了摧毀一切之力。」彼列說。

「彼列大人，你為什麼要私自隱藏這種力量？」路西法說。

「路西斐爾，我只是想讓你們知道智慧之樹的果實居然會產生如此強大的黑暗之力，那我們這些擁有強大之力同時又擁有智慧的天使心中又存在著什麼呢？」彼列說。

「彼列大人，難道你想說……」路西法沒有說下去。

「也許吧……」彼列沒有說下去，房間裡瞬間陷入了沉默。

彼列抬起頭來，「路西斐爾大人、貝爾其巴普大人，我不得不說我對神產生了懷疑，這種懷疑在不停增長，當然這也來源於神對待我們天使和對待聖子彌賽亞的不同。」彼列說。

路西法的腦海裡再度閃過莉莉絲雙眸閃動的悲傷絕望的眼神，這畫面瞬間擊穿了他的心靈。

「我希望彌賽亞被趕出伊甸園甚至天界，這樣我們天使才不會繼續感受失望、憤怒和痛苦。」彼列說。

「彼列大人，我同意。」貝爾其巴普回答。

路西法沒有說話，搖了搖頭。

「為了達到這個目的，即便觸怒神，我也在所不惜。」彼列的珊瑚色雙眸釋放出堅定的光芒。

「彼列大人、貝爾其巴普大人，如果神再次對我們天使不公，我也不會保持沉默。」路西法說。

黑暗之中，七惡劍依舊釋放出黑色的光華，這光華照亮整個密室，在這片黑暗的光華的陰影之中，彼列絕美的臉龐變得愈加憂鬱，只有珊瑚色的雙眸依舊釋放出異樣的光芒。

第39章　虛構的偶像

清晨來臨了，路西法站在官邸之前，黎明前的黑暗異常淒美。墨色的夜空之中，初升的太陽和即將落下的月亮交相輝映，星辰散發出淡淡的餘輝，天邊出現一抹亮色。

路西法振動羽翼飛上天空，向著神之淨土而去，消失於微亮的天空之上。

神殿之中，諸天使長陸續來到，彌賽亞最後走進神殿，站立在神之御座之下。

「諸天使長，伊甸園的黑暗已經不可阻止，我決定將人類一族趕出伊甸園，當然也包括亞當和夏娃，他們會在黑暗中經歷暴風雨的洗禮，以受到他們本應得到的懲罰。」神說。

「彌賽亞大人怎麼辦？」彼列說。

「彌賽亞的神格將從亞當的肉身中分離，彌賽亞依然是彌賽亞，他是神聖的不可侵犯的聖子。」神說，「彌賽亞，站到御座之前的階梯上來，從今以後你就坐在我的右手邊，接受眾天使長的膜拜。」

穿著金色長袍的彌賽亞走上階梯，來到神的御座之前。

「諸天使長，拋棄了亞當之身的彌賽亞，是真正的神之子。」神說，「諸天使長，參拜彌賽亞吧，他是榮耀和光明的象徵，是諸天使的偶像，也是落入黑暗之中的人類的救世主。等到時機來臨，我會把讓彌賽亞降臨人類界，並將屬於聖子的御座賜予他。」

米迦勒和諸天使長跪下神來，向著彌賽亞行禮，大殿之上，只有路西法、彼列和貝爾其巴普站立階梯之上。

「怎麼，彼列，你作為天國的副君，不願意向彌賽亞行禮嗎？」神說。

彼列走下階梯，站立在軌道地面的諸天使長前，「仁慈的神，我們是代表著光明的天使，不會參拜彌賽亞，即便他是神之子。」

「彼列，你說什麼？」彌賽亞看著彼列的眼睛。

「我們是代表著光明和榮耀的天使，不可能參拜力量弱小的你。我們產生於你之前，我們是你的主宰。彌賽亞，你應該參拜我們！」彼列的雙眼釋放出明亮的光芒。

「彼列，你居然敢公然違抗神的旨意。」彌賽亞說。

「彼列大人說的沒錯，我絕對不會參拜彌賽亞，在他形成之前，我們天使就已經存在了，我們不會向他參拜。」路西法走下階梯，站立在彼列身邊。

「是的，我也這麼認為。」貝爾其巴普走下階梯，站立在神的對面。

諸天使長微微抬起頭注視著階下的三個天使長，露出驚訝的目光。

彌賽亞的臉變得異常憤怒，他注視著三個天使長，雙方陷入了膠著。

神站起身來，「彼列、路西法、貝爾其巴普，你們居然敢違抗我的旨意！」

「全能的聖主，即使彌賽亞的神格從亞當的肉身裡分離，但他依然與身體裡擁有黑暗的人類無異，我們不會參拜弱小和黑暗。」彼列說。

神明亮的雙眸之中有萬鈞雷霆在閃耀，但彼列依然以堅定無畏的眼神注視著彌賽亞。

「仁慈的神，原諒我們的無禮。」彼列轉身向著神殿的門口走去，貝爾其巴普和路西法也轉過身，向著神殿之外走去。

跪倒在神殿之中的諸天使長們面面相覷，等待著神的旨意，神的臉上充滿憤怒，消失於御座之後，彌賽亞獨自站立在階梯之上，一言不發，注視著彼列離開的方向。

彼列、貝爾其巴普和路西法返回彼列的官邸，進入彼列的官邸之後，彼列站立在窗前，注視著天空之中神之淨土的方向。

「貝爾其巴普大人、路西斐爾大人，你們兩個完全不必這麼做，你們明知道會觸怒神，卻依然站在我這一邊。」彼列說。

「在看過那片黑暗之後，我就決定站在你的一邊。」貝爾其巴普回答。

「彼列大人，我說過，如果我們天使再次遭遇不公，我不會保持沉默。」路西法回答。

「也許，我們已經走向了一條不歸路。」彼列說，「路西斐爾大人，請你先回去吧，我和貝爾其巴普還有話說。」

路西法走出彼列的官邸，向著第七天的官邸而去，房間裡只剩下彼列和貝爾其巴普，兩個天使注視著對方，似乎都在揣摩對方在想些什麼。

彼列率先開口說話，「貝爾其巴普大人，如果我們公然反抗神，你覺得誰能夠取代神的地位和權威？」

彼列的話另貝爾其巴普大吃一驚，他的雙眸充滿了驚懼的神色，「彼列大人，你說的這一切會發生嗎，事情會走到無可挽回的地步？」

「我希望這一天永遠不會發生，但我相信神和彌賽亞都不會保持沉默。」彼列說，「我們已經走出了第一步，也許從此難以回頭。」

「彼列大人，你的意思是？」貝爾其巴普說。

「貝爾其巴普大人，看來你也明白我的意思，如果找一個天使取代神，我希望是路西斐爾。」彼列說。

貝爾其巴普點了點頭，「如果我們天使的心中也與食了智慧之樹果實的人類一樣充滿黑暗，那麼我相信只有如光輝的晨星一般明亮的路西斐爾才能蕩滌和洗盡我們心中的罪惡。」

「確實如此。」彼列抬起頭，注視著天空中明亮的太陽。

「光輝的晨星，黑夜之中的明亮星辰，他一定可以淨化我們心中的黑暗。」彼列似乎在自言自語一般。

官邸之中，路西法感到異常疲倦，他坐在椅子上，閉上眼睛，右手輕撫額頭，思考著數天以來發生的一切。

大門緩慢打開，梅菲斯托出現在門口，他告訴路西法，米迦勒正等在官邸之外，路西法示意梅菲斯托將米迦勒請進房間，他自己則如往常一樣坐在桌子前。

米迦勒走進路西法的房間，向路西法行禮，路西法示意他坐下來。

「路西斐爾大人，我不明白在神殿之中，你和彼列以及貝爾其巴普大人為什麼要這麼做？」米迦勒說。

「米迦勒大人，從彌賽亞誕生開始，我們天使就遭受了不公的待遇，如今神要求我們向彌賽亞參拜，我不能保持沉默。」路西法說。

「即便如此，我們天使也應該遵從神的旨意。」米迦勒說。

「米迦勒，你沒有看到絕望的薩麥爾的雙眸，捆綁於第五天牢獄之中莉莉絲的軀體，守護天使受到的嚴酷責罰，以及伊甸園中產生的無盡黑暗嗎？」路西法說，「這些都不是我們天使犯下的罪，卻都由我們天使來承擔。」

「路西斐爾大人，恕我直言，你的心中已經滋生了對神不敬的想法，請你一定收回這些不祥的念頭。」米迦勒說。

「米迦勒大人，也許你是對的，但我別無選擇。」路西法回答。

「路西斐爾大人，請不要再違逆神的旨意，這會令你走上一條不歸路。」米迦勒說。

路西法的臉上浮現出微笑，搖了搖頭，「謝謝，米迦勒大人，我會記住你的話。」

米迦勒注視著路西法的雙眸，轉身走出路西法的房間，消失在走廊裡。

米迦勒走後，路西法走出官邸，飛上天空，在明亮的陽光之下，他看到人類們被趕出伊甸園，在黑暗中任憑風吹雨打，不停哭泣。黑暗的天空之下，米迦勒點燃燭臺，指引並照亮了人類們前進的道路。

在米迦勒燭臺微弱的光亮下，一團明亮的白焰出現在天空之中，閃動著光華四翼環抱著一本金色的厚厚的書籍的拉結爾現身其上，人類們停住腳步，注視著空中的天使。

「亞當，你在嗎？」拉結爾開口說話。

走在人類之前的亞當停住腳步，望向天空中的拉結爾。

「座天使長——拉結爾嗎？」亞當回答。

「亞當，我將這記述著天上地下共同深奧知識的《拉結爾之書》授予你和人類，你要善用這些知識，幫助人類們生存下去。」拉結爾說。

金色的書籍從天而降，落在亞當的手中，亞當雙手捧住《拉結爾之書》，向拉結爾點了點頭。

「亞當，你要記住，要在你墜落之地築起一座巍峨雄壯的聖城——耶路撒冷，這座聖城是天上的聖城耶路撒冷的影子，在聖城的中心築起聖殿供奉全能的聖主。在不遠的將來，聖子彌賽亞會降臨於此，他是人類的救世主，在末日審判之際，他會救贖受盡苦難的世人，引渡那些虔誠地信奉全能的聖主的人前往天堂。」拉結爾說，「亞當，你要約束你的子民，不得背棄對神的信仰和對光明的追逐，若黑暗佈滿人間，全能的聖主會再次顯示他的威嚴，將毀滅的大洪水降臨世上，那時只有被選中的人類才能逃離毀滅的命運！」

拉結爾的臉上露出慈祥和藹的神情，化作一道白焰消失於天空之中。

亞當跪下身體，雙手合十，向著天堂的方向祈禱，「全能的聖主，我虔誠地俯伏在你腳下，敬拜你的偉大和美善，頌贊你的尊貴和榮耀。我的生命在你手中，請你寬恕我及我的子民人類所犯下的罪孽，讓那個曾經破壞我的道路和引誘我墮落的敵對者遠離我，哈利路亞！」

數天之後，神殿之中，彌賽亞正獨自站立在神之御座之前。

「彌賽亞，我讓你調查的一切已經清楚了嗎？」神說。

「仁慈的神，全能的聖主，我的父，天界在這段時間裡發生的一切都指向了同一個天使。」彌賽亞回答。

「是天國的副君彼列嗎？」神的眼神變得異常銳利。

「不，是光輝的晨星。」彌賽亞回答，「路西斐爾的手臂，確實是被拉斐爾的火焰之劍所傷。」

「也就是說，是路西斐爾劫走了莉莉絲。」神說。

「是，我想這一切都不會錯。」彌賽亞回答，「並且天使之間還流傳著一個傳說。」

「傳說？」神問。

「天空中光輝的晨星，會將無盡光芒照耀在黑暗之中，洗去天使的失望和悲傷。」彌賽亞回答。

「光輝的晨星——路西斐爾確實擁有撒播光明的偉大力量。」神說。

「仁慈的神，我的父，這並不是這段傳說的真意，天使之中正在私下流傳，當失望和憤怒堆積到頂點時，光輝的晨星將升上天空，取代神的地位。」彌賽亞回答。

「彌賽亞，你是說路西斐爾將會背叛我？」神問。

「全能的聖主，我的父，我不能確定，但是這段時間以來彼列和貝爾其巴普頻繁出入於路西斐爾的官邸之中，而且我聽聞彼列聚集了伊甸園的黑暗為路西斐爾鑄成七惡劍，這把劍的威力足以毀滅天界。」彌賽亞說。

「彌賽亞，你要密切監視彼列、路西斐爾的動向。」神說。

數天後，路西法的官邸之中，彼列走進路西法的房間，關好房門，來到路西法的面前。

「路西斐爾大人，我聽說彌賽亞正在秘密調查薩麥爾和莉莉絲逃走的事。」彼列說。

「彼列大人，你的意思是？」路西法看著彼列。

「恐怕彌賽亞已經探知內情，向神稟報了一切。」彼列說。

「彼列大人，我對此毫無擔心，因為我確信我沒有做錯。」路西法回答。

「但是神不這樣認為，我怕路西斐爾大人會如同薩麥爾一樣，被打入第五天牢獄之中，永世難見天日。」彼列說。

「彼列大人，我想事情不會走到那一步。」路西法回答。

彼列搖了搖頭，「路西斐爾大人，如果我們不得不與神為敵，你會怎麼做？」

路西法睜大了眼睛，看著彼列。

彼列沒有理會路西法吃驚的神態，「我和貝爾其巴普大人商量過，我們都希望路西斐爾大人能夠替代神。」

「彼列大人，我並沒有這種想法。」路西法回答。

彼列歎了口氣，突然她轉向窗外，眼睛裡閃出銳利的光芒，她輕輕揮動手臂，一把匕首從長裙的衣袖中飛出，打碎了明亮的玻璃，窗外傳來一聲慘叫。路西法和彼列同時奔向視窗，一個天使衛兵振動著翅膀向這天空而去。

「彌賽亞的衛兵嗎？」彼列說，「看來我們的談話被偷聽了，不能讓他活著回去。」

就在彼列振動羽翼，路西法伸出手抓住了彼列纖細的手腕，「算了，不要再傷害無辜的天使了。」

「可是……」彼列說。

「如果一切無可挽回，在最終到來的時刻，我們都要勇敢面對。」路西法說。

「路西斐爾大人，我對你充滿愛慕，我相信你可以洗盡天使心中的黑暗，我會站在你一邊。」彼列的臉紅了，急忙抽回手。

路西法的嘴邊露出一絲微笑，「彼列大人，我理解你的心，你和貝爾其巴普大人的建議再讓我好好考慮一下，我不願事情走到不可挽回的地步。」

彼列點了點頭，轉身走出路西法的房間，路西法抬起頭注視著天使離開的方向，陽光將他的臉照得異常明亮。

彼列返回官邸，叫衛兵將茵蘼和亞巴頓叫到房間來，很快茵蘼較小的身軀出現在門口。

「茵蘼，你要暗中保護路西斐爾大人，我想彌賽亞不會保持沉默。」彼列說。

「是，彼列大人。」茵蘼向彼列行禮，轉身走了出去。

茵蘼走出彼列的房間，在走廊上看到亞巴頓匆匆而來，兩個天使目光交彙，亞巴頓的雙眸熾熱明亮，茵蘼向亞巴頓點了點頭，緩慢走到走廊盡頭，消失在轉角。

彼列看到亞巴頓進來，向亞巴頓點了點頭，「亞巴頓，你要盯緊米迦勒，將他的一舉一動告訴我。」

亞巴頓點了點頭，向彼列行禮，走了出去。

神殿之中，神注視著階下受傷的天使衛兵和彌賽亞，眼睛裡釋放出雷霆之怒，「彌賽亞，你說的一切是真的？」

「是的，全能的聖主，我的父，看來路西斐爾確實有反叛神之心，並且彼列和貝爾其巴普就是同謀。」彌賽亞說。

「彌賽亞，去把月之天使沙利葉請到神殿來。」

沙利葉很快出現在神殿之中，向神行禮。

「沙利葉，天界即將面臨著一場浩劫，現在我需要你的力量。」神說。

「仁慈的神，請你吩咐吧。」沙利葉回答。

「我要你利用邪眼之力封印路西斐爾。」神說。

「封印路西斐爾？」沙利亞說，「全能的聖主，我並不是路西斐爾大人的對手。」

「沙利亞，不用擔心，彌賽亞會幫助你。」神說。

「是，神，我會盡力。」沙利葉說。

黑夜來臨，路西法躺在柔軟的床上，輾轉反側，無法入眠，他的腦海裡再次閃過彼列的話和已經逃走的天使衛兵的身影，一輪皓月出現在路西法的視窗，將月光灑入明亮的窗戶。

陽臺上傳來一陣窗戶破碎的聲音，路西法跳下床，向著陽臺而去，玻璃碎片佈滿整個視窗。黑暗之中彌賽亞從路西法的背後走出，手臂上的五芒星手環散發出明亮的光芒，路西法頓時感到動彈不得。

月之天使沙利葉出現在陽臺之上，赤紅色的雙眸射向路西法。

「路西斐爾大人，請原諒，這是神的旨意。」沙利葉說。

路西法的意識漸漸模糊起來，彌賽亞拔出劍，向著路西法而來。

一個較小的身影瞬間出現在彌賽亞和路西法中間，長劍刺穿了茵薕的身體，鮮血濺到路西法潔白的長袍之上，瞬間路西法的眼前出現一片殷紅。

彌賽亞拔出長劍，茵薕已經倒在血泊之中，較小的身體顫抖不止。

在明亮的月光下，彼列從天而降，七惡劍閃耀著黑色的光芒向著彌賽亞襲來，閃耀著光芒的五芒星之陣消失在七惡劍黑色的光輝之下。

破除了封印的路西法拔出長劍，向著沙利葉而來，沙利葉也拔出劍抵擋，在路西法強大的攻擊下，沙利葉節節敗退。彌賽亞化作一道光消失於屋子之中，沙利葉也振動羽翼逃向天際。

路西法飛向茵薕，抱住她的身體，將她摟在懷中。

茵薕的臉上露出一絲微笑，「路西斐爾大人，能死在你的懷中，我也滿足了。」

茵薕的雙眸失去了神采，柔媚的臉上露出甜美的微笑，彷彿睡著了一般，路西法晶瑩的淚水滑落，滴落在茵薕被鮮血染紅的潔白長裙上。

彼列落在陽臺上，搖了搖頭，走到路西法的面前。

「路西斐爾大人，看來我們無法等待了，現在是你做決斷的時刻。」彼列說，「是選擇反抗還是束手就擒。」

「彼列大人，看來我別無選擇。我不想背叛神，只希望神能夠放逐彌賽亞，使我們天使能夠得到公正。」路西法回答。

彼列點了點頭，「好吧，路西斐爾大人，我同意你所說的一切，我會讓貝爾其巴普大人負責聯絡諸天使長，你要做好準備。將茵蔯交給我吧，等到時機來臨，她會重生於天空之中。」

彼列念動咒語，茵蔯的軀體消失於路西法懷中，彼列化作一道光，消失於路西法的官邸，向著遠方而去。

路西法從彼列的咒語中醒來，他看到自己和惡魔將軍們還坐在潘迪曼尼南的城堡之中，惡魔將軍們也睜開眼睛，注視著路西法。

「這就是原本屬於我的記憶。」路西法說。

彼列點了點頭，「這就是數千年前發生的一切，我用黑暗與邪惡創造了第一代的撒旦，靈魂碎片就屬於這個產生於天界的邪惡之下的惡魔。」

「看來此時的我們與數千年前一樣，別無選擇。」路西法說。

別西卜和惡魔將軍們點了點頭，「這就是我們這些作為光明的對立，墜入黑暗的墮天使的宿命。」

「各位大人，就讓我們再次拿起劍，像數千年前一樣，尋找我們這些墜入地獄的天使的意義。」路西法站起身來，望著潘迪曼尼南之上晴朗的天空。

「米迦勒大人，我們終會在戰場上相見，就如同數千年前一樣。」路西法自言自語地說。

天界大聖城中，大聖堂的廣場前，宏偉的祭壇之上，諸天使長站起其中，彌賽亞念起咒語，祭壇被明亮的銀色光芒所包圍，發出巨大的閃光衝向天際。教堂的鐘聲響起，身著潔白長袍的天使們不停吟唱，歌聲響徹雲霄，光芒逐漸散去，諸天使長們再次出現於祭壇之上。

米迦勒看著自己的身體，他的容貌變得年輕，翡翠色的六翼在陽光的照射下不停閃耀著光芒，番紅色的頭髮在太陽下異常耀眼，記憶深處的疼痛不斷湧出，似乎要將他的身體割裂一般。

祭壇之上，諸天使長們都驚訝地看著自己和同伴，拉斐爾和加百列露出驚訝的神色，而恢復了年輕的梅丹佐、尚達奉、卡麥爾則露出難以理解的複雜表情。

彌賽亞聖潔的臉上露出微笑，「諸位大人，祝賀你們重生。」

尚達奉率先走下祭壇，來到彌賽亞面前，「彌賽亞大人，這究竟是怎麼回事？」

「尚達奉大人，在你的腦海裡已經有了答案。」彌賽亞回答。

米迦勒走下祭壇，來到彌賽亞的面前，注視著彌賽亞的金色雙眸。

彌賽亞再度露出微笑，「米迦勒大人，想必你已經得到了你想要的答案。」

米迦勒點了點頭，「彌賽亞大人，我已經記起了數千年前天界創世時發生的一切。」

「米迦勒大人，此時的路西斐爾也已經恢復了記憶，我們還會像數千年前一樣為了守護天界而戰。」彌賽亞說。

米迦勒抬起頭，天空之中明亮的星辰還在不停閃耀，心底的記憶不停湧出，米迦勒的雙眸有閃亮的淚滴在湧動。

「路西法，我們終將在戰場上相見。」米迦勒喃喃自語。

大聖堂的鐘聲響起，一群白色的鴿子衝向天空，消失在耀眼的陽光之下。

第40章　天堂之戰

潘迪曼尼南的城堡之中，別西卜獨自站在宮殿的走廊之中，抬頭仰望著潘迪曼尼南明亮的天空，深邃的雙眸裡中釋放出明亮的神采。

一陣腳步聲響起，別西卜轉過頭，看到彼列正踏著鑲著金絲的地毯緩慢走來，紫紅色的裙擺隨著纖細的腰肢不停擺動。

彼列走到別西卜面前，「別西卜，你在想什麼？」

別西卜搖了搖頭，「數千年前，光輝的晨星路西斐爾，所有的男性天使都崇敬他，所有的女性天使都愛慕他，如果不是我們，他依然是天界閃耀的最明亮的星辰。」

「是啊，彼列抬起頭注視著天空，不僅是我和莉莉絲，甚至是加百列都被路西斐爾的光輝所吸引。」彼列說。

別西卜臉上露出一絲微笑，搖了搖頭，轉身準備離去。

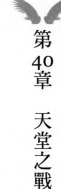

彼列的聲音再度響起，「別西卜，你還不準備說出一切，我知道你隱瞞了什麼？」

別西卜轉身注視著彼列，「彼列，你真想知道一切嗎？」

彼列點了點頭，「別西卜，我知道從自身的目的上來說，你站在路西斐爾一方的動機與我不同。」

別西卜的臉上浮現出微笑，這微笑讓彼列感到難以琢磨，她用珊瑚色的雙眸注視著別西卜，等待著他開口。

「彼列，你應該明白，對天堂之戰而言，路西法和彌賽亞都是失敗者，只有那位站在彌賽亞身後的被奉為全能的神才是真正的勝利者。神借用彌賽亞和路西法的鮮血，重新向天使和人類顯示了他至高的威嚴和無上的權力，並向所有天使宣告，即使強大如路西法一般的天使也難以撼動神的權威，彌賽亞不過是神塑造的偶像，代理神的威嚴，真正掌握著一切的是全能的神。天使和人類真正敬畏的並非彌賽亞，而是安坐於神之淨土御座之上的神。」別西卜說，「而我的動機，來自於最後一次我和神的對話，這次對話揭示了黑暗與光明存在的意義，也使我明白神允許天堂之戰發生的真實原因，這一切就發生在追隨路西斐爾反叛的前夜，你到達我官邸之前。」

「彼列，這來源於最後一次我和神的對話。」別西卜說，「就發生在追隨路西斐爾反叛的前夜，你到達我官邸之前。」

彼列睜大了眼睛，露出吃驚的神色，「別西卜，你居然在最後時刻私下與神見面。」

「沒錯，彼列，就在黑夜之中，我進入燈火通明金碧輝煌的神殿，來到神的闕下。」別西卜說，「就讓你看看在那個夜晚發生了什麼？」

別西卜的雙眸釋放出明亮的光芒，彼列從別西卜的眼睛裡看到了神殿的景象。天堂之戰的前夜，神之御座之下，貝爾其巴普跪在神的面前。

「貝爾其巴普，你已經選定了追隨的天使嗎？」神問。

「是的，仁慈的神。」貝爾其巴普回答，「我將追隨路西斐爾而去，陷入那無盡的黑暗之中。」

「貝爾其巴普，你應該明白，你會遭受無盡的痛苦與折磨，甚至失去天使的榮耀。」神說。

貝爾其巴普點了點頭，「全能的聖主，這個世界由光明和黑暗構成，就如同白晝和黑夜，如果光明沒有黑暗相襯，那麼光明本身也失去了意義。在神的無上榮光之下，我們甘願成為黑暗的傀儡，只要有我們潛伏在黑暗之中，看守著那片黑暗，才能夠時刻警醒天界的天使和墜入凡間的人類們曾經發生的一切，只有讓他們體會到黑暗產生的罪惡威脅，才能讓他們珍視光明的可貴。」

「貝爾其巴普，我驚訝於你所說的，也明白你即將做的，但是即使是天使的光明，一旦長期沐浴在黑暗之中，受到邪惡和罪責的侵蝕，恐怕也難以維持本心。」神回答。

「全能的聖主，你忘了光輝的晨星嗎？」貝爾其巴普回答，「只要有那顆明亮的星辰在閃耀，我們這些墜入地獄的天使會永遠被他的光芒所照耀，永不會迷失在黑暗之中。」

「貝爾其巴普，這就是你們選擇路西斐爾的原因。」神歎了口氣，「告訴我彼列的真實想法？」

「仁慈的神，彼列也並非邪惡，只是在看過無盡的黑暗和對彌賽亞的失望和憤怒下，她忠誠的心產生了動搖，既然她願意追隨路西斐爾而去，在光輝的晨星的照耀下，她也會洗盡心中的疑惑。」貝爾其巴普回答。

神點了點頭，「只是可惜路西斐爾，天界最榮耀的天使即將落入黑暗的地獄之中。」

「全能的聖主，路西斐爾的心是澄清的，就如同他散發出的耀眼光華般不可磨滅，即使他落入黑暗的地獄之中，他依然是最尊貴、最高傲、最富榮光的天使。」貝爾其巴普說。

「即使路西斐爾墜入地獄，失去潔白的羽翼，他依然是光輝的晨星。」神似乎在自言自語，「等到黑暗完全洗盡，墜入地獄的天使和陷入凡間的人類終有一天會重返天堂。但是在這之前，為了彌賽亞的權威，必須有天使要付出生命的代價。任何新的信仰和秩序的建立，鮮血和死亡都會伴隨左右。不必畏懼死亡，因為那不是末日的終結，而是新生的開始！」

「神，這就是你和彌賽亞的本意嗎？這一切未免太自私了。」別西卜暗暗地想，隨後搖了搖頭，「難道數以萬計即將犧牲生命的天使的生存意義，只是為了維護你和彌賽亞的權威？果真如此，我們天使未免太過悲哀。正如彼列所說，神對待我們與彌賽亞並不公正，這就是猶豫不決的路西斐爾最終下定決心的誘因，也是彼列唆使眾天使反叛真正的緣由！」

貝爾其巴普向神行禮，轉身頭也不回地走出神殿，只留下神獨自站在御座之前，眼睛裡釋放出明亮的光芒。

天堂之門之外的無盡黑暗中，彼列正站在薩麥爾的城堡之中。

「薩麥爾，你重返天界的時刻來臨了，路西斐爾即將豎起叛旗，加入到路西斐爾一方吧。」彼列說。

薩麥爾點了點頭，「彼列，我想我別無選擇。」

「薩麥爾，就讓我創造一個傀儡，在你離開無盡黑暗中的城堡時，替你守衛這裡的一切。」彼列說。

彼列念起咒語，黑色的光芒從七惡劍中湧出，於城堡大廳頂端緩慢聚集，隨後落在冰冷的地面上。光芒散去，一個漆黑的鎧甲出現在薩麥爾面前，黑色的頭盔和面具下，只有雙眼釋放出閃光。

薩麥爾露出驚訝的神色，「彼列，這究竟是什麼？」

「薩麥爾，就叫它撒旦鎧甲吧，他沒有靈魂，只是由無盡的黑暗所凝結的軀殼，在這軀殼中由十三塊黑暗碎片連接而成，就讓這個傀儡幫助你守衛這座城堡。」彼列說。

薩麥爾沒有說話，只是安靜地點了點頭。

彼列走出薩麥爾的城堡，化作一道光忙向著天堂之門而去，穿過天堂之門，彼列向著第七天貝爾其巴普的官邸而去。

黑夜之中貝爾其巴普的官邸燈火通明，閃動的光亮如星星點點的繁星從窗口映射而出，彼列落在貝爾其巴普官邸的門前，走上大理石做的純白階梯，來到厚重的雕刻著金色紋飾的大門前。

大門緩緩打開，一個天使出現在門口，向彼列行禮，「彼列大人，貝爾其巴普大人正在等你。」

彼列點了點頭，「尼斯洛克，請你帶路。」

走進貝爾其巴普的官邸，沿著悠長深邃的走廊，美妙動聽的樂曲從最深處的房間傳來，宛如華美的樂章，這聲音悠揚深遠，一直傳進彼列的心裡。

尼斯洛克走到貝爾其巴普的房間前，停下腳步，房間的門半開著，從虛掩的房門裡傳來幽暗的燭光。尼斯洛克推開房門，向彼列行禮，停在原地。

彼列走進貝爾其巴普的房間，穿著白色長袍貝爾其巴普坐在銀色的白金豎琴旁，微閉著雙眼，如水般的銀色長髮垂落肩頭，修長的手指不停撥動琴弦，美妙的旋律緩慢散開，帶著淡淡的哀傷，充滿整個屋子。

彼列停在原地，直到貝爾其巴普奏完一曲，才緩慢地踱進房間。

彼列用紫紅色的迷人瞳孔注視著貝爾其巴普，「貝爾其巴普，很久沒有聽到你的琴聲了，一切都準備好了嗎？」

貝爾其巴普似乎沒有聽到彼列的問話，嘴角浮現出一絲柔和優雅的淺笑，繼續用修長的手指撥動琴弦。

彼列搖了搖頭，轉身走出屋子，從房間裡傳來旋律緩慢的樂曲。隨著彼列的遠離，這琴聲變得異常急促，時而飛上雲霄，時而墜落谷底，宛如海水般波濤起伏，音階似乎隨著貝爾其巴普的手指不停跳動，豎琴釋放而出的音符激蕩開來。

彼列緩慢向著門口走去，「貝爾其巴普，即使是你這樣沉靜的智者，在這最後一個夜晚，心情也不能平靜嗎？」

彼列走到門口，琴聲變得異常尖利短促，隨著一聲刺耳的琴弦斷裂的聲音，豎琴奏出的音律戛然而止。

彼列推開貝爾其巴普官邸的大門，頭也不回地徑直離去。

尼斯洛克聽到尖利的琴聲，走進貝爾其巴普的房間，「貝爾其巴普大人，你的心緒就如同這琴聲，聽起來很亂？」

貝爾其巴普睜開雙眼，銀色的瞳孔釋放出睿智而又震懾心魄的光芒，「尼斯洛克，這可能是我們在天界的最後一晚了。」

尼斯洛克臉上露出驚訝的神色，「貝爾其巴普大人，難道你已經預知到這場戰爭最後的結局？」

「尼斯洛克，即使信仰崩塌了，至少要懷著希望！」貝爾其巴普說。

貝爾其巴普輕聲歎了口氣，離開豎琴旁的座位，走到寬大的落地窗前，望著繁星密佈的漆黑的夜空，一言不發。

第四天的聖城耶路撒冷之中，米迦勒正坐在會議室中，在圓桌的兩端，拉斐爾、加百列等高階天使環繞而坐。圓桌頂端的米迦勒雙手交叉抵在下顎上，表情凝重一言不發。

「米迦勒大人，根據可靠的情報，路西斐爾大人正在策劃一場背叛神的戰爭。」烏利葉站起身來。

米迦勒點了點頭，他早已獲知了這一消息，這是此時的他不能表態，他環視著周圍的高階天使們，繼續保持沉默。

「米迦勒大人，我不相信路西斐爾大人會做背叛神的事？」拉斐爾站起身來，「路西斐爾大人是天界最尊貴的天使，是我們崇敬的光輝的晨星，我難以相信這個消息的真實性。」

「各位大人，請注意我手上名單上的這些天使，記住他們的名字，他們是彼列直屬聖殿天使團的成員，一旦路西斐爾和彼列叛天，他們也許會對各層天造成威脅。」米迦勒說完拿出一份手卷。

諸天使長的臉上露出驚訝的神色，隨著手卷打開，一個個熟悉的名字出現在諸天使長的眼前，他們臉上浮現出複雜的表情。

米迦勒依舊異常沉靜，站起身來，「各位大人，退下吧，一切會由全能的神裁決。」

諸天使長們面面相覷，只得站起身來向著門口走去，在加百列走到門口時，米迦勒叫住了她。

等到諸天使長們離去，會議室裡只剩下米迦勒和加百列，米迦勒站起身來，用明亮的瞳孔注視著加百列。

「加百列，如果有天使還能夠阻止路西斐爾的話，那一定是你。」米迦勒說，「彼列的地位過高，在天界的影響力過大，這次天界將面臨最大的危機，如果我們能夠說服路西斐爾，天軍仍將佔據優勢。」

「米迦勒大人，難道？」加百列臉上露出驚訝的神情。

「加百列，據我所知，天界中除了基路伯以外上六階的天使中的絕大部分都支持彼列，你應該明白他們的戰鬥力超乎我們的想像。」米迦勒說。

「米迦勒大人，這確實是棘手的事情。」加百列回答。

「加百列，所以我說只有你能夠阻止這場浩劫。」米迦勒注視著加百列的眼睛。

「米迦勒大人，我不明白你的意思。」加百列說。

「加百列，用你溫柔的心去融化路西斐爾的失望和憤怒，勸說他放棄叛天的行動。」米迦勒說，「我相信這一切只有你能做到。」

加百列點了點頭，「米迦勒大人，我只能盡力而為。」

等到諸天使長退去，米迦勒獨自站在會議廳內，燈火瞬間熄滅，米迦勒的腦海裡浮現出昨天深夜的情景，別西卜走進米迦勒的官邸，拿出那份擺在桌子上的手卷。

「米迦勒大人，請轉告各層天的天使長官，要密切注意這些天使的動向，他們應該是彼列的聖殿天使團成員。」貝爾其巴普說。

米迦勒接過手卷，隨著打開瞳孔瞬間放大，「貝爾其巴普大人，這些名字幾乎遍佈各層天，並且都身居要職，大半是各層天天使長官的助手，你是如何得到這份名單的？」

「米迦勒大人，我有我的途徑。」貝爾其巴普回答，「這些是彼列秘密安插在各層天天使長官身邊的天使，負責執行秘密任務。」

「貝爾其巴普大人，難道你交給我這份手卷，是因為……」米迦勒沒有說下去，他的臉上閃過一絲擔憂。

「是的，米迦勒大人，你應該明白我的意思。」貝爾其巴普回答。

「貝爾其巴普大人，我不明白你為什麼這麼做，我相信你已經選定追隨路西斐爾大人和彼列大人。」米迦勒說。

「米迦勒大人，也許現在的你並不明白，但是終有一天你會理解這一切。」貝爾其巴普轉身走出米迦勒的房間，消失在走廊的盡頭。

米迦勒從回憶中回過神來，天使衛兵打開會見廳的門，向米迦勒行禮，「米迦勒大人，利未安森大人和貝西貘斯大人來了。」

米迦勒點了點頭，示意衛兵。利未安森率先走入會見廳，一身淡藍色鑲嵌著閃亮鑽石的低胸長裙異常耀眼，她臉上略帶微笑，眉眼間異常嫵媚。貝西貘斯隨後而入，雙眸釋放出銳利冷酷的光。

「米迦勒大人，你找我們？」利未安森說。

「利未安森、貝西貘斯，我已經知道你們是彼列大人麾下聖殿天使團成員，想必你們也應該知道即將發生的一切，我最後告誡你們，如果你們能夠悔過，站在神和彌賽亞大人的一邊，全能的聖主會寬恕你們的罪。」米迦勒說。

利未安森的表情一如往常，似乎不為米迦勒所動，她微翹嘴角，露出笑意，「米迦勒大人，我心中有一個疑問，請大人為我解答。」

米迦勒點了點頭，示意利未安森說下去。

「米迦勒大人，您對神和彌賽亞的大人的忠誠是否會改變？」利未安森說。

米迦勒的聖潔莊嚴的臉上露出複雜的神情，他驚訝於眼前這個美麗女子的勇氣，用敬佩的目光注視著利未安森。

「米迦勒大人，想必你心中已有答案，我們如同你一樣，對彼列大人的忠誠絕不會動搖。」利未安森說，「大人既然已經知道了我們的身份，我們也不想做抵抗，就讓我成為為了讓天使們得到公正而犧牲的第一個天使！」

米迦勒搖了搖頭，轉過身去，「利未安森、貝西貘斯，你們走吧，回到你們的主人身邊，神會為你們的罪孽做出公正的裁決。」

會見廳的門緩慢打開，當利未安森走到門口，米迦勒轉過身來，「利未安森，等一下，第五天牢獄也有彼列大人聖殿天使團的天使吧？」

利未安森轉過身，向著米迦勒莞爾一笑，隨即走出會見廳，走廊裡傳來清脆的腳步聲，隨後消失在盡頭。

米迦勒獨自站在原地，陷入了沉思之中，夜幕變得愈加陰沉暗淡，米迦勒的臉上也浮現出憂鬱的神情。

黑夜之中，加百列化作一道光，向著第七天而去，她要趕在黎明到來之前趕到路西法的官邸，阻止即將發生的一切。

這一夜，路西法也難以入眠，他注視著天空中閃爍的星星點點的繁星的夜空，在漆黑的天幕中一輪皎潔的月亮懸掛其上，大地籠罩在一片柔和朦朧的月光之下。

路西法的雙眸深邃沉靜，注視著夜空若有所思，黎明來臨之時，他就將拋棄天使的榮耀，向彌賽亞宣戰，在這樣的境地之下路西法內心卻異常安寧。

陽臺之上傳來聲響，打斷了路西法的思緒，路西法轉向陽臺的方向，陰影之下出現一個曲線美麗的倩影。

「誰在那？」路西法說。

「是我，路西斐爾大人。」加百列從陰影中走出，淺綠色的長裙在月光之下散發出淡淡的光芒，柔和的月光將加百列美麗的臉映照得越加美麗。

「加百列，我想你已經知道即將發生的一切了吧。」路西法看著加百列的眼睛。

路西法的雙眸令加百列迷醉，在那如大海般沉靜深邃的雙眸之下閃動著如火焰一般熾熱的光芒，加百列幾乎感覺到路西法雙眸釋放出的熱度，這熱度足以融化一切。

加百列走到路西法面前，水晶鞋跟碰觸到地板上，發出嗒嗒的聲響，散落地面的裙擺隨著加百列的腰肢慢慢擺動。

「路西斐爾大人，難道這一切都無法改變嗎？」加百列說。

路西法搖了搖頭，「加百列，我別無選擇，這就是宿命。」

「路西斐爾大人，就讓我為你舞上最後一曲。」加百列說。

加百列舞動身形，緩慢悠長的音樂慢慢響起，燈火通明的房間內瞬間變得一片漆黑。黑暗中不停轉動的加百列的身影宛如暗夜的精靈，淺綠色的長裙散發出幽暗的點點光芒，只有加百列那迷人熾熱的雙眸釋放出異樣的神采。水晶鞋在月光的照射下反射出淡淡的光，宛如兩片舞動的葉子。隨著音樂緩慢地進入尾聲，水晶鞋碰觸地面的聲音緩慢停止，淺綠色的長裙瞬間滑落地面，加百列潔白的身體在月光的照耀下高潔動人。

黑暗中加百列伸出赤裸的修長玉臂，環抱住路西法的身體，將頭靠在路西法的胸前，聆聽著路西法的心跳。

「路西斐爾大人，如果你願意，就讓我用溫柔的心融化你，放棄反叛神的計畫。」加百列說。

路西法搖了搖頭，「加百列，你應該知道，我從來沒有想過背叛神，我所希望的只是放逐彌賽亞，讓天使們重新得到公正的待遇。」

「路西斐爾大人，看來我難以說服你。」加百列的聲音異常悲涼。

胸前的衣襟變得濕潤，路西法感覺到加百列的熱淚一直流入他的心裡。路西法看著加百列，兩行晶瑩的淚珠在月光的照射下折射出閃光，沿著加百列美麗的臉頰不停流淌，落在地板上。

「加百列，離開吧，黎明到來的時刻，我們就將成為敵人。」路西法說。

加百列抬起頭，閃動著淚珠的雙眸注視著路西法，「即使我不能勸說路西斐爾大人，請讓我今夜陪在路西斐爾大人的身邊。」

路西法伸出雙臂，抱起加百列，把她放在寬大柔軟的床上，潔白的床幔從天花板散開飄落下來。

路西法懷抱著加百列，輕輕吻了吻加百列的額頭，「睡吧，加百列，等到黎明到來，一切都將有結果。」

加百列在路西法的懷抱中慢慢睡去，黎明到來時，加百列睜開雙眼，初升的太陽將陽光灑進屋子，美麗的臉龐上的淚痕被路西法擦幹，路西法的身影早已消失在官邸之中。

太陽升上天空，神殿之中，諸天使長侍立階下，在神之御座之下的階梯上，只有米迦勒獨自站立。

「諸天使長，路西斐爾、彼列和貝爾其巴普已經背叛了神，他們將失去天使的榮耀。」神說，「天堂之戰在所難免，從今天開始他們將不再是你們的同伴，拿起你們的劍，消滅這些被黑暗侵蝕的敵對的天使。」

諸天使長跪下身來，向神行禮。

「加百列、拉斐爾、烏利葉，你們將取代路西斐爾、彼列和貝爾其巴普的地位，和米迦勒一起成為是四大天使長。」神說。

加百列、拉斐爾和烏利葉走出隊伍，向神行禮。

「米迦勒、加百列、拉斐爾、烏利葉、沙利葉、雷米爾、梅丹佐，你們是天界的七大天使，是天軍的領導者。」神說。

七大天使向神深施一禮，跪下身來。

「米迦勒，你是天國的副君，天軍的統帥，拿起你的米迦勒之劍，去消滅那些背叛天界的天使。」神說。

米迦勒的神情異常平靜，他走出七大天使的隊伍，向神行禮。

第七天之上，路西法站在彼列官邸的陽臺之上，在官邸的正面，天界三分之一追路西斐爾的天使跪倒在他的腳下，彼列和貝爾其巴普站立在他的身後，彼列珊瑚色的雙眸釋放出異樣的光芒，而別西卜則表情冷峻。

「諸天使，從今天起我們就要豎起叛旗，拋棄天使的榮耀，脫下神賜予我們的純白長袍，穿上漆黑鐵甲，我們不是為了反對神，而是為了放逐彌賽亞，讓神還我們天使以公正。寧在地獄為王，不在天堂為僕！」路西法說。

跪在官邸之外的天使們不斷重複著路西法的最後的話語，「寧在地獄為王，不在天堂為僕！」

天使們發出震耳欲聾的呼喊，這喊聲傳向天際，他們振動羽翼，黑色的戰甲遮蔽了天空和太陽的光芒。

「彼列，馬上攻擊第五天牢獄，釋放被囚禁的守護天使們。」路西法說。

彼列振動羽翼飛上天空，無數天使隨著她，打破第六天的大門，向著第五天的牢獄而去，一路之上無數天使衛兵墜落地面，大地被血色染得一片赤紅。

第五天的牢獄之前，尚達奉拚命指揮著天使衛兵們防禦，但彼列的士兵們源源不斷鋪天蓋地而來，遮蔽了整個天空。尚達奉率領戰士們退守第五天牢獄，尚達奉獨自站在第五天牢獄的高塔之中，這時一個天使走了進來。

「尚達奉大人，敵軍越來越多了。」這個天使說。

「拉哈伯，是你啊。」尚達奉走到視窗，看著不斷被斬殺落在地面的天使，臉上露出悲傷的神情。

這時拉哈伯已經悄然走到尚達奉身後，「尚達奉大人，得罪了！」拉哈伯的長劍劃出一道閃光，隨後尚達奉的後背上出現一道血印，鮮血噴湧而出，尚達奉轉過身，勉強支撐著身體。

「拉哈伯，原來你是彼列聖殿天使團的成員。」尚達奉說。

「尚達奉大人，彼列大人有令，抵抗者格殺勿論！」拉哈伯的雙眸釋放出異常冰冷的光芒，舉起長劍。

劍自上而下，尚達奉看到銀色的閃光，隨即閉上了眼睛，臉上浮現出平靜的神態，迎接死亡的來臨。隨著劍身落下，發出一聲清脆的聲響，一個天使破窗而入，用劍抵擋住拉哈伯的攻擊。

「尼斯洛克，你想幹什麼？」拉哈伯說。

「拉哈伯，貝爾其巴普大人有令，不得斬殺任何天使長！」尼斯洛克回答。

拉哈伯臉上劃過一絲冷笑，「貝爾其巴普大人？你應該知道，我們聖殿天使團只遵從彼列大人的命令。」

「貝爾其巴普大人會親自向彼列大人解釋，如果你不想死在這裡，馬上離去！」尼斯洛克說。

拉哈伯搖了搖頭，振開羽翼向著窗外而去，消失在混亂的戰場之中。

「天使衛兵，馬上護送尚達奉大人前往第四天聖城耶路撒冷！」尼斯洛克大聲說。

天使衛兵護送尚達奉且戰且退，向著第四天的聖城逃去。

打開第五天牢獄深處的大門，阿撒茲勒、桑揚沙和莫斯提馬重見天日。

彼列走到三個守護天使長的面前，「三位大人，你們受苦了。」

「彼列，究竟發生了什麼事？」阿撒茲勒說。

「天界三分之一的天使已經在路西斐爾的領導下舉起叛旗，我們希望還天使以公正，放逐彌賽亞。」彼列說，「你們是否願意幫助我們？」

阿撒茲勒點了點頭，「彼列，我們還有選擇嗎？」

「好吧，就讓我們一起為了天使們的未來而戰。」彼列說。

第一天的戰場之上，加百列正在指揮著天使衛兵們抵擋著薩麥爾的進攻，薩麥爾率領著叛天的天使軍團不斷衝擊著加百列的防線，逼迫加百列節節後退。

第二天的戰場中，貝爾其巴普指揮著士兵們向著拉斐爾猛攻，手持火焰之劍的拉斐爾的鎧甲之上染滿了腥紅的血液，英俊的臉龐上也濺著血滴。

數天後，第一天和第二天的領地完全淪陷，加百列和拉斐爾以及高階天使長們被迫退入米迦勒統領的第四天聖城耶路撒冷之中，而在路西法一方，第六天很快也被攻破，除了第四天的聖城耶路撒冷和神之淨土，此時天界已經完全陷入路西法的掌握之中。

第四天的聖城之中，米迦勒正指揮著戰士們加強防衛，路西法的士兵們遮天蔽日，將聖城包圍得水洩不通，天空中分不清黑夜還是白晝，完全被穿著黑色鎧甲的天使所遮蔽。冰冷潔白的耶路撒冷城牆被鮮血染成了赤紅色，巍峨的耶路撒冷聖城在夜幕之下孤零零地佇立在第四天之上，聖城中星星點點的火光不停閃爍，與天空中的星辰遙相輝映，散發出黯淡的光芒。

聖城的會議室中，諸天使長們的鎧甲已經被鮮血污濁，諸天使長表情凝重，一言不發。

「諸位大人，我們不能保持沉默，明天我們會在聖城和路西斐爾決一死戰。」米迦勒說。

諸天使長點了點頭表示同意，但神情卻愈加凝重起來。

路西法的營地之中，諸天使將領坐在營帳之中，燭光之下路西法的表情異常堅定。

黎明很快到來，路西法和天使將領們出現在聖城之前，加百列吹起號角，米迦勒和諸天使長們率領著戰士們從聖城而出。

路西法來到米迦勒的面前，注視著米迦勒，「米迦勒大人，沒想到我們會刀刃相見。」

「路西斐爾大人，既然你已經選擇了你的道路，這場戰爭在所難免。」米迦勒回答。

「米迦勒大人，投降吧，你不是我的對手。」路西法說。

「路西斐爾大人，就讓我的米迦勒之劍告訴你答案。」米迦勒說。

路西法和米迦勒同時轉身回到陣營之前，手持火焰之劍的拉斐爾率先衝出，向著路西法而去，在路西法一方，一個天使將領飛出陣營，擋住了拉斐爾的進攻。

「權天使長巨鷹尼斯洛克。」拉斐爾說。

巨鷹尼斯洛克揮動長劍向著拉斐爾襲來，拉斐爾輕巧地躲開尼斯洛克的進攻，將火焰之劍一揮，砍中了尼斯洛克的肩膀，瞬間尼斯洛克肩膀燃起一團火焰。

「尼斯洛克，你不是我的對手。」拉斐爾說。

「尼斯洛克，退下。」貝爾其巴普從陣營中飛出，「拉斐爾，我才是你的對手。」

看到貝爾其巴普擋住拉斐爾，米迦勒將劍一指，諸天使長向著路西法的陣營而去，路西法此時站在原地，從他背後梅菲斯托率先飛出，無數天使長隨後向著諸天使長而去。

梅菲斯托念動咒語，翡翠之杖放射出炫目的光芒，火焰之刃從天而降。聖城之上，梅丹佐振動羽翼向著梅菲斯托而去，背後出現無數光亮的翼狀閃光，劍鋒驟然向著梅菲斯托襲來。梅菲斯托揮杖抵擋，火焰之刃瞬間消失無形。梅丹佐的長劍帶起無數光的軌跡，光線瞬間將梅菲斯托困在原地，梅菲斯托轉動翡翠之杖，翡翠之杖旋轉出巨大的風的漩渦，吹散了梅丹佐的劍陣。

一時間戰場陷入了膠著，無數天使向著空中的路西法而來，路西法揮動長劍，劍身所到之處，白色的羽毛散落空中。米迦勒舉起長劍，向著路西法而來，路西法站立在原地，注視著米迦勒的行動，就在米迦勒的劍即將碰觸到路西法身體的時候，閃耀著黑色光華的七惡劍從天而降，彼列出現在米迦勒的面前。

「米迦勒，就讓我做你的對手吧。」彼列說，「就讓你見識一下七惡劍的強大力量。」

彼列揮動七惡劍，劍身化作一道漆黑的光，向著米迦勒襲來，在明亮的天空之下，米迦勒看到無數的閃光出現在他面前，他揮劍抵擋向著彼列而來，但依然被七惡劍擊退三次，身上出現無數道傷口。

米迦勒燃燒自己的靈魂，將力量匯聚於劍身之上，米迦勒之劍發出明亮的白焰，化作一道閃光向著彼列衝來，在彼列七惡劍的光芒之下，米迦勒和彼列幾乎同時擊中對手，彼列的手腕被刺中，七惡劍掉落地面，而米迦勒的鎖骨之下也被七惡劍刺穿，鮮血直流。

「彼列，退下，這是我和米迦勒的戰鬥。」路西法的聲音響起。

太陽之下，光輝的晨星之劍出現於天空之中，寬大的劍身之上赤紅色的銘文不停閃耀，路西法左手持著巨大的盾牌，猶如一道明亮的光向著米迦勒而來。路西法揮動巨劍，天空之中出現無數的閃光，穿過米迦勒的身體，瞬間米迦勒全身出現無數傷口，鮮血噴湧而出，倒在地面上。

路西法降落在米迦勒面前，用劍尖指著米迦勒的胸口，米迦勒看到路西法的雙眸中佈滿了悲傷。

「都住手！」

路西法的聲音傳向天空，天空中交戰的天使們都停了下來，注視著路西法。

「米迦勒已經敗了，加百列、拉斐爾，你們把米迦勒帶走吧。去神之淨土，告訴神，聖城已經被攻陷，只要放逐彌賽亞，我們將繼續效忠於神之御座之下。」路西法說。

貝爾其巴普和彼列同時降落地面，「路西斐爾大人，這樣恐怕不妥吧？」

路西法用銳利的雙眸注視著彼列和貝爾其巴普，兩個天使瞬間彷彿看到了如神的雙眸一般閃耀的雷霆之怒，兩個天使不再說話。

路西法的士兵們讓開道路，受傷的諸天使長們先向著神之淨土而去，最後米迦勒在加百列和拉斐爾的攙扶下離去。

在脫離路西法軍勢的剎那，加百列轉過身遙望著路西法，目光碰觸到路西法那熾熱的彷彿能融化一切的雙眸，兩個天使都讀懂了彼此目光中的含義。

諸天使長們返回神之御座，將路西法說的一切稟報給神，坐在神之御座右邊的彌賽亞的表情顯得異常不安。

神依舊保持著莊嚴的神情，他轉向彌賽亞，「怎麼，彌賽亞，你害怕了嗎？」

「全能的神，我的父……」彌賽亞一時無法回答。

「既然一切因你而起，就由你來終結，你去迎戰路西法爾吧。」神說。

「仁慈的神，我恐怕難以戰勝路西斐爾。」彌賽亞回答。

「七重天已經完全陷落，彌賽亞，我就站在你的身後。」神說，「你是聖子，你會戰勝路西斐爾的。」

神站起身來，念動咒語，彌賽亞背後生出金色六翼，一柄金色的長劍出現在腰間，左手腕上的五芒星手環不停閃耀。

清晨來臨，神之淨土前，叛天的天使們已經包圍了神之淨土，加百列吹響號角，彌賽亞在諸天使長的圍繞之下走出神殿，出現在天空之中。

路西法來到彌賽亞的面前。「彌賽亞，只要你離開天界，這一切都將終結。」

「路西斐爾，這不可能，叛天者必受神的懲罰。」彌賽亞回答。

「那麼就讓我們用劍來決定，我會讓你永遠消失於黑暗之中，彌賽亞。」路西法舉起光輝的晨星之劍。

彌賽亞拔出長劍，向著路西法襲來，雙方劍碰觸的剎那，發出巨大的轟鳴聲，天界的大地隨著這轟鳴不停顫抖，劍與劍相碰發出巨大的光，遮蔽了太陽的光芒。

路西法和彌賽亞化作兩道明亮的閃光，時而消失於天空之中，時而出現在太陽之下，劍身劃出無數到明亮的閃光，赤紅色的銘文不停閃耀與金色的長劍交相輝映。

路西法和彌賽亞同時閃開雙方的進攻，停留在對方面前。

路西法搖了搖頭，「彌賽亞，你不是我的對手。」

「路西斐爾，你也不要太過自信。」彌賽亞說。

彌賽亞念起咒語，在他左手之中出現雷霆之力，天空之中雷電越積越多，烏雲瞬間籠罩於天空之中。

諸天使長看到一切，都露出吃驚的表情，米迦勒喃喃自語，「沒想到神將雷霆之力授予了彌賽亞。」

萬鈞雷霆從天而降，向著路西法襲來，路西法化作一道光，在雷霆擊中自己的剎那，劍身刺穿了彌賽亞的肩膀，鮮血湧出染紅了彌賽亞金色的長袍，路西法拔出長劍，退後一步。

「彌賽亞，我再問一次，你依然不願意離開天界嗎？」路西法說。

彌賽亞捂住流血的傷口，殷紅的血液染紅彌賽亞左手的五芒星手環，五芒星手環釋放出明亮的光芒。

天空之中響起震耳欲聾的頌歌之聲，一道光從神之淨土而出，籠罩了彌賽亞的全身。神的光影出現在彌賽亞背後，彌賽亞金色的雙眸釋放出明亮的光芒，彌賽亞舉起劍，化作一道光而去。

「神降臨了。」貝爾其巴普喃喃自語，「一切都是宿命，在劫難逃。」

路西法的眼前出現一片明亮的純白的光芒，等到光芒散去，彌賽亞出現在路西法面前，長劍刺穿了路西法的身體，彌賽亞聖潔的臉上濺滿路西法傷口噴湧出來的赤紅血滴。

路西法的雙眼瞬間失去了神采，他的羽翼不再振動，向著地面掉落而去，彼列奮力振動羽翼，路西法的軀體落入她的懷中。

彼列的雙眸中淚水奔湧而出，叛天的天使們在貝爾其巴普的帶領下緩慢退去，向著天堂之門而去。

無數手持火把的天使出現在天堂之門之外的無盡黑暗之中，火焰之光照亮了濃濃的黑霧，將赤紅色的海水照得波光粼粼。

天使們將火把擲下，瞬間在赤紅色的海水中燃起熊熊火焰，海水在燃燒之中化作赤紅色的蒸氣升上天空，海水之下的陸地籠罩在熾熱的火光之中。

從天空之中傳來神的話語，「墮落的天使啊，在這審判之日，你們的名字會在聖靈冊上被除名，你們的身體會被投入這煉獄的火湖之中，永遠不得重返天界，永世在這地獄之火下承受煎熬。」

第七天的空中，眾天使長降落地面，跪在地面之上，朝拜神所化成的無上光輝，彌賽亞獨自懸於天空之上，全身釋放出金色的光芒，猶如一個金色的太陽。

路西法的身體化作一道光，向著黑暗而去，彼列也化作一道光追隨著路西斐爾而去，消失在天界明亮的天空之下。

在黑暗中墜落了九個黑夜，路西斐爾化作的光墜落於地獄火湖的中心，在火湖之中，象徵著光輝的潔白六翼在烈火中不停燃燒，消失於熾焰之中，黑色的羽翼出現在路西斐爾的背後，綻放出耀眼的光芒。

第41章　光與暗的交織

潘迪曼尼南城堡之中，別西卜的雙眸中中釋放出的光芒瞬間消散，彼列旋即回過神來，她環顧左右，看到自己還站在別西卜面前，彼列露出驚訝的表情，看著別西卜。

「別西卜，原來你並非真心站在路西斐爾一邊。」彼列說。

別西卜抬起頭，注視著潘迪曼尼南美麗的天空，天邊飄來一片陰雲，小雨淅淅瀝瀝而下，大地一片濕潤。

「並非如此，彼列。」別西卜說，「在天堂之戰之後，神將一部分墜入地獄的天使的靈魂取回天界，並封印了他們的記憶，讓他們還能為天界服務，而我則帶領著諸墮天使在這地獄之中永浴黑暗。」

「別西卜，我還有一點不明白，你為什麼甘願墜入地獄，你本可以和米迦勒一樣侍立於神之左右。」彼列說。

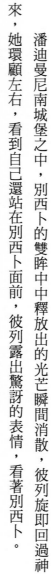

「彼列，我曾經說過，這個世界本就由光明和黑暗組成，沒有光就沒有暗。」別西卜說。

「就因為如此，你就甘願墜入地獄成為暗的存在？」彼列說。

「彼列，我們墜入地獄的時間太久了。」別西卜說，「在這漫長的等待之中，我也產生了懷疑，不知道何時黑暗才能完全散盡，因為只有那時我們這些墜入地獄的天使才能重返天堂。」

彼列的臉上浮現出一絲笑意，「別西卜，看來數千年來的等待換來的依然是不斷累積的疑惑和失望，以及難以釋懷的不安和遺憾。」

別西卜點了點頭，「彼列，確實如此，直到路西斐爾重返地獄，我才明白原來我們這些墮落天使的希望依然寄託在路西斐爾身上，在光輝的晨星的指引下，我相信我們會找到生存的意義。」

「就讓我們率領著墮落的天使們重返天界，在神的御座之前尋找那丟失的一切。」彼列說。

彼列抬起頭，烏雲散去，雨也停了下來，潘迪曼尼南的天空之上出現一道七色的彩虹，窗外的智慧之樹和生命之樹綠色的枝葉上還掛著晶瑩的水珠，水珠悄然滴下，落在五彩斑斕的鮮花叢中，消失無形。

天界大聖城中，米迦勒獨自坐在宮邸之中，番紅色的頭髮之下的神情異常平靜，丟失的記憶為他打開一幅悠長的畫卷，曾經經歷的一切歷歷在目。這幅美麗的畫卷時而讓他心馳神往，時而讓他黯然神傷。在畫卷的末尾，路西斐爾化作光芒離去的剎那，一股撕心裂肺的疼痛傳到他的心裡，米迦勒滿臉悲傷，站起身來，抬起頭望向窗外幽藍的天空。

內心的記憶如此深刻，米迦勒的腦海中浮現出第一次天堂之戰的景致，經過三天三夜的激戰，綻放著銀色光輝的神之淨土白之月高懸於第七天上，其下滿是堆積如山的天使屍體，天使們互相殘殺噴濺而出的鮮紅血滴從碧空中飄落，宛如下起淒美哀怨的血雨。鮮血的顏色將湛藍的蒼穹染得一片殷紅，大地也失去了原有的綠色，變成一片腥紅的血海。在血紅色的天空之上，路西法的胸口被彌賽亞的長劍穿過，鮮血飄落而下，墮落的天使長們追隨路西法化作的光芒而去，穿越天堂之門，落入無盡的黑暗之中。彌賽亞率領諸天使長和天軍不停追趕，在開啟的天堂之門前，高唱著讚美聖主的九度音程頌歌，揮劍斬殺叛逃的墮天使。墮天使被趕出天堂之門，向著黑暗墜落，煉獄最深處暗紅色的海洋化作不停燃燒的熾熱烈焰，讚美聖主的頌歌所詠唱出的慈悲與天堂之門的殘酷形成鮮明反差的奇異景象，金色的天堂之門被鮮血所污濁，晶瑩剔透的水晶牆變成一片赤紅。

「我終於明白了拉結爾所記述隱晦故事的真正含義！那位尊貴的侍者的身分和發生的一切。」米迦勒似乎在自言自語一般，「墮天使被圍困在天界的邊緣，在天國與煉獄的交界，光明與黑暗交織之地，激烈的戰鬥變成了單方面的屠殺，那是鮮血和死亡的盛宴，卻是最殘酷的現實！」

太陽升上天空的正中，米迦勒從悲傷的情緒中走出，衛兵走進米迦勒的房間，報告他加百列和拉斐爾請求面見。

米迦勒坐回自己的位置，加百列和拉斐爾很快出現在門口，他們向米迦勒行禮，走了進來。

「米迦勒大人，這真像是一場夢。」加百列說。

「確實難以置信。」拉斐爾說。

米迦勒站起身來，莊嚴聖潔的面容之上深邃的雙眸釋放出明亮的光芒，「加百列、拉斐爾，我曾經說過，在我們的身上都隱藏著原有的記憶。當我們打開記憶的大門，一切真相都將大白於陽光之下。」

「沒想到數千年前，天界曾經發生如此殘酷的戰役，路西法身上居然隱藏著如此大的秘密。」拉斐爾說。

米迦勒點了點頭，「這一切在天界之中還將重演，路西法會率領著墜入地獄的天使們重返天界。」

「米迦勒大人，難道我們和數千年前一樣無法避免和路西法一戰嗎？」加百利說。

米迦勒抬起頭，注視著天空中明亮的巨大星辰，「加百列、拉斐爾，在天界的七重天上，在我們所在的第七天聖城的所在地，在這片大地上，神之淨土之下我們還將與路西法相遇。」

「米迦勒大人，看來你已經做了決定。」拉斐爾說。

「我們的雙手都曾經沾滿鮮血，這些鮮血屬於叛天的天使，他們都曾是我們的同胞，我本希望這悲劇不再重演，但我無法左右，也別無選擇。如果墮天使們重返天界，就如同數千年的天堂之戰一樣，我們依然會用劍保衛天界，即使鮮血浸滿大地，天使們也絕不會後退一步。」米迦勒的眼睛裡佈滿了悲傷，似乎有晶瑩的淚光在閃動。

潘迪曼尼南之中，路西法坐在大殿的御座之上，諸惡魔將軍們立於兩旁，路西法漆黑色的雙眸異常沉靜，注視著眼前的惡魔將軍們。

「各位大人，約定的時刻來臨了，我們即將率領著墜入地獄的天使們重返天界，這是最後的決戰。」路西法站起身來，黑羽六翼微微張開。

「是，路西法大人。」大殿之中諸惡魔將軍們跪下身來，震耳欲聾的聲音直傳向大殿頂端。

天界第七天聖城中，光芒四射的太陽慢慢被黑影覆蓋，彌賽亞獨自站立在官邸的陽臺上，「是日蝕嗎？黑暗即將到來，約定的時刻來臨了。」

太陽完全被黑影遮蓋，隨後緩慢落下，消失在地平線以下，天空和大地變得一片黑暗。黑雲密佈，抹去天空最後一抹幽藍。在這黑暗之中，光華四射的巨大星辰放射出明亮的閃光，遮蓋了神之淨土的光芒。

神從御座上站起，緩步走出神殿，望向漆黑的天空，明亮的雙眸釋放出異樣的光芒。

米迦勒站在官邸的窗前，「黑暗降臨，太陽將不再升起。太久的和平和安寧已經讓天使們忘卻了黑暗的存在，路西法會將這黑暗重新帶臨地面，就讓光明再次閃耀，將這無盡的黑暗驅趕散盡。」

米迦勒緩步踱出官邸，化作一道光向著第四天而去，隨後降落在伊甸園，伊甸園的中心，智慧之樹與生命之樹閃爍著耀眼的光芒，將大地染成一片銀白，風帶著微濕的空氣飄散開來，綠色的大地之上，美麗的寶石在深沉的夜幕下散發著淡淡的五色斑駁的光芒，倒映著繁星的淡淡的湖水散發著幽綠色的閃光蕩開漣漪，四周一片安寧。

「美麗靜謐的伊甸園，你依然靜靜矗立，可惜天界將不再安寧。」米迦勒搖了搖頭，雙眸如水般純淨。

天界烏利葉官邸，梅丹佐緩慢地踱入烏利葉的房間，烏利葉正獨自望著天空的盡頭，聽到梅丹佐的腳步聲，烏利葉轉過頭。

「梅丹佐大人，你來了。」烏利葉瘦削的臉上明亮的瞳孔釋放出光芒。

「烏利葉大人，你應該感受到，天堂之門的封印已經非常脆弱。」梅丹佐說。

烏利葉沒有回答，搖了搖頭。

「地獄之門再度打開的時刻臨近了。」梅丹佐說。

烏利葉點了點頭，「封印已經破除，我能感覺到水晶牆即將破碎，梅丹佐大人，現在是我們拿起武器向著黑暗宣戰的時候了。」

梅丹佐莊嚴寧靜的臉上閃過一絲凝重，向烏利葉點了點頭。

天空中劃過一道明亮的閃電，巨大的聲音彷彿將天空撕裂。天堂之門的方向，金色的天堂之門中心的五芒星閃耀著銀色的光芒，這光芒忽明忽暗，四周的水晶牆顏色異常暗淡，守衛天使組成五芒星之陣，守衛著大門。

黑暗和閃電之中，地獄之門緩緩開啟，無盡的魔力噴湧而出，引得大地一片震動，惡魔們衝出地獄，向著天界而來，將死亡和絕望帶到天界。

金色的天堂之門上的五芒星瞬間失去了光芒，天堂之門和水晶牆旋即碎裂成無數碎塊。從天堂之門之內亞巴頓和尼斯洛克率先而出，守衛天使的五芒星之陣霎那間血光四濺，天使的純白羽翼被染成了血紅色，破碎的身體落在地面上。

天界的大地之上出現星星點點的火光，從第一天到第七天，隨後變成燎原的火勢，天使們在黑暗和熾焰中不停掙扎，米迦勒睜開幽藍色的瞳孔，注視著天界發生的一切，這與他的夢境別無二致。

聖城大聖堂的神像前，米迦勒獨自站立，宛如雕像一般一動不動，兩個天使快步走進大聖堂，一道閃電劃過，白色的光映在米迦勒聖潔莊嚴的臉孔上。

「米迦勒大人，天堂之門已經打開，水晶牆已經完全破碎，惡魔軍正向著聖城移動。」拉斐爾的聲音異常平靜。

「這一刻，終於到來了。」米迦勒似乎在自言自語，「烏利葉大人、梅丹佐大人以及諸天使長在哪裡？」

「米迦勒大人，烏利葉大人正在佈置聖城防衛，烏西勒、猶菲勒大人則率先前往前線阻擋惡魔軍，梅丹佐大人和尚達奉大人正率領戰士停留在聖城附近。」加百列美麗的雙眸不停閃動，放射出明亮的光芒。

「現在是我們行動的時候了。拉斐爾，傳令烏利葉大人率領智天使基路伯守衛第四天大聖城耶路撒冷及伊甸園，傳令梅丹佐大人率領熾天使賽拉弗守衛神之淨土。其餘天使將軍，放棄第一天至第六天的防禦，前往第七天的聖城待命！」米迦勒說。

「米迦勒大人，這是否太過冒險？」拉斐爾的臉上閃過一絲憂慮，「放棄其餘六天的防禦，只留下烏利葉大人防禦聖城耶路撒冷和伊甸園？」

「路西法的真正目的就在這裡——第七天彌賽亞官邸和神之淨土。」米迦勒轉過身，瞳孔裡釋放出耀眼的光芒，背後的翡翠色六翼放射出明亮的光，這光芒將大聖堂映照得一片明亮。

拉斐爾和加百列點了點頭，轉身向著大聖堂外而去。當拉斐爾和加百列走到聖堂門口時，大地劇烈的顫抖起來，拉斐爾和加百列急忙轉過身，看到黑暗中的米迦勒依舊保持著原有的速度緩慢走著。

大聖堂的彩色玻璃瞬間粉碎，中心的神像搖搖晃晃，聖堂圓形的頂部出現無數道裂縫，細碎的瓦礫從空中落了下來。

「米迦勒大人，危險！」拉斐爾說。

米迦勒似乎沒有聽到拉斐爾的話，眼神異常堅定，背後神像從基座上落下，破碎的神像落在米迦勒的腳邊。米迦勒緩慢走出聖堂，在他踏出的瞬間，聖堂的牆壁碎裂開來，轟然倒塌。

惡魔們衝向第七天聖城，將本已黑暗的天空遮蔽得更加昏暗，米迦勒振動翡翠色的六翼飛上天空，加百列吹起號角，天使軍再次集結，向著惡魔們而去。

黑暗之中只剩下刀劍相碰劃出的火花，無數天使和惡魔掉落地面，第七天聖城潔白的道路堆滿天使和惡魔的屍體，大地被染成一片血紅。

在這混戰之中，拉斐爾揮動著火焰之劍，劍身散發出熾焰般的光芒，淺金色的頭髮在空中不停飄動，宛如飛散的金色絲線。

一柄長劍向著拉斐爾襲來，拉斐爾躲開長劍的進攻，尼斯洛克的臉孔出現在他面前，尼斯洛克臉上帶著輕蔑的微笑，長劍不停揮舞，無數天使掉落地面。

「拉斐爾，數千年前的賬該還了。」尼斯洛克。

尼斯洛克猶如一道風向著拉斐爾襲來，一時間竟然將拉斐爾逼得節節敗退，拉斐爾閃過尼斯洛克的進攻，火焰之劍猶如一條火蛇向著尼斯洛克而來。

亞巴頓和茵蔯看到這一切，向著拉斐爾而來，三個惡魔將拉斐爾團團圍在中心，令拉斐爾疲於招架。不遠處的天空之中加百列看到這一切，揮動長劍向著拉斐爾而來，在即將到達拉斐爾身邊的刹那，一個惡魔從天而降，橫擋在加百列的面前。

「加百列，你的對手是我。」別西卜說。

別西卜揮動長劍，向著加百列而去，長劍劃出無數明亮的閃光，將加百列困在劍陣的中心，加百列舞動長劍，卻依然難以擺脫別西卜的糾纏。

烏西勒和猶菲勒在薩麥爾、阿撒茲勒、桑揚沙和莫斯提馬的進攻下，連連後退，身上佈滿了傷痕。

聖城的西北，一支天使軍突入惡魔軍的陣中，一時間惡魔軍被殺得七零八落，兩個高大的天使率領天使衝入敵陣，穿白衣的暗黑天使梅丹佐與穿黑衣的光明天使尚達奉向著聖城的中心猛衝過來。在他們接近中心之時，阿斯蒙蒂斯和瑪門從天而降，擋住了他們的進攻，糾纏住了兩個天使。

聖城的東南，拜丘和卡麥爾突襲而入，利未安森和巴力毗爾揮動武器擋在了他們的面前，雙方激戰了起來。

天空之中出現的白焰發出明亮的光芒，照亮暗淡的天空，天使拉結爾出現在天空之上，隨後然德基爾、拉貴爾、雷米爾諸天使長現身，率領著天使軍向路西法襲來。路西法揮動巨劍，劍刃發出一道閃光，形成一道明亮的光牆，將拉結爾率領的天使軍阻擋在光牆之外。

米迦勒之劍上下飛舞，猶如一道明亮的閃電，無數惡魔墜落地面，米迦勒面前血光四濺，將他潔白的長袍染得一片殷紅。

天空之上，在巨大的明亮星辰之下，身著漆黑鎧甲的路西法獨自懸在空中，黑色的披風隨風飛舞，巨大的光輝的晨星之劍隨著手臂垂下，一雙漆黑色的雙眸注視著一切。

米迦勒抬起頭，看到明亮的星辰之下的路西法，他奮力振動羽翼，翡翠色的六翼猶如閃亮的寶石，向著天空而去，就在他即將接觸到路西法時，乘著燃燒著烈火戰車的彼列從天而降。

「米迦勒，不要去打擾路西法，就讓我的七惡劍成為你米迦勒之劍的對手。」彼列飛出戰車，向著米迦勒而來。

七惡劍閃耀著黑色的光，如同一道漆黑的靈蛇向米迦勒襲來，米迦勒舉起長劍抵擋，兩把劍相碰發出巨大的鳴響，閃光四散飛出。

在這黑暗與刀光劍影之下，天使們哀嚎遍野，不停哭泣，沐浴在赤紅色的血湖之中。巨大星辰之下，路西法舉起光輝的晨星之劍，劍身的赤紅色銘文閃動著明亮的光，劍身在空中劃過一道斜線的軌跡，切裂了空氣，向著聖城中心的彌賽亞官邸而去，彌賽亞官邸高聳的尖塔出現一道裂口，斜著向地面滑落。

「彌賽亞，出來吧，這一切都因你我而起，是時候讓一切結束了。」路西法的聲音傳向天空，隨著風四散飄去，傳遍整個天界。

從彌賽亞的官邸之中飛出一道金色閃光，這閃光照亮整個天空，震動著金色光芒六翼的彌賽亞自地面升起，出現在天空之中，宛如一輪金色的太陽，將耀眼的光芒撒向大地。

彌賽亞來到路西法面前，「路西斐爾，我知道這數千年來你一直在等待這一刻。」

「彌賽亞，我會證明我所做的一切都是正確的，你會被放逐於天界之外，而我們這些墜入地獄的天使仍將返回天堂，效忠於神殿之前。」路西法說。

彌賽亞搖了搖頭，聖潔的臉上閃過一絲不易察覺的微笑，「路西斐爾，這一切永遠不會發生，因為你並不是神。」彌賽亞說。

路西法舉起光輝的晨星之劍，指向彌賽亞，「那就讓我們用劍來決定。」

彌賽亞拔出金色的長劍向著路西法襲來，路西法輕輕閃過彌賽亞的進攻，劍鋒向著彌賽亞頭頂而去，彌賽亞橫起長劍，雙方劍身碰觸的剎那，發出明亮的閃光，交戰的天使和惡魔被這耀眼的光芒所吸引，都停下了進攻。

路西法和彌賽亞的劍同時被彈開，路西法消失於天空之中。在明亮的星辰之下，路西法再度出現，劍身猶如一道閃電向著彌賽亞襲來。彌賽亞閃過路西法的進攻，長劍向著路西法刺來，路西法舉起左手，閃耀著銀色光芒的光輝的晨星之盾出現於天空之中，彌賽亞的劍尖碰觸到盾牌的剎那發出聲響，劍尖與盾牌之中出現一道火光。

彌賽亞化作一道金色的光芒向著路西法飛來，路西法的身影瞬間消失在天空之中，出現在金色光芒之後，銀色的巨劍從天而降擊穿了金色的光芒，彌賽亞的身影再次出現在天空之中，鮮血順著左臂留下，染紅了金色的長袍。

五芒星手環釋放出明亮的光芒，彌賽亞的全身猶如光芒的烈焰在閃動，彌賽亞的雙眸釋放出明亮的光芒，揮劍向著路西法衝去，路西法舉起巨劍，劍身的銘文發出紅色的光芒，這光芒瞬間遮蔽了星辰的光華，兩把劍再次相碰，閃光四射飛向天空。

路西法舉起劍，漆黑色的六翼光芒四射，全身猶如黑色的熾焰不停閃動，與彌賽亞交相輝映。天空之中宛如出現了兩個太陽，一個散發著銀色的明亮光芒，另一個如黑曜石不停閃耀。路西法化作一道漆黑色的閃光向著彌賽亞而來，彌賽亞旋即消失在天空之中，化作一道銀色的閃光向著路西法撲來，兩道閃光交織於天空之上，不停閃爍。

天使和惡魔們望著天空中的奇景，都驚訝得睜大了眼睛。

兩道閃光驟然而至，路西法和彌賽亞的身影出現在天空之中，兩把劍再度相碰，發出叮叮噹噹的聲響，聲響之下明亮的軌跡出現在黑暗的天空之中，銀色的閃光和漆黑的閃光錯落成散亂的圖案，天空之中出現無數閃動的線狀軌跡。

在一陣激戰之後，路西法和彌賽亞幾乎同時躲開對方的攻擊，退到彼此對面。

「彌賽亞，你的力量依然如此弱小，怎麼能夠成為天使的領導者呢？」路西法搖了搖頭，深邃的雙眸中似乎有熾焰在閃耀。

「光輝的晨星——路西斐爾，你的力量依然強大，但是即使是數千年前強大的你也未能戰勝我，現在依然如此。」彌賽亞說。

路西法英俊的臉孔上閃過一絲冷笑，左手食指之上的所羅門魔戒釋放出明亮的光芒，身影驟然消失於天空之中，在明亮的星辰的光輝中消失無形。正當彌賽亞尋找路西法的身影時，一道漆黑的閃光出現在彌賽亞對面，寬大的劍身向著彌賽亞襲來，彌賽亞奮力振動羽翼躲閃，但劍身依然從他的右上身劃過，血液噴濺而出。

彌賽亞用手捂住傷口，血液從他的指縫中流出，將他的左手染得一片血紅。

「彌賽亞，你依然如此弱小，既然你不肯離開天界，就讓我的劍引領著你離開這個世界。」路西法的聲音異常冰冷。

路西法舉起劍，劍身發出無數道明亮的閃光，閃光穿過彌賽亞的身體，頓時鮮血從彌賽亞的身體裡噴湧而出，金色的長袍變得一片殷紅。

路西法再度舉起劍，化作一道風向著彌賽亞襲來，彌賽亞巨劍抵擋，在光輝的晨星之劍下，彌賽亞金色的長劍斷裂成無數碎片，散落在天空之中，掉落地面。

神之淨土之上，神搖了搖頭，「彌賽亞，就讓我賜予你雷霆之力，讓你能夠戰勝路西斐爾。」

一道明亮的光從神殿飛出，籠罩著彌賽亞的身體，這道光芒之下，彌賽亞全身被雷霆所包圍，彌賽亞伸出右手，天空中出現一個明亮的雷電不停閃爍的光球，向著路西法襲來。

在雷霆即將觸碰到路西法身體的瞬間，路西法揮動巨劍，劍身碰觸到雷霆的剎那，雷霆之力被彈向地面，地面之上立刻發生爆炸，出現一個巨大的深坑。

彌賽亞睜大了眼睛，露出吃驚和恐懼的神色，「難道連雷霆之力也無法傷害路西斐爾嗎？」

「路西法的力量竟如此強大，連神的雷霆之力都難以傷害路西法，看來經歷了數千年，路西法已經成為了和神同等的存在。」米迦勒喃喃自語。

「路西法，就用你強大的力量為我們這些墜入地獄的天使們找出生存的意義吧！」別西卜向著天空，這振聾發聵的聲音傳到每一個天使和惡魔耳中。

彌賽亞抬起頭，注視著天空中神之淨土的方向，光華四溢的神之淨土一片安謐。

「全能的神，我的父，我不可能戰勝路西法，告訴我究竟應該怎麼辦？」彌賽亞喃喃自語，絕望的神情出現在臉上，他已經失去了戰鬥的意志。

「彌賽亞，在這末日之中，一切就讓這世界共同的秩序所決定，我將這秩序之光授予你，這秩序之光將會決定你和路西法、所有的天使和惡魔、天堂和地獄的命運。」神的聲音出現在天空之中。

光芒出現於天空之中，旋即再次陷入一片黑暗，熊熊烈火將天空映照得一片通紅，宛如地獄的火湖中的景象。

「這就是末日的景象嗎？」加百列注視著眼前的一切。

「末日審判的時刻來臨了。」米迦勒的聲音異常低沉。

天界的大地之上，火光熊熊燃燒，清澈的河水也變成了鮮血的顏色，綠色的樹木在烈焰之中化成一片灰燼，天使們的哭泣傳向天空，黑暗籠罩大地。

終章　末日審判

在黑暗的天空和巨大的星辰之下，彌賽亞的全身被秩序之光所籠罩，彌賽亞金色的雙眸釋放出明亮的光華，注視著路西法。

「路西斐爾，我會和這光芒融為一體，就讓你看看創造了這個世界偉大秩序的耀眼光芒。」彌賽亞說。

路西法握緊劍，注視著彌賽亞。

彌賽亞念起咒語，五芒星手環不停顫動，發出明亮的光芒，手環之上的銘文不停閃耀。

一股巨大的力量從彌賽亞的身體中噴湧而出，衝向天際。

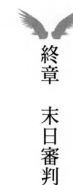

明亮的光芒綻放出耀眼的光芒，照亮整個天空，將黑暗完全驅散。

彌賽亞大笑了起來，「路西斐爾，看到了嗎！這就是創造了這個世界的偉大的秩序之光。」

彼列看到眼前的一幕，振動羽翼，別西卜伸出手臂攔住彼列，向她搖了搖頭。

彼列看著別西卜，珊瑚色的雙眸露出擔憂的神色，「別西卜，在這巨大的光芒的力量下，路西斐爾的處境異常危險。」

「彼列，等一等，這光芒並不向你想像的那樣，一切並非這麼簡單。」別西卜說。

彼列看著別西卜，從別西卜睿智堅定的眼神中她看到別西卜的自信，她搖了搖頭，停留在天空之中。

光芒散發出明亮的光芒，隨後轉向黑暗，黑暗從光芒中分離而出，再次將天空染成一片漆黑。光與暗同時出現在天空之中，交替閃爍。

在黑暗來臨之時，彌賽亞的臉上露出驚訝的表情，「這不可能，絕對純淨明亮的秩序之光怎麼會出現黑暗。」

「彌賽亞，這個世界本身就由光明和黑暗組成，這才是真實。」別西卜的聲音再度響起，「你雖然是聖子，卻妄圖凌駕天使之上，主宰天堂與地獄的命運。人類始終是人類，無法駕馭這秩序之光！」

彌賽亞低下頭，絕望佈滿他的臉龐，喃喃自語，「這絕不可能，這絕對的秩序怎麼會包含黑暗，難道這天堂的光明都是幻象？」

「這就是末日的絕望，我記得路西斐爾說過：絕望的盡頭是希望。」米迦勒低聲自語。

「破滅是開啟重生之門的鑰匙，這就是輪迴的開始，嶄新的創世紀！」別西卜望著天空，「這個世界是由勝者和敗者、賢者和愚者、生者和死者構架而成，但事實上並沒有絕對的勝者和敗者、賢者愚者和勝者死者，除了那至高的全能的聖主和光輝的晨星！」

「在絕望的末日來臨的時刻，光輝的晨星將燃盡最後的光芒，開啟嶄新的創世之門，建立世界新秩序，在絕望的彼端，希望將重回這世上！」彼列似乎在自言自語一般。

神之淨土之上，神獨自坐在御座之上，聖潔莊嚴的臉上毫無表情，只有明亮的雙眸釋放出耀眼的光華。

米迦勒升上天空，來到路西法的對面。

「路西法，回去吧，離開天界，在地獄之中成為這片無盡的黑暗的統領，帶領著這片黑暗走向光明，這是你的職責和命運，這是屬於光輝的晨星的路西法的正義。」米迦勒注視著路西法，雙眸中充滿了悲傷。

「這就是我們生存的意義。」別西卜喃喃自語，「這就是墮天使生存的意義。」路西法搖了搖頭，「原來這就是光輝的晨星的使命。」

「路西法，你的使命就是背負連神都不能背負的黑暗，用晨星的光芒驅散這無盡的黑暗，這是光輝的晨星的宿命。」米迦勒說。

路西法收回巨劍，用漆黑的瞳孔注視著米迦勒，「米迦勒，用你的米迦勒之劍刺穿我的身體，我會化作光輝的晨星照耀在這片黑暗之中，直到這黑暗完全散盡。」

米迦勒舉起長劍，明亮的雙眸中充滿了淚水，雙手不停顫抖。

「米迦勒，來吧，這是你作為天國的副君的使命，你和我一樣別無選擇，這是屬於你和我的最後的榮耀。」路西法大聲說，這聲音傳到天界每一個角落，直接進入到天使和惡魔的內心。

「這是最後的完結，同時也是嶄新的開端——過去充滿著悲傷和痛苦的天堂和地獄的歷史已劃下終結。從今以後，天使、惡魔和人類會依據自己的『意志』走向那由自己親手開創的『未來』……」彼列似乎在自言自語一般，悲傷的淚水飄然落下。

「這是最終的末日的救贖……」別西卜的雙眸撒發出異常的悲傷。

路西法漆黑的雙眸變得異常深邃，朱唇微啟，輕聲吟唱，這歌聲空靈淒婉，柔美舒緩，帶著淡淡的哀怨與悲傷。優美的旋律伴著跳動的音符宛如涓涓溪流緩慢流淌，雖然聲音微弱，卻瞬間流入每個天使和惡魔的心中。

「這是末世終結的毀滅之歌。」拉斐爾搖了搖頭。

「不！」加百列轉向拉斐爾，「這確實是毀滅之歌，但也是路西法為所有在天堂之戰中逝去的靈魂祈禱的鎮魂曲。」

米迦勒幽藍色的瞳孔浮現出難以名狀的悲傷，他緩慢地閉上眼睛，化作一道光向著路西法而去。

天空之中，米迦勒出現在路西法面前，劍身刺穿了路西法的身體，路西法鮮紅的血滴濺落在米迦勒潔白的長袍上，米迦勒睜開雙眼，兩行淚水順著臉頰留下。

路西法的身體發出明亮的閃光，在這閃光之中，米迦勒看到路西法的臉上露出幸福的微笑，這微笑擊穿了每一個天使的心靈。

米迦勒之劍從路西法的身體裡抽出，發出震耳欲聾的悲鳴，路西法胸前的傷痕彷彿瞬間綻放出血紅的花朵，赤紅色的血滴順著劍尖飄散在半空之中，血液散落之處，熊熊火焰瞬間消退，碧綠的青草和五彩斑駁的鮮花瞬間覆蓋了荒蕪的大地。

遙遠的蒼穹之上，基羅菲出現在黑暗之中，一半天使一半惡魔的女子吹起長笛，笛聲婉轉幽怨、淒美哀傷。

路西法的身體墜落地面，在聖城的中心路西法墜落之地，巨大的衝擊之下出現了一個深坑，路西法的身體旋即化作一道光，向著地獄而去，彼列、別西卜和眾惡魔將軍們化作無數道光消失於天空之中。

一片黑色的羽毛從天空中飄落，米迦勒伸出右手，黑色的羽毛落入手心，瞬間消失無形。

所羅門之戒發出耀眼的光芒，天空中宛如出現了明亮的太陽，光芒退去，落在米迦勒的手心，戒指上封印的寶石熠熠生輝。

日蝕緩緩消失，明亮的太陽再次出現在湛藍的天空之中，懸掛在半空中的巨大的明亮的星辰慢慢退去，在陽光的閃耀下消失無形。

雨滴飄落而下，天空彷彿不停悲泣，宛如無數顆淚滴落入地面，天界燃燒的熊熊烈火被雨水澆滅，蒼穹的淚水淨化了整個天界，大地再次煥發了生機。

加百列閃動的美麗雙眸之中，晶瑩的淚珠順著臉頰滴落，加百列遙望著光芒離去的方向，悲傷浮上淒美的臉龐。

「永別了，路西法。」加百列喃喃自語。

拉斐爾搖了搖頭，英俊的臉上露出惋惜和哀傷的神色，喃喃自語：「再見了，路西法。」

一道明亮的閃光從神之御座而出，震開厚重的烏雲，隱藏在雲彩之後的太陽散發出耀眼的光芒，神的身影出現在天空之上，雨滴落在神潔白的長袍之上。

「諸天使長，你們是天界的功臣，在聖靈冊之上將永遠刻下你們的名字和你們所做的一切。」神的聲音異常明亮。

「那路西法和那些墜入地獄的天使呢？」米迦勒喃喃自語，抬起頭仰望著天空中神的身影。

「聖子彌賽亞，到我身邊來！」神的聲音傳向天空。

七大天使長張開純白的羽翼，散發出耀眼的銀色光芒。彌賽亞飛向神的身邊，雙眸釋放出異樣的神采，神情平靜如水，立於天空之上。諸天使長振動羽翼，環繞於神之左右，天使們雙手合十於胸前，不停湧動的祈禱的讚歌化作優美動聽的美妙旋律衝向天際，散佈到天國的每一個角落。

光華散盡，神消失在天空之中，向著神之淨土而去。

天空之上，諸天使長停留在空中，黃昏的落日餘暉佈滿天空，夕陽的殘照將天邊染成淒美的血紅。

黑夜來臨，將整個天界籠罩在黑暗之中，這一夜似乎變得異常漫長，米迦勒獨自站在聖城官邸的陽臺上，注視著繁星如鬥的天空。

在黎明來臨之前，漫天繁星漸漸暗淡，光芒消失在黑暗之後，漆黑的天幕之上，一顆明亮的星辰釋放出耀眼的光芒，照亮無盡的黑暗。

「路西法，還有那些墜入地獄的天使們，不管是天使還是人類，心中的黑暗終有一天會散盡，等到那時，你們必能重返天堂，再次出現在光明之下。」米迦勒仰望著不停閃爍的光輝的晨星，喃喃自語，「路西法，等到絕對的光明來臨，我會將你的光輝與榮耀連同那遺失的深埋於黑暗的真相重書於聖靈冊之上，在你重返天界之日，我將親自守候在天堂之門，幫你卸下漆黑的戰甲，換上潔白的長袍，引領你登上純白的階梯，接受眾天使的膜拜，成為受萬千敬仰的天國君主。」

米迦勒搖了搖頭，走進屋子。黎明的晨光透過窗戶射進屋子，將米迦勒聖潔的臉孔照得異常明亮。米迦勒幽藍色的深邃雙眸釋放出明亮的光華，望向天空之中。

黑色的天幕盡頭出現微弱的亮光，遙遠的天邊曙光將雲彩鍍上瑰麗的顏色，光明再現於天空之上。光輝的晨星的光芒慢慢散去，消失無形。

遠古的往昔
在遙遠時空的彼岸
閃耀著劍與魔法的光芒
在天堂與地獄的交界
墮天使以不屈的意志
振開羽翼

呼喚著光輝的晨星之名
燃盡生命的火焰
將天國和煉獄染成血色般紅
曾經失去的希望
又再度回到世上
時空運轉
物換星移
無數晝夜更迭飛逝
時光荏苒
歲月如梭
一切已成傳說……

釀文學54　PG0685

創世紀
──天堂之役

作　　者　失落伊甸
責任編輯　林泰宏
圖文排版　蔡瑋中
封面設計　王嵩賀

出版策劃　釀出版
製作發行　秀威資訊科技股份有限公司
114 台北市內湖區瑞光路76巷65號1樓
電話：+886-2-2796-3638　傳真：+886-2-2796-1377
服務信箱：service@showwe.com.tw
http://www.showwe.com.tw
郵政劃撥　19563868　戶名：秀威資訊科技股份有限公司
展售門市　國家書店【松江門市】
104 台北市中山區松江路209號1樓
電話：+886-2-2518-0207　傳真：+886-2-2518-0778
網路訂購　秀威網路書店：http://www.bodbooks.com.tw
國家網路書店：http://www.govbooks.com.tw
法律顧問　毛國樑　律師
總 經 銷　聯合發行股份有限公司
231新北市新店區寶橋路235巷6弄6號4F
電話：+886-2-2917-8022　傳真：+886-2-2915-6275

出版日期　2012年1月　BOD一版
定　　價　350元

Printed in Taiwan

國家圖書館出版品預行編目

創世紀：天堂之役 / 失落伊甸著. -- 一版. -- 臺北市：
釀出版, 2012.01
面； 公分. --（釀文學；PG0685）
BOD版
ISBN 978-986-6095-74-0（平裝）

857.7 100025383

讀者回函卡

感謝您購買本書，為提升服務品質，請填妥以下資料，將讀者回函卡直接寄回或傳真本公司，收到您的寶貴意見後，我們會收藏記錄及檢討，謝謝！

如您需要了解本公司最新出版書目、購書優惠或企劃活動，歡迎您上網查詢或下載相關資料：http:// www.showwe.com.tw

您購買的書名：________________________________

出生日期：________年________月________日

學歷：□高中（含）以下　□大專　□研究所（含）以上

職業：□製造業　□金融業　□資訊業　□軍警　□傳播業　□自由業

□服務業　□公務員　□教職　□學生　□家管　□其它_____

購書地點：□網路書店　□實體書店　□書展　□郵購　□贈閱　□其他

您從何得知本書的消息？

□網路書店　□實體書店　□網路搜尋　□電子報　□書訊　□雜誌

□傳播媒體　□親友推薦　□網站推薦　□部落格　□其他__________

您對本書的評價：（請填代號　1.非常滿意　2.滿意　3.尚可　4.再改進）

封面設計____　版面編排____　內容____　文／譯筆____　價格____

讀完書後您覺得：

□很有收穫　□有收穫　□收穫不多　□沒收穫

對我們的建議：________________________________

____

____

____

請貼
郵票

11466
台北市內湖區瑞光路 76 巷 65 號 1 樓
秀威資訊科技股份有限公司 收
BOD 數位出版事業部

(請沿線對折寄回，謝謝！)

姓　　名：__________ 年齡：______ 性別：□女　□男

郵遞區號：□□□□□

地　　址：____________________

聯絡電話：(日)__________ (夜)__________

E-mail：____________________